W. S. Maugham

毛 姆 文 集

W. Somerset Maugham

过去和现在

Then and Now

〔英〕毛姆 著　童朝晖 译

上海译文出版社

目　录

第一章

世事变化再多,也不过是在重复历史而已。①

① 原文为法语。

第二章

比亚乔·布纳科齐这一天十分忙碌。虽然疲惫,但作为一个做事认真,有条不紊的人,上床之前还是在日记里记了一笔。内容很简洁:“城邦[①]派了一个人去伊莫拉见公爵。”也许他认为无关紧要,所以没有提使节的名字:马基雅维里。公爵是切萨雷·博尔贾。

对比亚乔来说,这一天不仅忙碌,而且漫长。因为他黎明时分就出了家门。和他在一起的是他的外甥皮埃罗·贾科米尼,小伙子骑在一匹壮实的马驹上。马基雅维里已经答应带皮埃罗一道出使伊莫拉。今天是一五〇二年十月六日,凑巧刚好是皮埃罗十八岁生日。在这一天初次离家去闯世界,真是再合适不过了。小伙子出落得一表人才,有着与年龄相比高高的身量和一副令人愉快的好脾气。因为他的母亲是个寡妇,所以他一直由舅父负责教导。他接受了良好的教育,书法漂亮,写文章也很得体,无论是用意大利文还是拉丁文。由于热烈仰慕古罗马人的马基雅维里的劝导,小伙子对于古罗马的历史也有一些粗浅的了解。马基雅维里一直坚信,古往今来,人们丝毫没有改变,有着相同的喜恶。所以如果环境相同,同样的原因将导致同样的结果。因而,通过牢记古罗马人是如何处理某种情况的,后世的人也许能更有效、更谨慎地行事。当前比亚乔在政府里面做事,在马基雅维里手下担任着一个普通的职务。比亚乔和他姐姐都希望,皮埃罗日后也能够在政府部门谋个差使。马基雅维里这次出使伊莫拉似乎是一个绝好的机会,让皮埃罗学习一些人情世故。比亚乔也知道,小伙子也不可能有比马基雅维里更好的导师了。事情就这样在匆忙之间定下了,那刚好是马基雅维里被授予国书和通行证的前一天。马基雅维里为人友善，对朋友十分讲义气，所以当比亚乔请求他带皮埃罗一起随行时，马基雅维里一口答应了。但是小伙子的母亲，虽然明白机会难得，却有一些不放心。小伙子从未远离过她，现在就出去闯世界，也好像太年轻了一些。此外，他还是一个好孩子，她担心马基雅维里会把他带坏了。因为马基雅维里出了名地喜欢寻欢作乐和放荡不羁。这还不算，他还丝毫不以为羞，他还会将他与那些城里女人和路边旅店的女仆的风流韵事津津乐道地讲述出来，叙述之露骨会使任何一个有品德的女人脸红。更糟糕的是，他还会十分风趣地叙述这一切，令人恼怒之余，又忍俊不禁。比亚乔于是开始劝他的姐姐。

"亲爱的弗兰切斯卡，尼科洛现今已经结了婚，他会改变他那些放浪的习惯的。他的妻子玛丽埃塔是个好女人，她也爱他。你以为他会在外面花钱去搞一些在家里他不费一分钱就能到手的东西吗？"

她反驳道，"一个像尼科洛那样喜欢女人的男人永远不会只满足于一个女人，如果这个女人还是他的妻子的话，那他就更加不会了。"

比亚乔觉得她说得有些道理，但是他并不想认可这一点。他耸了耸肩膀。

"皮埃罗已经十八岁了。如果他还没有失去他的纯洁的话，现在也该是时候了。外甥，你还是个处男吗？"

"是的。"皮埃罗答道，其神态是如此安详诚实，任何一个相信这个回答的人都应该受到原谅。

"我对我的儿子是再了解不过了。他不会做任何一件我不赞成

① 指佛罗伦萨共和国。

的事情。”

“如果是这样的话，”比亚乔说道，“你就该放心把儿子托付给一个对他事业会有帮助的人，孩子如果有头脑的话，他可以从尼科洛那里学习不少日后对他极有价值的东西。”

弗兰切斯卡不满地看了她兄弟一眼。

“那个家伙让你鬼迷心窍了。他想怎么摆布你都行。但是他对你又如何呢？他利用你，嘲弄你。他凭什么在衙门里比你高一头？你难道就甘心做他的手下？”

比亚乔与马基雅维里同龄，都是三十三岁。但是比亚乔娶了知名学者马希利奥·费奇诺的女儿，而马希利奥又受到了当时统治佛罗伦萨的美第奇的保护。在那个年代，靠真才实学能谋个一官半职，而有关系也行。比亚乔中等身材，微微发福，有着一张圆脸，气色红润，脸上的表情让人一看就知道他有着一副绝好的脾气。他诚实勤勉，有自知之明而无妒忌之心，对他所处的平凡职位颇为知足。他喜欢过好日子，有好的伙伴，而且因为他对力所不及的东西不抱奢望，他基本上可以算是个快乐的人。虽然他不是绝顶聪明，但他也不笨。如果不是这样，马基雅维里也不会和他做伙伴。

“尼科洛是当今执政团里最有头脑的人了。”比亚乔说道。

“废话。”弗兰切斯卡反驳他道。

（执政团是佛罗伦萨的市政委员会，自从八年前驱逐美第奇以来，一直是城邦的最高行政机关。）

“他对于人和事的了解就是那些年龄长他一倍的人都望尘莫及。姐姐，请相信我，他前途远大，而且他也不会抛弃朋友。”

“我一点都不相信他。一旦你对他而言没有用了，他会将你弃之如敝履。”

比亚乔大笑起来。

“姐姐,你是不是因为他从来没有打过你的主意才对他这么刻薄?尽管你有一个十八岁的儿子,你还是对男人挺有吸引力的。”

“谅他也不敢对一个体面的女人耍坏心眼,我清楚他的德性。执政团不顾众人的愤慨,让坏女人在城里大摇大摆出风头,简直是丢人。你喜欢他是因为他能逗你乐,能讲那些下流的故事。你比他也好不了多少。”

“你得记住,就算是讲下流故事,也没有人能比他讲得更好。”

“就凭这点你就相信他聪明盖世?”

比亚乔又大笑。

“不,当然不止这些。他出使法国获得了巨大的成功,他写的外交公函篇篇堪称范文,就是执政团中不喜欢他的人也不得不承认这些。”

弗兰切斯卡执拗地耸了耸肩膀。与此同时,皮埃罗就像任何一个谨慎的年轻人那样,一言不发。他对于舅父和母亲为他预先设定好的,在政府里面谋个职位的前景不是太有兴趣。但是出外旅行倒是挺对他的胃口。正如他所预料的那样,舅父那些经历过世面而得来的智慧,终于战胜了母亲那些焦虑性的担忧。于是乎第二天一大早比亚乔就来叫他。比亚乔步行,皮埃罗骑着他的马驹,走了一段不长的路,来到了马基雅维里的家门口。

第三章

马匹已经到了门口。一匹是为马基雅维里预备的，另外两匹是为随行的仆人准备的。皮埃罗把他的马驹交给其中一个仆人看管，跟着他的舅舅进了房子。马基雅维里正在等他们，已经有些不耐烦了。他简单地向他们俩打了个招呼。

“现在让我们出发吧，”他说道。

玛丽埃塔流泪了。她是一个年轻的女人，并无出众的姿色。不过马基雅维里娶她也不是为了她的姿色。他就在眼下这一年娶了她，是因为他也到了该结婚的时候了，而且她来自一个出名的家庭，并且给他带来了一笔嫁妆，这笔嫁妆对于像马基雅维里这样地位和收入的人来说是相当不错了。

“亲爱的，别难过，”他说道，“你知道我只会离开很短的时间。”

“但是你不应该走，”她抽泣着，然后她转向比亚乔，“他不适合长途跋涉，他正病着呢。”

“尼科洛，你什么地方不舒服？”比亚乔问道。

“老毛病。肠胃有些不太正常。也没有什么好办法。”

他把玛丽埃塔搂在怀里。

“再见，亲爱的。”

“你可一定要常给我写信。”

“我一定经常写。”他微笑着说。

当他微笑的时候他脸上常有的那种嘲讽的神情不见了，他的表情中有一种动人的东西，使你能明白玛丽埃塔为什么会相当爱他。他吻了吻她，并拍了拍她的脸颊。

“别发愁，亲爱的。比亚乔会照顾你的。”

皮埃罗进了屋之后就只是在门边上站着。没有人注意到他。虽说他舅舅是马基雅维里最亲密的朋友，皮埃罗很少见到马基雅维里，在此之前也就只和他说过几句话而已。皮埃罗抓住机会好好地打量了一下这个从此将成为他主人的人。马基雅维里中等个子，但是因为他很瘦，所以看上去比实际要高一些。他脑袋不大，一头黑发，剪得非常短，看上去像是戴了一顶黑色天鹅绒的帽子。他黑色的小眼睛不停地转动着，鼻子长，嘴唇薄，当他紧闭着嘴不说话时，他的嘴就变成了带着嘲讽意味的一条线。他面色病黄，安静之时流露出警觉、机智、严厉和冷漠的表情。显而易见，这不是一个你可以与之耍花招的人。

也许是马基雅维里注意到了皮埃罗不太自然的注视，他迅速地，带有疑问地看了皮埃罗一眼。

“这就是皮埃罗？”他问比亚乔。

“他母亲希望你能好好管教他，确保他不会惹是生非。”

马基雅维里微微地笑了一下。

“通过观察我的错误所带来的那些不幸的结果，他毫无疑问将认识到，良好的品行和勤勉的劳动是一条康庄大道，通向现世的成功和天堂的幸福。”

他们出发了。他们骑着马匹走过那些鹅卵石铺就的小路，一直到了城门口。当他们上了大路后，就让马匹小跑起来。他们的路还长，所以得让马儿省着点劲。马基雅维里和皮埃罗在前面并排着走，两个仆人在后面跟着。四个人都带了武器。尽管佛罗伦萨和周边的城邦处于和平的状态，但是乡村并不太平。说不准什么时候就会遇到劫掠的士兵，而到了那个时候，旅行者所携带的通行证就没有太大的帮助了。马基雅维里没怎么开口说话。皮埃罗虽然不是天性害羞,还是有些害怕马基雅维里那张冷峻阴沉的面孔和紧锁着的双眉,心想还是等马基雅维里先开口为宜。那天上午,虽然有一些秋天的凉意,但还算不差。皮埃罗兴致也很高昂。对皮埃罗来说,能踏上这样一段探险的旅途是一件伟大的事情,而在浑身都涌动着激动的情况下,要忍住不说话是挺困难的。他有着上百个问题想问马基雅维里,但是他们却只是骑着马走啊走。不久,太阳出来了,阳光照得身上暖洋洋的。马基雅维里一句话也没有讲。他时不时举起手来,示意众人下马步行,以便让马稍稍休息一下。

第四章

马基雅维里一路上忙着想心事。他其实十分不情愿接受这次出使的任务。为此他尽了最大努力去找其他人来完成这个使命。一方面是由于他身体尚未复原,即使现在骑在马上,他仍然觉得肚子隐隐作疼;另一方面,由于刚刚才结婚,他也不愿意因为离别而让妻子伤心。他对她许诺说,他此行将很快回来,但是他心里清楚,在他获得允许返回之前,预期的几天可能会拖成几个星期,几个星期又可能被拖成几个月。他出使法国的经历让他了解到外交谈判可以是多么地旷日持久。

但是这些还不是最让他烦心的。意大利的现状是令人绝望的。法国国王路易十二是这个地区最有势力的人。他控制着那不勒斯王国的一大块地盘,虽然他的掌控也不是那么稳固。因为盘踞在西西里和卡拉布里亚的西班牙人不断地骚扰着他。但是路易十二紧紧地控制着米兰和它的属地,他和威尼斯关系也不坏,并且在收了保护费之后,将佛罗伦萨、锡耶纳和博洛尼亚置于他的保护之下。他和教皇有着一种同盟关系,教皇颁布了一个特许状给他,以便他可以同他那个无法生育,但是毫无过错的妻子离婚,然后再和查理八世的孀妇,布列塔尼的安妮结婚。为了报答教皇,路易十二册封教皇的儿子,切萨雷·博尔贾为瓦伦丁诺公爵,并安排纳瓦拉王国国王的妹妹,夏洛特·德·阿尔布莱特嫁给切萨雷·博尔贾。他还向公爵许诺,可以提供军队给他,以帮助他收复夏洛特所丧失的那些财产,包括土地、贵族封地和教会属地。

切萨雷·博尔贾,沿用路易十二所赠予他的公国的名称,在意

大利被人们称为瓦伦丁诺公爵。他今年还不到三十岁。他手下的雇佣军首领，其中最重要的是一个罗马大家族的领导人帕格洛·渥西尼，佩鲁贾地方的领主吉安·保罗·巴利昂尼，以及卡斯泰洛城堡的领主维泰洛佐·维泰利。这些人都是意大利最出色的军事将领。公爵本人也证明是一个胆大而心细的指挥官。凭借着武力、狡诈多变和营造出来的恐怖，他形成了一个有着相当规模的割据势力，意大利到处都传播着他的征服业绩。他曾经利用一次有利的形势迫使佛罗伦萨人用一大笔保护费来雇佣他和他的部队作为保护者，为期三年。后来，佛罗伦萨向法国国王路易又支付了一笔保护费，获得了后者的保护，接着就取消了对公爵的任命，中止了给他的保护费。这下把他给惹恼了，不久他就开始报复。

那一年的六月，也就是与本文叙述有关的时候，阿雷佐，一个隶属于佛罗伦萨的城市，发生了暴动，随后宣布脱离佛罗伦萨而独立。瓦伦丁诺公爵手下最能干的将领，维泰洛佐·维泰利，是佛罗伦萨共和国不共戴天的敌人——因为后者处决了他的兄弟保罗。他和佩鲁贾地方的领主巴利昂尼一道出兵支援造反的民众，并且打败了共和国的军队。佛罗伦萨方面仅仅守住了城堡。佛罗伦萨执政团在极度恐慌之中派了皮埃罗·索德里尼前往米兰，向法国国王路易求救，要求他立刻派遣他之前承诺的四百长矛骑兵支援佛罗伦萨方面。皮埃罗·索德里尼是一个有影响力的公民，当时正以城邦正义旗手的身份担任着共和国最高行政首长的职位。共和国方面于是命令在比萨城外驻扎的军队驰援阿雷佐，在此之前，这支部队一直企图征服比萨城。但是还没等部队赶到，城堡就沦陷了。就在这个关口上，身处刚被征服的厄比诺的瓦伦丁诺公爵，向佛罗伦萨执政团发出了一个口气强硬的要求，要求共和国方面派一个使节来与他会晤。佛罗伦萨方面派遣了沃尔泰拉地方的主教，也就是皮埃罗·

索德里尼的兄弟,作为使节前往。随行的就是作为秘书的马基雅维里。危机最后终于解除了。因为法国国王履行了他向佛罗伦萨许下的诺言,派出了一支强有力的部队支援他们。切萨雷·博尔贾慑于这一威胁,召回了他的将领。

但是公爵的雇佣军首领们本身也是一些小城邦的邦主,他们也不禁担心,一旦他们对公爵没了用处,公爵就会像消灭其他城邦主那样无情地消灭他们。他们听说,公爵已经私下里和路易十二达成交易。根据协议,国王将首先派出一支部队协助攻取博洛尼亚,然后再将这些首领们统统剪除。届时这些首领们的土地会很容易并入公爵既有的领地。首领们经过初步协商,他们在靠近佩鲁贾地方的一个叫马焦内的地方秘密聚会,讨论他们如何才能更好地保护自己。维泰洛佐当时正病着,被人用轿子抬进了会场。帕格洛·渥西尼由他那位做红衣主教的兄弟和他那个作为格拉维纳公爵的外甥陪同着出席。其他参加会议的人包括埃尔梅克·本蒂沃留,他是博洛尼亚城邦主的儿子。还有佩鲁贾地方来的巴利昂尼兄弟俩,年轻的奥利维洛托·达·费尔莫和安东尼奥·达·维纳弗罗,后者是锡耶纳城邦主潘多尔福·佩特鲁奇的左右手。他们面临的危险是巨大的,于是他们同意,为了他们自身的安全,他们必须有所行动。但是鉴于公爵是个危险的人物,他们必须小心从事。他们决定暂时不和公爵翻脸,而是在私下里做好准备,一旦时机成熟就发动攻击。他们拥有一支可观的武装力量,包括步兵和骑兵。维泰洛佐的炮兵也很强大。他们又派出使节去招募当时在意大利聚集着的几千雇佣军。最后,他们向佛罗伦萨城邦派出使节请求支援,因为博尔贾的野心对于佛罗伦萨共和国也是一个巨大的威胁。

没过多久公爵就听说了这一阴谋。他于是命令佛罗伦萨方面向他提供一支援军。公爵一直单方面声称,佛罗伦萨方面已经许诺,在紧急的情况下,可以调拨一支部队归他支配使用。公爵并且要求佛罗伦萨方面派一位有地位,有权和他进行谈判的人前来与他会晤。这就是为什么马基雅维里要前往伊莫拉的原因。马基雅维里一路上颇为焦虑,执政团之所以派他出使,就是因为他并不是一个有实权的人,无权与对方达成协议,而只能将情况向佛罗伦萨汇报,每一步都要等待政府方面的指示。派他这样一个人去见公爵是会令对方非常不愉快的。公爵虽然是当今教皇的私生子,但是在官方的头衔上,他是罗马尼阿、瓦伦西亚和厄比诺公爵,安德利亚亲王,庞比诺地方的领主,教廷的正义旗手和总司令。马基雅维里接到的指示是,告诉公爵,执政团已经拒绝了阴谋者关于援助的请求,但是如果公爵需要人力物力的支援,他必须通报执政团,然后等待他们的答复。他的任务是尽量拖延时间,这也是共和国的一贯政策。执政团永远可以为自己的无所作为找到出色的理由。他们如果被逼得太紧了,就会稍稍松一下他们的钱袋,花上一些不得不花的钱。他的任务是安抚一个不习惯于因循拖延之人的急躁情绪,不做任何实质性的承诺,用华而不实的话语去哄骗一个狐疑的人。用诡计去对付诡计,用欺骗去对付欺骗,去发现那个以伪装著称之人的机密。

尽管马基雅维里只是在厄比诺浮光掠影地见过公爵一次,马基雅维里对他还是留下了深刻的印象。他曾经听说,一度将公爵当作至交知己的基多巴尔多·德·蒙蒂费尔特罗公爵,是如何丧失自己的领地,并且差点丢了性命的故事。尽管他看出公爵在行事时奸诈得令人震惊,但他也不得不佩服此人在经营其事业时所展示出的旺盛精力和娴熟谋略。这个人无所畏惧,心狠手辣,残酷无情并且足智多谋。他不仅仅是一位出众的军事将领,更是一个有能力的组织者和敏锐的政治家。想到能和这么一位对手一比高下,马基雅维里不禁兴奋起来，一丝嘲讽的微笑浮上他薄薄的嘴唇，眼睛中也放出了光芒。如此一来他感觉好多了，肚子也不怎么难受了。他开始期待着在佛罗伦萨和伊莫拉之间的斯卡佩里亚稍作停留，用些点心，另外再租上几匹马。他们一路上赶路赶得紧，没有耽误什么时间，因为他希望能在当天抵达伊莫拉。而那些马匹，不仅承载了它们的主人，也驮了不少行李，如果不让它们有适当的休息，而让它们继续赶路，肯定会把这些马匹累伤。他打算和皮埃罗先走，让两个仆人在斯卡佩里亚休息一天，第二天再带着他的坐骑和皮埃罗的马驹跟上来。

他们在阿尔伯哥·德拉·波斯塔停了下来，马基雅维里高兴地下了马，伸了伸腿。他向客栈打听，最快能够给他们上一些什么饭菜。跑堂的告诉他，他可以叫一些通心粉，一碟鸡，博洛尼亚的香肠和猪排。马基雅维里听了颇为满意。他一向胃口很好，于是乎狼吞虎咽地将端上来的东西一扫而光。他喝着乡下酿造的浓烈的红酒，觉得十分满意。皮埃罗也和他的主人一样，吃了个痛快。当他们再次跨上马鞍，重新出发的时候，皮埃罗感觉到心情很愉快，他是如此地高兴，以至于他开始哼起一首在佛罗伦萨大街上流行的曲子来。马基雅维里竖起了他的耳朵。

“嗨，皮埃罗，你舅舅没有向我提起过，你还有一副好嗓子。”

皮埃罗有些得意，开始升高音阶纵情歌唱。

“很不错的男高音，”马基雅维里带着温暖和友好的笑容说道。

他收起缰绳，让坐骑放慢步子，皮埃罗心领神会，开始唱起一段著名的曲子，但是歌词却是马基雅维里亲自写的。马基雅维里心里颇高兴，但是也注意到这个孩子是在用歌声讨好他。对于这个巧妙的手腕，马基雅维里也没有觉得有些什么不合适。

“你是怎么学习到这些歌词的？”

"比亚乔舅舅帮我写出来的。它们也凑巧和这段曲子相配合。"

马基雅维里听了没有作声。他放开缰绳让坐骑重新开始小跑。他想到,对于这个应朋友比亚乔所请而带出来,他本人也想好好加以利用的年轻人,有必要好好了解一下。于是在余下的旅途中,当上坡的道路使他们不得不下马步行时,他就开始了这项工作。当马基雅维里需要刻意用心时,没有人能比他更亲切,有趣和逗人开心了。另外,他也十分注意保持含蓄和技巧。皮埃罗这方面,要识破这些友好的,漫不经心的问题的目的是要将他本人赤裸裸地展示出来,他还得具备一些和他实际年龄不相称的世故才行。皮埃罗既不羞怯,也不自以为是,他有着年轻人的自信,回答问题坦率而平实。在皮埃罗看来,让他谈谈自己,从而来打发目前这段开始变得有些单调的旅途时光,倒是一件十分令人愉快的事。马希利奥·费奇诺,那位著名的学者,三年前才过世;他是比亚乔的岳父,一度也指导过这个年轻人的学业。正是基于这个老先生的建议,皮埃罗熟练地掌握了拉丁文,但是让老先生失望的是,他的希腊文知识只是马马虎虎而已。

"我这辈子的遗憾之一就是从来没能学习希腊文,"马基雅维里说道,"我真羡慕你可以阅读希腊文的原著。"

"那有什么用?"

"它会教会你,幸福是一件人人都企图获得的东西,为了能够获得它,你不需要别的,只要具备良好的出身,良好的朋友,好的运气,健康,财富,相貌,权力,名声,荣誉和品德就可以了。"

皮埃罗放声大笑。

"它也教会你生活是不确定的,充满着艰难困苦。因此你会得出结论,只有抓住时间及时行乐,才是正确的。"

“我不需要通过学习希腊动词的变格才知道这些。”皮埃罗说。

“也许不需要，但是我们要按着我们的自然意志去行事时，知道古代的贤哲也是这样教导我们的，终归要让人放心一些。”

通过一些有针对性的问题马基雅维里了解到这个年轻人在佛罗伦萨的朋友是哪些人，也了解到他在那边的生活是什么样的。通过认真聆听皮埃罗关于某些问题的看法，他暗暗地掌握了皮埃罗的能力和性格。当然他是缺乏经验的，但是挺机灵，在这方面比他的舅舅比亚乔强得多。比亚乔虽然善良诚实，但却智力平庸。小伙子有着一股年轻人的劲头，一种自然的追求快乐的愿望和一副冒险的性格。虽然天真纯朴，但也不是过分地谨小慎微，而这一点对于马基雅维里而言并不是一个弱点。因为这意味着，如果要他去做一些稍稍有些拿不上台面的事情时，他不会因为他那脆弱的良心而受到牵制。小伙子很强壮，也很活跃，看来也不缺少勇气。他开朗的面容，坦率的个性和讨人喜欢的态度都可以成为十分有用的财富。至于他是否可以谨守秘密和值得信任，则还有待于进一步观察。第一件事只需要一点时间就可以发现，至于第二件事，马基雅维里从来没有意愿去相信某一个人相信到超过其必要的程度。不管怎么说，这孩子挺机灵，知道获取主人的好评只会对他有好处。马基雅维里一份良好的评价将确保他前程远大，而一份糟糕的汇报将让他永远失去共和国政府中的职位。

第五章

他们已经快到伊莫拉了。这座城市位于一片肥沃平原上的一条河流边上。周围的农村丝毫没有战争破坏的痕迹,因为这个城市在切萨雷的军队到来之前就投降了。当他们还有两英里远的时候,他们遇到了七八个骑马的人。马基雅维里认出其中一个人是阿加皮托·达·阿马利亚,公爵的首席秘书。马基雅维里是在厄比诺和他相识的。他热情地与马基雅维里打招呼。既然找到了他要接的人,阿加皮托于是调转马头,陪着马基雅维里一行向城里的方向前进。执政团在一天之前,已经派了一名信使来通知佛罗伦萨派驻在公爵驻地的代表,通知他将会有一名共和国的特使到来。现在这名信使已经到了城门口。由于一路上旅途漫长,阿加皮托问马基雅维里是否需要在面见公爵、呈递国书之前先休息和恢复一下。尽管军队驻扎在城外,然而在这个目前作为瓦伦丁诺公爵首府的小城市中,还是挤满了各种各样的人。这些人包括公爵的部属幕僚,宫廷成员,来自意大利其他城邦的使节和代表,贩卖各种生活必需品和奢侈品的商人,寻求一官半职的人,拍马屁的人,间谍,演员,诗人,荡妇和其他一些跟随着一支胜利大军进城的,盼望着用正当或不正当的手段挣些钱的三教九流之辈。结果弄得要在城里找个住宿的地方变得相当困难。城里仅有的两三个旅店人满为患,人们只能在床上睡三五个小时。但是佛罗伦萨驻伊莫拉的代表已经为马基雅维里作了安排。他和他的随从们被安排在多米尼克修道院。信使也建议直接带马基雅维里去那里。但是马基雅维里却转过头来对阿加皮托说话。

“如果阁下可以接见我的话，我宁愿立刻去见他。”他说。

“那我就先走一步，去看看他是不是有空。这位官员会带你进宫。”

于是除了那个被指定陪同马基雅维里一行的官员，阿加皮托和其他人策马而去。余下的人牵着他们的马匹在狭窄的街巷中穿行，最后终于到达了一个大广场上。在路上马基雅维里问那位陪同官员，当地最好的旅店是哪一家。

“我对修道院那些好心的修士所能准备的伙食不抱希望，而我也不想空着肚子上床。”

“金狮饭店。”

马基雅维里对信使吩咐说：“你带我去宫里，把我带到以后，就去金狮饭店，让饭店给我准备一桌丰盛的饭菜。”然后对皮埃罗说：“把马匹牵到马房去。信使会告诉你往修道院该怎么走。到了那儿后把马驮的袋子交给安东尼奥。”安东尼奥是马基雅维里的两个仆人之一。“然后，你和信使就来宫里找我。”

宫邸是一座巨大的，但是并不起眼的建筑物。因为建造这座大厦的人，卡特琳娜·斯福查是个节俭的女人。大厦占据了广场的整个一侧。在这里，马基雅维里和那位陪同官员下了马，由卫兵放行进了宫殿。陪同官员派了一个士兵进去告诉首席秘书他们到了。不一会工夫首席秘书就来到了马基雅维里正在等候的房间。阿加皮托·达·阿马利亚是个魁梧的人，留着一头长长的黑发，一围小小的络腮胡，苍白的脸庞上长着一双冷静和聪明的眼睛。他是一个绅士，举止十分得体，口才无碍，一副坦诚的样子，使不少人错误地低估了他的能力。他对公爵十分忠诚，对公爵的事业也尽心尽力。公爵对于那些对他有用的人，总是有办法加以笼络的。阿加皮托告诉马基雅维里，公爵将会立刻接见他。于是他们爬了一段楼梯，马基雅维里被带到了一间装饰华美的套间。套间四周镶嵌着浮雕，并且有着一座硕大的石砌壁炉。壁炉上方的雕塑是卡特琳娜·斯福查的手臂，这个无所畏惧，但不幸的女人如今做了公爵的俘虏，正被关押在罗马。壁炉炉膛里的木头正在熊熊燃烧，公爵背对着壁炉站着。房间里唯一的旁人是胡安·博尔贾，蒙里埃尔的主教，教皇亚历山大那个魁梧而狡猾的侄子。他坐在一张高背的木雕椅子上，跷着二郎腿，脚尖正对着壁炉中的火光。

马基雅维里朝公爵和主教弯腰行礼。公爵优雅地走向马基雅维里，握住他的手，把他带到一张椅子上。

"书记官大人，你一路旅途劳顿，想必是又冷又乏，"他问道，"你吃过饭了吗？"

"是的，阁下。我在路上已经吃过了。我以这样一副旅行者的装束来晋见您，实在是失礼了。我对此表示歉意。但是我不想耽搁向您转达共和国方面的意见。"

他于是呈上了国书。公爵略微地看了一眼之后就交给了他的首席秘书。切萨雷·博尔贾长得英俊不凡。他身高超出一般人，肩膀宽阔，胸脯结实，腰身细瘦。他一袭黑衣，更衬出他鲜艳的容貌。他右手食指上戴了一枚戒指，除此之外唯一的装饰就是法国国王路易赐给他的圣·米歇尔项饰。他的头发是深褐色的，经过仔细的梳理，披在肩膀上。他留着一排髭须，络腮胡子则是精心修剪为薄薄的一层。他的鼻子直而精巧，浓眉之下有着一双俊秀而无畏的眼睛。他的嘴巴长得十分有形，显得十分性感。皮肤光洁，熠熠生辉。他步态庄重，但又十分优雅。举手投足之间有着一种帝王般的气息。马基雅维里不禁自忖，眼前这个年轻人，一个罗马城里普通的女人和一个肥胖的，长着一只鹰钩鼻子的，用无耻的贿赂手段爬上教皇宝座的西班牙神甫相结合的产物，不知道是从哪里学到了一个出众的王子才能够具备的仪表举止。

“我请求贵国政府派遣一名代表来见我，是因为我想了解我与贵国之间的关系现在究竟是处在一个什么位置上。”他斟酌着用词。

马基雅维里于是开始阐述他事先已经准备好的那套说辞。公爵虽然倾听着，马基雅维里还是明白地看出，公爵将他根据执政团的旨意而释放出的善意和保证看作是一堆没有用的空话。马基雅维里讲完之后，公爵没有作声，出现了一小会的冷场。公爵往后靠在椅背上，左手抚摸着胸前的绶带。他开口说话时，带着一种冷漠的口吻。

“我的领地和你们的领地之间有着一条很长的边界。我有责任尽我所能保护我的领地。我十分清楚，你们的城邦对我不怀好意。你们曾经试图挑拨我与教皇和法国国王之间的关系。你们对待我的态度比对一个刽子手好不到哪里去。现在你们必须决定，是把我当朋友看，还是与我为敌。”

他的声音有如音乐，轻快而不低沉。声音中有一种特质，不是尖酸，而是锋芒毕露，杀气腾腾，言辞之间透出的傲慢不逊让人很难容忍。他说话的口气就像是对一个卑贱的仆人。但是马基雅维里是一个有经验的外交家，十分了解该如何控制自己的性子。

“我能够向阁下保证，我国政府除了您的友谊之外，别无他求。”马基雅维里不温不火地回答着，“但是他们也没有忘记，您允许维泰洛佐侵犯我们的领土，因此他们也怀疑您的友谊是否确实真诚。”

“我和这件事没有关系。维泰洛佐纯粹是按他自己的意愿行事。”

“他从您那里领取军饷，也服从您的指挥。”

“那次征战开始时，我毫不知情。进行的过程中也没有得到我的支援。我不会假装我为这一事变感到遗憾。相反,我一点也不感到遗憾。佛罗伦萨人对我失信,他们为此付出一点代价是恰当的。但是当我意识到他们已经受到足够的惩罚时,我下命令给我的将领们,叫他们撤军。为了这件事,我把他们给得罪了,他们现在正阴谋推翻我。"

马基雅维里想,现在并不是一个合适的时机来提醒公爵,他之所以下令撤退部队,完全是因为法国国王下达了一个不容耽搁,不许违抗的命令。

"你们咎由自取。维泰洛佐入侵你们的领地也是由于你们自己的过错。"

"我们?"马基雅维里实实在在地吃了一惊,不由失声喊出。

"如果你们没有愚蠢到拷打和处决保罗·维泰利,这一切都不会发生。他的兄弟维泰洛佐向你们寻求报复,你们不应该觉得奇怪。并且,由于我阻止了他一路蛮干下去,他现在跟我作对了。"

这里有必要说明一下公爵所说的意味着什么。

佛罗伦萨对比萨城有过一段很长时间的围困。但是后来局势逆转。佛罗伦萨共和国的军队遭受了一次重大的挫败。执政团将失败归因于其将领的无能。于是他们召集了两支当时服务于法国国王路易的雇佣军,两支部队分别由维泰利两兄弟,保罗和维泰洛佐率领。执政团任命保罗为总指挥。雇佣军发动了一场战斗,城墙被打开了一个口子,正当部队要蜂拥入城之际,保罗·维泰利下达了撤退的命令。他说他那样做的目的是为了避免更多的人员伤亡,但实际上,他当时已经有把握比萨城会有条件地投降。虽然他这么为自己辩护,执政团确信保罗是在对他们要手段,于是派了两个官员,表面上是去送钱给两兄弟,但实际上是要去逮捕他们。保罗·维泰利当时驻扎在卡锡纳城外一英里的地方,两位专员要求保罗在那里与他们碰头,以便商讨战况。他们请他吃了一顿饭,然后把他带到一个隐秘的房间,逮捕了他。然后,他被带到佛罗伦萨,被砍了脑袋。砍头之前,保罗被用了酷刑,但是他坚拒任何罪名。

“保罗·维泰利是个叛徒,”马基雅维里说道,“他通过一场公正的审判,被认定有罪。他的下场完全是罪有应得。”

“他是否清白或有罪并不重要。将他处决则是一件莽撞的事。”

“为了捍卫共和国的声誉,我们必须对共和国的敌人进行有力的处置。我们有必要昭示天下,佛罗伦萨还是有勇气来保障自身安全的。”

“既然如此,你们为什么还让他的兄弟活着?”

马基雅维里无奈地耸了一下肩膀。这确实是一个痛脚。

“我们派了人去请维泰洛佐,准备把他带到卡锡纳。他怀疑这是个圈套。他当时卧病在床。他要求我们的人给他一些时间穿衣服,然后就设法溜了。这件事搞砸了。许多事情你得让你手下的人去完成,这些人有时也会犯愚蠢的错误,换了是你,你是不是也没有什么更好的办法?”

公爵发出一串轻快和愉悦的笑声。他的眼睛闪烁着幽默的光芒。

“当我们制订了一个计划准备实施时,一旦情况有了变化,继续实施这一计划变得不可取的时候,如果我们仍然坚持原来的计划,就是一个错误。当维泰洛佐从你们的手指缝隙间溜走的时候,你们就应该将保罗带到佛罗伦萨,将他安置在维齐奥宫中最好的套间里,而不是将他投入大牢。然后你们就应该审问他,无论有什么证据,都宣布他无罪。然后,你们应该恢复他的部队指挥权,增加他的薪水,然后授予他共和国所能授予的最高的荣誉勋章。你们应该让他相信，你们对他仍然有着完全的信任。”

“如果是这样的话，他会将我们出卖给敌人。”

“他也许会有这样的念头。但是有一段时间他会小心行事，以证明你们对他的信任是完全站得住脚的。这些雇佣军贪得无厌，为了钱什么都能干。你们完全可以给维泰洛佐一笔丰厚的赏赐或待遇，让他无法拒绝。他于是会重新和他的兄弟联合，当你们成功地稳住了这兄弟俩的时候，用一点小计谋就可以找到一个适合的机会将他们迅速地，不加审判地结果掉。”

马基雅维里脸红了。

“这样的欺诈行为会对我们佛罗伦萨美好的声誉造成永久的损害。”马基雅维里大声抗辩。

“对付叛徒必须要用相应的欺骗手段。治理国家依靠的并不是对基督教美德加以身体力行，而是需要依靠胆大心细和果断无情。”

正在这个时候一位军官进了房间，在阿加皮托·达·阿马利亚耳边说了几句话。瓦伦丁诺公爵对这个打扰有些不满。他皱着眉头，用手指敲着面前的桌子。

“阁下正忙着，”阿加皮托说道，“他们得等一会儿。”

“什么事情？”公爵劈头问道。

“两个加斯孔战士抢掠老百姓的财物，被逮了个正着。他们连同赃物一起被带到了这里，卫兵们正看管着他们。”

“让法国国王的臣民等待将是一件令人遗憾的事，”公爵说着，带着浅浅的笑容。“把他们带进来。”

军官走了出去。公爵转过头来对马基雅维里亲切地说：

“我必须处理一件小小的公务，还请你多多包涵。”

“我的时间完全由阁下支配。”

“我相信你一路上还算顺利吧，书记官大人。”

马基雅维里从公爵的语调中听出了一丝弦外之音。

“没有什么意外的事,我很幸运地在斯卡佩里亚地方找到了一个小饭馆,吃了一顿还算过得去的饭。”

“我一直期望人们可以在我统治的地区安全地旅行,就像安东尼时代的罗马帝国一样。你在这里会有机会亲眼见到,我已经除掉了那些给意大利带来灾难的,各式各样的土皇帝,并且通过明智的管理,情况大有改善,老百姓已经安居乐业了。”

外面传来了一阵脚步声,以及人们喧嚷的声音。接着大厅的大门打开了,一群人拥了进来。头一个是那个先前已经进来过的人,在他身后是两个男人,穿戴考究,马基雅维里猜想他们是本城的显贵人士。跟在他们后面的是两个女人,一个年纪稍老,另外一个则是中年。她们身旁站着一个外貌体面的老年人。不一会一个士兵进来,手里拿着一对银制烛台,另一个士兵则手里拿着一只镀银的高脚玻璃杯和两只银制的餐盘。这两名士兵穿着公爵所领导的部队的红黄两色的军装。接着,半推半拉地进来了另外两个人,双手被捆绑在身后面。他们穿着破破烂烂的怪异服装,站在公爵的一群士兵当中,活像一对恶棍。一个是皱着眉头的,四十岁左右的男人,身材魁梧,一脸黑色的络腮胡子,额头上有条青黑色的伤疤。另外一个则是面容光滑的男孩,脸色病黄,带着惊恐游移的目光。

“走近些。”公爵说道。

两个人被人从身后推了一把。

“什么罪名?”

看来事情是这样的:当两个妇人在参加弥撒的时候,有人闯进了她们的房屋,盗走了一些银器。

“你如何才能证明这些物品是你的财产?”

两个显贵男人中的一个开口说道:“布里吉达太太是我的表亲,

我很熟悉这些器皿。这些是她嫁妆的一部分。”

另一个人也证实了前面那个人的证词。公爵转身对那个陪着两个妇人来的老年人说：

“你是谁？”

“乔克莫·法布罗尼奥，阁下。我是一个银匠。这两个被抓起来的人将这些银器卖给了我，他们告诉我说，他们是在福力那个城市抢来的。”

“你肯定是这两个人？”

“肯定，阁下。”

一个军官说：“我们把乔克莫带到了加斯孔兵营，他没费多少劲就把这两个士兵指认了出来。”

公爵锐利的两眼盯着银匠。

“是不是这样？”

“当我听说布里吉达女士的房子遭到了盗窃，她的烛台和银盘被偷了，我就起了疑心。”银匠回答道，脸色灰白，声音颤抖。“我立刻找到了伯纳尔多先生，告诉他两个加斯孔战士卖了些银器给我。”

“你这么做是出于恐惧还是出于责任感？”

银匠一时语塞，他吓得瑟瑟发抖。

“伯纳尔多大人是位执法官员，我曾经为他做过不少事情。如果这些物品是偷来的，我不想拥有它们。”

“他说的是实情，阁下。”执法官伯纳尔多说道。“我去检查那些银器，一下子就把它们给认出来了。”

“它们是我的，阁下。”两个女人中那个稍微年轻一些的急切地叫嚷着。“任何一个人都会告诉你它们是我的。”

“安静些。”公爵转过去注视着两个加斯孔士兵，“你们承认你们偷了这些东西吗？”

"没,没有。"男孩尖叫着。"这完全是搞错了。我以我母亲的名义发誓,我没有做这件事。银匠完全搞错了。我从来没有见过他。"

"把他带走。拷打他几个回合,他就招了。"

男孩发出一声刺耳的尖叫。

"别,别那么做。我受不了的!"

"把他带走。"

"我招供!"男孩喘着粗气说道。

男爵发出一阵短促的笑声,把头转向另外那个士兵。

"你呢?"

那个年纪稍大一些的士兵将头扭在一边,显出不屈的态度。

"我没有偷它们。我只是拿了它们。这是我们的权利。是我们攻占了这个城市。"

"说谎。你们没有攻占这个城市。这个城市是自己投降的。"

根据当时意大利的战争规则,如果一座城市被攻陷,士兵们可以随意抢掠,并且可以拥有他们抢到手的财物。但是如果一个城市是自己投降的话,投降城市的市民要付出一笔费用,来补偿使用这些雇佣军夺取这座城市所带来的一些相关费用。一旦市民们付了钱,他们就可以保全他们的生命财产了。这条规则还是有用的,因为它使得市民们愿意投降。为了对领主的忠诚而战死的情况并不是经常发生。

公爵宣布了他的判决。

"我的命令是部队露天宿营,不许占用民宅。而且若有侵犯民众的行为,将判死刑。"他转脸对那个军官说,"在黎明时分将他们吊死在广场上。让部队了解他们犯了什么罪,并且受到了什么样的惩罚。让两个士兵看守尸体直到中午,让市里面的传令人每隔一段时间就告诉一下民众，他们完全可以信赖他们领主的公正处置。”

“他在讲什么?”那个年轻士兵惊恐万状地问道。因为公爵对那两个加斯孔士兵说的是法语，对那个军官说的是意大利语。

那个年长一些的士兵没有回答，只是用仇恨的目光盯着公爵。公爵听到了这个年轻士兵的问题，于是用法语重述了一下他的判决。

“你们将在黎明时分被绞死，作为对其他人的警告。”

男孩发出一声绝望的哀嚎，一下子跪了下来。

“请发发慈悲，”他尖叫着。“我太年轻了，不能去死啊。我不想去死，我害怕。”

“把他带走。”公爵说道。

男孩被拽着站了起来，他不连贯地嘶叫着，泪水从眼睛中流出。但是另外那个，面庞由于愤怒而扭曲着，聚集起嘴里所有的唾液，用力唾在了那个男孩的脸上。两个人被推搡着出了房间。公爵扭头朝着阿加皮托·达·阿马利亚说：

“确保给他们提供一些宗教上的安慰。如果这两个人在去见他们的造物主之前没能够有机会忏悔自己的罪过的话，我的良心会很不安的。”

一丝微笑浮上他的嘴唇。首席秘书出了房间。正在兴头上的公爵，开始对着他的表弟红衣主教说话。当然，这些话也是讲给马基雅维里听的。

“这两个人既是恶棍，也是蠢货。把那些在城里偷来的东西在同一个城里卖掉是一件无法宽恕的愚蠢行为。他们应该把东西藏起来，等到了一个大城市，像博洛尼亚或佛罗伦萨，然后再卖掉。那样的话就不会有丝毫的危险了。”

此时他注意到银匠还在门边上停留着，似乎还想说些什么。

“你还在这里干什么?”

“谁可以还给我那笔钱,阁下？我可是一个穷人啊。”

“你为了那些个物品付了相应的价钱吗?”瓦伦丁诺公爵温和地问道。

“我付了这些物品能值的价钱。那两个流氓要的价钱是可笑的。我必须得挣个利润才行。”

“让这件事给你一个教训。下次你要首先确认东西来路正当,然后再把它们买下来。”

“阁下,我实在是无法承担损失这么多钱啊!”

“滚。”公爵粗暴地吼了一声。声音是如此地野蛮,吓得那个银匠应了一声,就迅速地退出了房间,像个受惊的兔子。

瓦伦丁诺公爵重新坐回他的椅子上,放声大笑。接着他有礼貌地转向马基雅维里。

“我必须请求您多多包涵刚才的打扰。我认为有必要给予老百姓一个迅速而公正的判决。我也想让生活在我所统治的地区里的民众知道,如果他们有了冤屈,可以随时来找我。他们会发现我是一个执法无私的人。”

红衣主教说:“对于一个刚刚征服了一些地区,而想保有对那些地区统治的君主来说,这是最明智的政策。”

“如果你不去触动人们私下里的个人自由,那么他们就会原谅你剥夺他们的政治自由。”公爵随意地评论着。“只要你不去糟蹋他们的女人,侵犯他们的财物,他们就会很好地安于他们的命运。”

马基雅维里平静地注视着事件的发展。他甚至带着几分消遣的心态。他毫不怀疑,整个事情不过是一出排练好的戏,不过他尽量不显出他的这个想法。他心里很清楚,瓦伦丁诺公爵是绝对没有胆子去吊死两个法国国王的士兵的。也许他们现在早就被释放了,并且拿了一笔用来补偿他们刚刚所经历的这些麻烦的赏钱。第二天他们就可以重新回到加斯孔部队了。马基雅维里猜想，这出戏事先就安排好了，因而他可以向执政团报告，公爵对于他新征服的地区的统治是多么地有效率。尤其值得报告的是，方才公爵无意之间提到的博洛尼亚和佛罗伦萨这两个地方。公爵关于部队可能会开拨到这个地区的暗示，实际上是个隐隐约约的威胁。对于一个头脑诡谲如马基雅维里那样的人，这是再明白不过的了。

房间里一阵沉默。公爵一边轻轻地捋着自己的胡子，一边若有所思地注视着马基雅维里。马基雅维里感到，公爵是在琢磨这个佛罗伦萨政府派来与他谈判的人到底是个什么样的人。马基雅维里不想与公爵对视，于是低首看着自己的双手，似乎是在思忖指甲是否应该修剪了。马基雅维里有些困惑，而处于困惑的状态是不舒服的。因为正是他负责处理了当年那件公案，最后导致保罗·维泰利的处决。意识到他自己所犯下的错误后，他曾经使出浑身解数来说服他的那些紧张又迟疑的上级，必须迅速采取行动。正是他，命令专员从重从快地办理案子。也正是他，在维泰洛佐逃跑之后，仍然敦促对维泰利处以死刑。但是他的这些活动都是在幕后进行的，他不能确定公爵到底了解多少。他脑子里闪过一个念头，觉得公爵谈论那件事不理想的结局，不过是想显示他完全了解马基雅维里在整个事件中扮演了什么角色，而且幸灾乐祸地向马基雅维里当面指出，他当年的措置并不显得称职。但是公爵这个人做任何事都是有理由的。如果他是想通过这件事让佛罗伦萨的使节了解他对共和国政府的一举一动了如指掌，实在是有些不太可能。更加有可能的动机是想借此动摇马基雅维里的信心，从而使他能够俯首贴耳。想到这里，马基雅维里嘴角浮现出一丝笑意，他看了公爵一眼。看来公爵正在等待着与他的目光对接，然后再开口讲话。

“书记官大人，我想告诉你一个秘密，这个秘密我迄今为止还没有告诉过任何一个活人。”

“你要我走开一会吗，表哥？”红衣主教问道。

“不需要。我相信你的谨慎，就像我相信书记官大人的一样。”

马基雅维里合上了嘴，目光注视着公爵，等待着公爵开口。

“渥西尼几乎是跪着求我去攻打佛罗伦萨。我对于你们的城邦完全没有恶意，所以我一口回绝了他们的要求。但是贵国政府的先生们如果要和我修好的话，他们必须在我和渥西尼弥补分歧之前有所作为。我们都是法国国王的朋友，因此我们有必要彼此也成为朋友。我们两国的领土接壤，我们相互之间可以让对方处处方便，也可以使对方处处不方便。你们依靠那些靠不住的雇佣军将领所率领的雇佣军，而我这边却有着一支训练有素，装备精良的部队。并且，我的将领是全欧洲最好的。”

“但是你的那些将领并不见得比我们的更可靠，阁下。”马基雅维里冷淡地回答着。

“我有另外的，对我来说忠诚可靠的将领。让我们来看一下那些阴谋推翻我的蠢货是哪些人——帕格洛·渥西尼，一个蠢人而已；那个认为我对博洛尼亚有企图的本蒂沃留；那个唯恐我夺取佩鲁贾地方的巴利昂尼；奥利维洛托·达·费尔莫，还有那个染上了梅毒，成了废人的维泰洛佐。”

“他们势力强大，而且阴谋作乱”。

“他们所有的动作我全都知道。条件成熟时我会果断出手。请相信我，在那些人的脚底下，火焰已经燃烧起来了。要扑灭这燃烧着的火，所需要的水比他们拥有的人更多。请您理性一些，书记官大人。厄比诺目前在我手上，等于是我控制了意大利中部地区。基多巴尔多·德·蒙蒂费尔特罗是我的朋友，教皇打算将他的外甥女安吉拉·博尔贾嫁给基多巴尔多的继承人和侄子。如果不是因为他的城邦对我而言具有战略意义,我永远也不会攻打他。我必须拥有这块地方以便我能够执行我的计划。我不会感情用事而坏了我的大计。我能够向你们提供安全保证,使你们免于敌人的威胁。如果我们可以步调一致,依靠我的部队和你们丰饶的土地和财富,加上教皇作为精神领袖对于我们的支持,我们将是意大利最强大的力量。到那个时候,我们非但不用向法国国王缴纳大量的硬通货来换取他的保护,而且法国人会把我们看成与他们平起平坐的力量。现在是你我两方建立同盟关系的时候了。"

马基雅维里非常吃惊。但是他还是语气委婉地回答说:

"我看到阁下议论之力量。没有人可以将这些观点阐述得更清楚和更有说服力了。很难见到像阁下您这样一位行动果断的将军,而且思维缜密,口才出众。"

公爵微微一笑,作了一个稍带否定意味的手势。马基雅维里的心提到了嗓子眼,因为他知道他接下去要说的话不是公爵所想听的,但是他还是不动声色地继续说了下去。

"我会写报告给执政团,向他们汇报您方才告诉我的这一切。"

"你这是什么意思?"公爵大声说道。"事情非常紧急,必须立刻决定。"

"我没有权力来签订协议。"

公爵一下子站了起来。

"那你是来干什么的?"

正在这时,房门忽然被打开了。不过进来的是阿加皮托·达·阿马利亚。他完成了公爵交待办理的事情以后回来了。不过房门一下子被突然打开还是让马基雅维里受了些惊吓。马基雅维里不是神经紧张的人,但是他还是不由自主地被吓了一跳。

"我来阁下这里是因为阁下请求我国政府派人来与阁下洽商。"

"但我要的是具备充分授权的使节。"

到目前为止,公爵对马基雅维里还是待之以起码的礼节,但是现在,他两眼冒火,大步走向马基雅维里。马基雅维里站了起来,两个人面对面地站着。

"执政团是在耍我。他们派你来,正是因为你没有权力决定任何事情。他们这种改不了的逡巡不决使我非常恼火。已经超出了我能够容忍的底线。他们打算试探我的耐心到什么程度?"

坐在一旁一直没有说话的红衣主教,说了一句打圆场的话,公爵粗鲁地告诉他,让他住嘴。他开始在房间里走来走去,大发雷霆。他用词刻薄,粗暴,并且充满嘲讽。他看上去完全失控了。马基雅维里则是无动于衷,他毫无惧怕,带着好奇的心情看着公爵。最后公爵又重新坐回了他的椅子。

"告诉你的政府,他们大大地冒犯了我。"

"我国政府最不愿意做的事情就是冒犯阁下您。他们指示我向您转告,您手下那些叛乱分子请求我们的支援,我们已经严词拒绝了。"

"在我看来,这不过就是和平常一样,骑墙观望而已。"

这句话说得并不错。但是在马基雅维里听来,觉得不甚愉快。他脸上没有任何表情。

"我国政府并不喜欢渥西尼和维泰洛佐。我国政府争于和阁下您建立良好的关系。因此我必须敦促您说得更详细一些。最低限度,我必须告诉我国政府您盼望看到的协定是个什么样子。"

"今天的会谈就到此为止吧。你们逼我和叛乱分子谈条件。如果我同意渥西尼的建议,一起攻打佛罗伦萨的话,我明天就可以使他们俯首贴耳。”

“佛罗伦萨正在法国国王的保护之下。”马基雅维里尖锐地指出说。“他向我们保证,在必要时,可以提供四百名枪骑兵和足够数量的步兵。”

“法国人许诺时很慷慨,为的是要换取他们不断索取的金钱。钱一到手,他们则是很少兑现诺言。”

马基雅维里知道这话说得也不错。佛罗伦萨人受够了国王路易的贪得无厌和两面三刀。他有好几次在收了钱以后,迟迟不派部队。再三拖延之后,最后只派出了原先所许诺的部队数量的一半。公爵说的是再明白不过了。佛罗伦萨人必须接受公爵开出的结盟的条件(但是每个意大利人都知道公爵是个毫无信义的人),否则的话,他就要和那些企图造反推翻他的雇佣军将领们联合起来攻打佛罗伦萨。讹诈!情况是紧急的。马基雅维里在沮丧中,想找出一两句话来讲,以便给后面的谈判留条后路。但是公爵没有给他说话的机会。

“你还在等什么,书记官大人?你现在可以回去休息了。”

他甚至没有对马基雅维里的鞠躬告辞有任何表示。阿加皮托·达·阿马利亚陪着使节下了楼。

“阁下是个急性子的人,不习惯被人顶撞。”他说道。

“确实如此。我总不会对此视而不见吧。”马基雅维里尖刻回答着。

第六章

皮埃罗和信使已经在警卫室里等着了。当大门准时地打开后，三个人出了大院，走进了广场。照料马基雅维里的仆役把他带到了金狮饭店。他们再三向饭店打招呼，告诉他们这顿饭是特别用来招待佛罗伦萨来的使节的。而这位使节一向胃口不错，对吃也很讲究。酒是当地农村自制的，虽然不能跟托斯卡纳地区的酒相比，但是颇有酒劲，马基雅维里于是乎放开怀来，喝了个痛快 。他回头思考着今天他和公爵的一番交锋，他认为，总的说来，结果也没有什么不好。瓦伦丁诺公爵的怒气似乎暗示着他有些紧张，而他坚持要和佛罗伦萨共和国立刻建立联盟关系又预示着他明了他目前的处境危险。马基雅维里对于整个接见过程欠缺礼仪一事颇无所谓。从他接受使命那一刻起，他就知道他不能奢望别人对他礼若上宾。吃饱喝足，打了几个饱嗝之后，他让信使告诉他去下榻的修道院的路该怎么走。有鉴于他的重要身份，修道院给他腾出了一个单间。皮埃罗和信使就只好在走廊上铺着的一块草垫子上将就着睡了。和他们一样在走廊上打地铺的还有其他一些暂住的客人。他们对于不用露天睡觉这一点好处，已经是谢天谢地，非常满意了。但在上床休息之前，马基雅维里给执政团写了一封信，信里面他介绍了今晚和公爵见面的一些情况。信使将在明天破晓之际将信带回佛罗伦萨。

“你最好写封信给比亚乔，以便他能够转告你的母亲，你已经顺利抵达了。”他向皮埃罗吩咐道。“还有，让他给我寄一本普鲁塔克的著作来。”

马基雅维里随身带了一本但丁的诗集，此外就只有一本李维的《罗马史》了。皮埃罗写完信之后，马基雅维里不由分说就取了过来，开始读信："尼科洛大人整个上午都没怎么说话。我想他是在思考重要的事情，所以就没有打搅他。但是当他吃完晚饭后，他说起话来是那样机智，清晰和富于哲理，我都几乎以为我们还在斯卡佩里亚，还没到伊莫拉呢。他认为我嗓子很好。我希望下次信使能把我的笛子带来，如果可能的话。"

"写得不错。"马基雅维里说道。"你让比亚乔传递给你母亲的口信十分得体。现在，辛劳了一整天，让我们抓住机会睡个当之无愧的觉吧。"

第七章

马基雅维里需要的睡眠时间并不多。所以天一亮他就醒了。他把皮埃罗叫过来,帮他穿好衣服。他的旅行用的装束被折叠好了放进了鞍囊之中。他穿上了一件平时常穿的、黑色的衣服。他不打算在这个修道院里就这样住下来,因为他需要一个能让他在必要的时候秘密会见客人的居所,而在这个修道院里面,他的访客和他的一举一动都会十分地引人注目。信使已经在回佛罗伦萨的路上了。马基雅维里由皮埃罗陪着,向金狮饭店走去。伊莫拉是个阳光明媚的小城市,没有一丝痕迹显示出这个城市刚刚换了主人。当他们穿过狭窄曲折的街巷时,他们经过了许多正在张罗忙活各自生意的商贩,这些商贩看上去心满意足的样子。你获得了一个印象,即这里老百姓的生活秩序完全没有受到影响。时不时行人们必须为一个骑着马的人,或一队驮着柴火的驴子让出路来。一个男人牵着几头母驴慢慢地行进,用一种习惯性的叫卖声叫卖着对孕妇有好处的驴奶。一个干瘪的老太婆从一个窗户里探出头来,叫住了这个驴奶贩子。不一会老太婆就在门口出现了,手里拿了个大杯子。一个叫卖针头线脑的小贩,用刺耳的声音叫卖着走过。金狮饭店所在的那条街有着好几间店铺。马鞍铺子里有一个客人,理发店里有个男人正在理发,鞋店里一个女人正在试穿鞋子。所有的这一切透露着一股兴旺,不是奢华繁荣,而是一种令人舒服的小康景象。另外,街上完全没有乞丐。

他们走进了金狮饭店。马基雅维里给他自己和皮埃罗叫了一些面包和葡萄酒。他们将面包在酒里蘸一下,让面包有些味道,然后将面包吃下，将剩下的酒喝完。就这样填饱了肚子，他们来到一家理发店。马基雅维里修了一下面。理发师用掺了香精的，散发着浓烈香气的水喷洒在他的黑色短发上，然后进行梳理。与此同时皮埃罗若有所思地摸着自己光滑的下巴。

“我想我也需要修个面，尼科洛大人。”他说。

“还可以再等上几个星期。”马基雅维里回答道，带着浅浅的笑容。然后他转头向理发师说道，“给他头上洒点香水，然后梳理一番。”

他们把自己拾掇得干净利落了。马基雅维里于是和理发师询问，他想要拜访的、一个叫巴托罗缪·马泰利的先生的寓所在哪里。理发师告诉他们该怎么走，但是他给出的指南实在是太复杂了，马基雅维里于是乎问他，可不可以麻烦他给找个向导，领他们前往。理发师于是走到他的店铺门口，喊了一个正在街上玩的淘气的小男孩，让他给马基雅维里他们带路。他们穿过了一个主广场，广场的一侧是公爵所占据的王宫大院。因为今天正好是赶集的日子，所以广场上挤满了农民的摊位，他们带来了各种水果蔬菜，鸡，肉类和乳酪。还有那些出售铜器，铁器，布料，旧衣服和其他物品的商贩的摊位。一大群人聚在一起，或讨价还价，或正在交易，或只是走马观花而已。集市上一片喧哗嘈杂之声。这是一派十月的蓝天之下的，快乐的熙熙攘攘的景象。当马基雅维里和皮埃罗走进广场，他们听到一阵铜号声，顿时喧闹的声音平息了不少。

“这是发布消息的人，”小男孩激动地叫嚷着，他抓着马基雅维里的手就开始跑，“我还没有听到他要宣布的消息呢。”

有几个人向前拥了过去。马基雅维里沿着他们前往的方向放眼望去，在广场的另一侧，他看到了一个绞刑架，有两个人给吊在上面。但这并不是马基雅维里所愿意关心的,所以他就从那带路男孩那里抽回了他的手。那个带路的男孩完全忘记了他应该做的事,撒腿就朝他的兴趣所在奔了过去。消息发布员开始大声宣告他要讲的事,但是他距离马基雅维里太远了,以至于马基雅维里根本听不清他在说些什么。他于是有些不耐烦地转向一个正在站着看护着自己摊位的胖大女人。

"出了什么事?"他向她问道。"那个消息发布员在说些什么?"

她耸了耸自己的肩膀。

"不过是两个小偷,被吊死了而已。根据公爵的命令,到今天中午之前,每过半个小时来一趟。他告诉大家,他们之所以被吊死,是因为偷盗了公民的财物。这两个人是法国士兵,他们说。"

马基雅维里差点流露出震惊的神色,但是他克制住了自己。这完全出乎他的意料,但他必须眼见为实才行。他迈开步子向前走去,从人堆里挤了过去,他推挤着人,也被人推挤着,但是两只眼睛却死盯着绞刑架上的两具尸体。消息发布员说完了他要宣布的事,从竖着绞刑架的平台上走了下来,面无表情地慢步走开了。人群散开了一些,马基雅维里终于可以靠近了些。终于没有疑问了——尽管他们的面孔被绞绳可怕地扭曲了,这两个人确实就是那两个加斯孔士兵。他们在前一天晚上被带到公爵面前,由他审讯并给予了判决。那个年长一点的就是当晚那个皱着眉头,脸上有一道疤痕的人。那个年轻的就是那个曾经有着惊恐游移目光的士兵。事实证明这不是他原来所想像的一出喜剧而已。马基雅维里顿时僵站在那里,沮丧地看着这一幕景象。这时,他的小向导拍了拍他的手臂。

小男孩懊悔地说道,"我真希望他们送这两个人上绞架的时候我正好在这里。等大伙听到消息时,这一切都结束了。"

"这不是给小孩子们看的。"马基雅维里魂不守舍地回答了一句。他的心思又开始忙活起来了。

“这也不是第一次有人被吊死,”小男孩咧开嘴笑着说。“看他们在空中晃来晃去挺好玩的。”

“皮埃罗。”

“我在这里,大人。”

“过来,孩子,带我们去巴托罗缪大人那里。”

重新上路后马基雅维里皱着眉头,紧闭着嘴唇,以至于他的上下唇合成了一道冷峻的直线。他默默地走着,企图琢磨瓦伦丁诺公爵心里在想些什么。为什么他就因为盗窃了几件银器这么一件没什么大不了的事,把两个有用的士兵吊死?在马基雅维里看来,惩罚上述这件违法情事,一顿板子足够了。确实,人命对于公爵来说就像草芥一样,但是看到他是如此急切地谋求获取伊莫拉人民的信任,而不惜开罪于加斯孔部队的官兵们,还是令人难以置信。马基雅维里这下子真的是糊涂了。他确信当天晚上公爵审案子的时候他在现场这一点正是公爵所需要的,否则的话,公爵完全可以等到他与佛罗伦萨使节洽谈完毕再开始审理盗窃案。他是不是想向执政团显示,他并不受法国人控制,尽管他面临他手下将领的阴谋叛乱,却仍然毫无畏惧,不怕得罪他们?还是,整个场景的根本用意就是用来传递那个由公爵本人亲口说出的赤裸裸的威胁:即这两个士兵可以等到他们到了佛罗伦萨再进行销赃?但是谁又可以猜出那个无情并且狡诈的脑子里想的是些什么呢?

“这就是您要找的房子,大人。”男孩突然说道。

马基雅维里送了一枚硬币给那个流浪孩子。于是这个孩子一蹦一跳地跑开了。皮埃罗抬起了门上的铜环,让它落下。里面没人答应,皮埃罗又敲了一下门。马基雅维里注意到,这座房子十分雄伟，一看就知道是殷实人家的豪宅。二楼客厅的窗户并不是预想中的油纸糊的，而是镶嵌了玻璃，这足以表明，主人的家财丰厚。

第八章

马基雅维里并不认识巴托罗缪·马泰利，但是他接到指示要和巴托罗缪联系上。他在这个小城市中是个有地位的人，担任着市政府参事的职位，也是一个财主。他在伊莫拉的城边上拥有土地，在城里也有几处房产。他的父亲通过和近东一些地区做生意发了财，他本人年轻时也在士麦那[①]生活过好几年。也正是因为这个原因他和佛罗伦萨有了渊源，因为佛罗伦萨人一直和近东有着贸易往来，他们中的许多人散居在这个地区的各个城市中。巴托罗缪的父亲曾经和一个出身于佛罗伦萨名门的商人合伙经营业务，最后娶了这个合伙人的女儿。巴托罗缪还是比亚乔·布纳科齐的远亲——他们两人的外祖母，虽然已经过世好久了，是亲姐妹。这也正是比亚乔拿来说服马基雅维里此行带上皮埃罗的重要理由之一。这层关系可以使马基雅维里更容易和这个有用的人套上近乎。

并且，巴托罗缪可以是个非常有用的人。他不仅仅是一个伊莫拉城里有头有脸的人，他还是促使这个城市不战而降的一伙人的头儿。于是，公爵，作为一个善于慷他人之慨的人，赐给了巴托罗缪一处带有伯爵头衔的不动产。马基雅维里是从那个喜欢讲话，多嘴多舌的理发师那里听到这些的。他还听说，巴托罗缪虽然装出一副平常的样子，私下里却对自己新获得的这个头衔喜不自胜。公爵也信任他，心里清楚巴托罗缪为了自己的利益也不会辜负公爵的信任。公爵请他筹办了几次商务活动，他都令人满意地完成了任务。公爵行事诡秘，但很有可能巴托罗缪会知晓一切可以被了解的内幕。马基雅维里有信心，可以略施小计，将他知道的情况统统地套出来。

市政厅手里也抓着巴托罗缪的软肋——他从他母亲那里继承了两套位于佛罗伦萨的房产。如果他不合作的话，一场意外的火灾可以轻易地烧毁其中的一处房产。如果这一点尚不足以威慑他的话，执政团方面还可以找到其他的办法，让他在近东的生意遭受损失——他的这些在近东的生意是他很重要的利益。

“有朋友当然是件好事。”马基雅维里思忖着。“但是让他们明白，他们一旦做事情不够朋友的话，你自有办法对他们进行报复，同样也是一件好事。”

一个仆人把门打开了。当马基雅维里自我介绍，要求面见他的主人后，他开口说道：

“伯爵已经在等您了。”

他被带进了一个庭院，上了一段露天的楼梯，进了一间中等大小的房间。这个房间一看就知道是被主人用来作书房的。他们等了一两分钟以后，巴托罗缪阔步闯了进来，用热烈的气氛和言语欢迎他的客人。

“我听说您来了，尼科洛大人。我一直在热切地等待着您。”

他是一个四十岁左右的大胖子。一头长头发从前额向后梳，一副黑色的大胡子，红脸膛，因为有汗珠挂在脸上而熠熠发亮，双下巴，腆着一个硕大的肚子。马基雅维里，作为一个瘦得像栏杆一样的人，并不喜欢胖子。他曾经说过，在意大利，没人能吃成胖子，除非那个人掠夺孤儿寡母，榨取穷人的膏血。

“比亚乔 · 布纳科齐写信告诉我您要来了，一个信使昨天把信捎了过来。”

“是的。信使本来就计划来伊莫拉，比亚乔就让他顺便捎带了

① 土耳其港口城市伊兹密尔的旧称。

这封信。这是皮埃罗·贾科米尼,①,我们那个好伙伴比亚乔姐姐的儿子。”

巴托罗缪发出一阵清楚而响亮的笑声。他伸出手臂将男孩子搂了过去,顶在了他自己的大肚子上。他亲吻了皮埃罗的两颊。

“这么说来我们是表亲呢!”他用一种洪亮饱满的声音大声说道。

“表亲?”马基雅维里不禁嘴里嘟哝着。

“难道您不知道?比亚乔的外祖母和我的外祖母是亲姐妹。她们都是卡罗·佩鲁齐的女儿。”

“奇怪。他可从来没有向我说起过。你知道这件事吗,皮埃罗?”

“我母亲从来没有告诉过我。”

马基雅维里不过是在否认他了解此事。当然事实上,他非常清楚巴托罗缪和比亚乔的表亲关系。他之所以这么做是因为他的原则之一就是,除非有好的理由,永远不要让任何人知道你掌握多少情况。他很高兴地看到,皮埃罗领会得十分快,没有一刻的迟疑。真是一个不错的孩子。

巴托罗缪请他们坐下。房间里没有壁炉,但房子中央放置的一个火盆驱走了屋里的寒意。他询问他在佛罗伦萨的朋友,那些他由于生意的原因经常访问的朋友。马基雅维里就根据他所知道的情况给予了回答。他们从一个话题转到另外一个话题。不久话题就转到了刚刚当选为终身正义旗手的皮埃罗·索德里尼身上。

“他是我很好的朋友。非常诚实和可靠的人。”马基雅维里说道。“正是按照他的意愿我被派来出使伊莫拉。”

① 原文有误,皮埃罗的姓氏应和本书开头的一致。

他早就打定主意,让巴托罗缪知道,他本人是受到共和国最高首脑信任的。

"我非常高兴见到您 。您尽管放心,我会尽全力提供您所需要的服务。我曾要比亚乔带一匹细亚麻布来,但是我猜这次您走得急,可能没能带来吧?"

比亚乔是个有求必应的人,因此所有的人都喜欢差遣他做这做那。和其他人相比,马基雅维里用起比亚乔来就更加没有节制。

"正好相反,"他回答道,"比亚乔特意关照我将这匹布带来。不过它现在正在我的仆人那里。他们要今天晚些时候才到伊莫拉。"

"我的妻子正在为我做一些衬衫。她向修女们学习过绣花。我敢说在绣花这方面伊莫拉城里还没有谁能赶得上她。她简直是个艺术家。"

马基雅维里的心思正忙活着。他试图了解眼前是个什么样的人。粗放,快活,多血质的样子,让人不难想像他非常喜欢大吃大喝。笑起来满脸开花,说起话来滔滔不绝,声如洪钟。在外露的快乐态度和坦诚友善下面是否掩盖着一个敏锐和算计的头脑,还有待进一步的观察。他有着一个精明商人的声誉,据说极其善于讨价还价。马基雅维里将话题转到了伊莫拉和这个城市当前的状况上。巴托罗缪大大地将公爵颂扬了一番。他严格地执行了伊莫拉在投降时和他达成的条件,他为了支付占领这座城市所需要的开支而征收的税赋也完全合乎情理。而且,公爵还建议将所收的税赋的一大部分用于伊莫拉的市政建设,使这个城市变得更加美好和庄严。因为伊莫拉是他最近才获取的这个城邦的首府,他正在起草蓝图,准备为他本人建造一所新的宫殿,一个供商界人士聚会的会馆和一个为穷人而开设的医院。城市里秩序井然,犯罪几乎销声匿迹了,司法能迅速地获得执行，且收费低廉。穷人和富人在法律面前一律平等。商业很繁荣，贿赂和腐败也停止了。公爵本人对这一带乡下的农业资源十分感兴趣，下达了指示，要大家尽全力发展农业生产。部队则是驻扎在城外。总的说来，城市进入了一个繁荣的时期，每个人都心满意足。

"希望这一切能够长久地持续下去，"马基雅维里高兴地说道。"但是一旦公爵的那些将领们推翻了他，把部队开进城来，什么事情会发生在你身上？"

巴托罗缪发出一阵大笑，还拍了一下自己的大腿。

"他们什么都不是。他们心里清楚，没有公爵，他们毫无权力。他们会和公爵妥协的。相信我，这一切都会像一阵风吹过，什么也不会改变。"

马基雅维里不能够确定，巴托罗缪是完全相信他自己刚刚所说的话，是在努力地去相信这番话，还是只不过说出来，希望马基雅维里能够相信。马基雅维里也还没能断定，这个人到底是个蠢人还是一个精明的人。这种表面的坦诚，热情，真诚的气氛和那双含笑友善的眼睛之下也许隐藏着什么。马基雅维里换了一个话题。

你方才说你将很愿意帮我一些忙，我十分感谢。你可以告诉我我在哪里可以找一个地方，让我、皮埃罗和我的仆人住下吗？"

"我真是希望您求我另外的事，而不是这件事，"巴托罗缪声震屋宇地大笑起来。他说道："公爵的宫廷成员，那些趋炎附势的人，诗人，画家，建筑师，工程师，还有那些从公爵其他领地过来出差公干的人，商人，卖这卖那的小贩，被赚钱的机会所吸引，蜂拥到这座城市，整个城市简直没有一块空地了。"

"我不想在这里不必要地逗留，但是我肩负着执政团的使命。我在一个修道院的房间里是无法履行我的使命的。我必须为我的皮埃罗和仆人们找到住的地方。”

“我会问一下我的岳母。她对这种事情了解得比我多,我现在就去找她。”

他走出了房间,过了一会儿他回来了,他请客人们跟着他去另一个房间。他把大家带到了一个相比之下宽敞得多的房间,墙壁上装饰着十分漂亮的油画,房间里还有一个壁炉。女眷们正坐在炉火旁,做着手里的活计。当客人们走进房间后,她们起身,在客人们微微鞠躬之后,也有礼貌地还了礼。其中一个是个长相不错的中年妇女。

“这是我的岳母,卡特琳娜·卡佩罗夫人。”巴托罗缪介绍着说,“这是我的太太。”

他的太太年轻得简直可以做他的女儿。按照当时的习俗,她的头发,从原来自然的黑色染成了金黄色。但是这么一来就和她黝黑的意大利妇女们所特有的皮肤不相称了。于是她就在她的脸上,脖子上和胸脯上扑了厚厚的一层粉。她那金黄色的秀发和她那双黑亮俊美的眼睛形成的对比非常地强烈。她的眉毛被修剪成一道细线。她有着一只小巧而笔直的鼻子和一张可爱的樱桃小口。她一身淡灰色的装束,包括一条长裙,波浪一般飘动着的袖子,一副非常适合她瘦削身材的紧身胸衣,胸开得比较低,呈现出正方形的形状,显示出她雪白的胸部和年轻饱满的乳房的轮廓。在她的美丽之中有一种处女的特质,但同时又有一种成熟的美,两者结合起来,十分令人倾倒。马基雅维里,虽然脸上不动声色,但在他十分乐于称之为内心的地方,出现了一阵奇怪的涌动。

“一个非常漂亮的年轻女人,”他对自己说道。“我会愿意和她共赴巫山。”

当两位妇人在给客人们搬椅子时,巴托罗缪向卡特琳娜夫人解

释了马基雅维里的难处，之后又补充说明，他发现皮埃罗还是一位他所从来未能谋面的表亲。当听说这层亲戚关系时，两名妇女都向皮埃罗露出了笑容。马基雅维里很高兴地发现，巴托罗缪妻子有着一口好牙齿，细小，整齐而且洁白。

“先生们需要不需要用些点心？”卡特琳娜夫人问道。

她的穿戴非常像她的女儿，但是颜色稍微深一些。而且，因为通常人们认为一个体面的，上了年纪的妇女是不应该染发和在脸上敷粉的，她就没怎么化妆，以本色出现在众人面前。但是她有着一双和她的女儿一样的，俊秀的眼睛。她年轻的时候一定是个大美人。马基雅维里回答说他们已经吃过早饭了。但是主人坚持他们至少要喝一些酒。

“奥莱莉娅，去吩咐一下尼娜。”巴托罗缪对他的妻子说道。

年轻的妇人走了出去。于是巴托罗缪向自己的岳母重复了一遍马基雅维里的要求。

“这不可能。整个城里都没有一间空房间了。不过等一等——因为尼科洛大人是贵宾，这位年轻人又是你的表亲，也许塞拉菲娜会愿意接待他们。她一直拒绝招收房客，前些日子我还说她来着，我说当人们为了一块巴掌大的安身之地愿意支付任何代价时，还让她那间房间空着真是一件令人丢脸的事。”

巴托罗缪解释说，塞拉菲娜女士是他在近东的一个代理人的孀妇，她现在所住的房子也是属于他的。她最大的儿子在巴托罗缪在士麦那的办事处工作，她另有两个孩子和她住在一起，一个将来要做神甫的儿子，外加一个十四岁的女儿。正是为了这一双儿女，为了不让他们受到坏人的影响，她才决定不出租她的那间空房间。

“不过如果是你开口的话，她是不会不答应的，孩子。”

听到卡特琳娜女士叫那个胖男人为孩子，旁人听起来都觉得怪怪的。因为她只不过比他年长两到三岁而已。

“回头我带你们过去，”巴托罗缪说道。“我确信这个可以办得到。”

奥莱莉娅回来了，身后跟了一位女仆。女仆手里端着一只巨大的金属食品盘，上面放了一些玻璃杯，一瓶葡萄酒和一碟肉脯。奥莱莉娅坐了下来，重新开始做她手里的针线活。

“尼科洛大人给你带来了亚麻布，亲爱的，”巴托罗缪说道，“这样你就可以帮我做衬衫了。”

“你还需要新衬衫？真是只有上帝才知道。”卡特琳娜说道。

奥莱莉娅微笑一下，但是没有开口。

“让我给您看，我的太太绣花绣得多好。”

巴托罗缪走近奥莱莉娅，拿起她正在做的绣品。

“别这样，巴托罗缪，这些是女人用的东西。”

“如果尼科洛大人从来没有看见过女人衬衣的话，现在也是时候让他好好看上一眼了。”

“我是一个已婚男士，奥莱莉娅夫人。”马基雅维里微笑着回答道。他脸上的微笑使他瘦削的面容变得稍稍讨人喜欢了一些。

“瞧瞧这针线活多漂亮！设计多么精巧！”

“这些图画是她亲手制作的吗？”

“当然了，她是一位艺术家。”

马基雅维里恰到好处地赞美了一下，然后将衣服还给了她。她谢了马基雅维里，明亮的眸子里闪着笑意。当他们用完肉脯，饮了一杯酒之后，巴托罗缪建议带他们去见那个叫塞拉菲娜的孀妇。

“她的房子就在我们房子的后面。”他说道。

马基雅维里和皮埃罗跟着他下了楼梯。他们穿过了一个小小的庭院，庭院里有一口井，井口是一围用石头凿出来的井沿。庭院中还有一棵栗子树，入秋以来第一次霜降之后，树叶就掉下来散落在地上。最后他们来到一道门前面，门背后是一条窄窄的巷子。

"我们到了。"巴托罗缪说道。

这条荒芜的巷子向马基雅维里预示着，他的客人几乎可以完全不被人注意地来拜访他。巴托罗缪敲了敲门，一会儿工夫门开了。开门的是一个瘦高个子的女人，深灰色的脸上布满了皱纹，有着一双警惕的眼睛，头发则是已经花白了。在看清是谁敲的门之后，她狐疑的神色立刻变成了热情洋溢的欢迎。她请大家到屋里面坐。

"这位是尼科洛·马基雅维里大人，佛罗伦萨共和国政府第二厅的首席秘书，共和国向公爵大人派遣的使节，这位年轻人是我的表亲皮埃罗，我的好朋友和表亲比亚乔·布纳科齐的外甥。"

塞拉菲娜把他们带进了一个客厅。巴托罗缪就说明了他们的来意。塞拉菲娜脸立刻就沉下来了。

"唉，巴托罗缪大人，你是知道的，我拒绝了所有要租房子的人。你看看，我家里有两个年轻的孩子。要住的人又是我们完全不了解的生人。"

"我知道，我知道，塞拉菲娜。但这两位我可以担保。皮埃罗是我的表亲，他可以成为你儿子路易吉的朋友。"

谈话继续下去了。巴托罗缪，以他那种虚张声势和亲近热乎的方式，拐弯抹角地向那个不情愿的女人挑明了，房子是他的，如果他愿意的话，他可以随时将她撵出去，另外，她的大儿子在他手下工作，将来要想升迁，还得依靠他的恩惠。这一切都用一种友善的，半开玩笑的方式传递了过去，使马基雅维里看了以后仰慕不已。这个人，看上去是个老粗，其实一点也不傻。塞拉菲娜家境贫穷，不能得罪巴托罗缪。于是她带着强笑，说她愿意破例帮巴托罗缪和他的朋友们一次。住宿是这么安排的：马基雅维里将有一个单间，也可以使用客厅。皮埃罗和他的儿子路易吉睡一个卧室的上下铺。两个仆人睡在阁楼上，她会在那里放置两个铺位。那个女人要的价有些高，巴托罗缪也指出了这一点。马基雅维里觉得代表国家出使，脸面还是更重要一些，于是就爽快地答应了。他明白，要拉拢某个人，没有比让这个人占你一点小便宜更好的办法了。当然窗户上没有玻璃，但是上面有百叶窗和油纸，可以完全或部分地打开，以便光线和新鲜空气透进来。厨房里有个壁炉，客厅可以用火盆取暖。塞拉菲娜同意把自己的房间让出来给马基雅维里住，自己则和她的女儿住到楼下的一间较小的房间里去。

第九章

办完了这件事巴托罗缪就离开了他们。马基雅维里和皮埃罗又去了金狮饭店吃晚饭。当他们快吃完饭的时候,两个仆人带着马匹和行李从斯卡佩里亚过来了。马基雅维里让皮埃罗带他们去修道院,顺便将放在那里的鞍囊带过来。

“把那匹细亚麻布给巴托罗缪大人送去,让女仆直接交给两位夫人。她不是一个丑陋的仆妇,也许值得你跟她交谈两句。办完这事儿后就回到塞拉菲娜的屋子,在那里等着我”。

他停顿了一小会儿。

“她是一个喜欢说话的女人,明白无误是个长舌妇。过去和她在厨房里坐一会儿。有人给她做伴她一定高兴。让她给你聊一聊她的孩子,你也可以向她谈一谈你的母亲。然后尽你所能,尽量多了解一些巴托罗缪的情况和他的太太以及他的岳母的情况。塞拉菲娜受巴托罗缪的恩惠太重,估计会因此对他心怀不满;你长着一副诚实,坦率的面容,而且还是一个少年人,如果你能够获取她的信任,她会对你倾吐她所了解的一切。对你来说,学习如何通过友善的话语和美妙的谈吐引导一个人向你倾诉心中的仇恨,是一种很好的实践。”

“可是,尼科洛大人,你何以如此肯定,她憎恨他?”

“我一点都不肯定。也许她只是一个愚蠢的,多嘴多舌的女人。实际情况是,她贫穷,他富有,她必须仰仗他的施舍,这种沉重的人情债是很难让人承受的。请相信我,原谅你的敌人对你的冒犯比原谅你的朋友给你带来的恩惠更容易一些。”

他尖酸地微笑着，然后就走开了。他和佛罗伦萨派驻伊莫拉的使节有个约会，约会的内容是会见一位名叫贾科莫·费里奈利的人。此人是被美第奇流放到这里的。此人由于是一个聪明的会计，所以现在正在公爵手下办事。这个人虽然效力于公爵，但却急着要返回佛罗伦萨，以便将他被没收的财产重新拿回来。所以可以肯定他一定会和佛罗伦萨方面合作。他证实了巴托罗缪今天早上告诉马基雅维里的情况。公爵的新的臣民们对他的统治还是满意的。政府是严厉的，但是非常称职。那些在各自的土皇帝的暴政下呻吟的人们享受到了一个世纪以来从来没有过的，免于压迫的自由。通过每户人家出一个壮丁参军的义务兵役制，公爵打造了一支比那些用募兵制组织起来的军队更为可靠的部队。法国和加斯孔部队随时都有可能接到法国国王的命令而开拔；瑞士部队只要某个政治势力给出的条件足够优惠，随时准备倒戈；日耳曼部队则是走到哪里，抢掠到哪里，是人民群众谈虎色变的灾星。公爵的士兵对于公爵向他们发放的红黄两色军装十分自豪，他们军饷给得很多，训练充分，装备精良，而且公爵非常成功地在他们中间唤起和培养了高度的忠诚感。

“那些将领，维泰洛佐和渥西尼那边有什么消息?”马基雅维里问道。

“关于这些人没有任何消息。没有人知道他们在做些什么。”

“宫里面气氛如何?”

“你可以说平安无事。”费里奈利回答道。“公爵是个行事隐秘的人，一般深居简出。秘书们也没有显示出任何可以引起人们焦虑的迹象。而阿加皮托大人，则是比以往任何时候都要幽默和轻松。”

马基雅维里皱着眉头。他有些困惑了。各种迹象明确地显示，某种情况正在酝酿和发酵之中。这个会计尽管十分愿意透露情况，却完全不得要领。马基雅维里最后不得不认定，和往昔相比较，这个会计并没有变得更聪明一些。他回到了寓所，皮埃罗正在等着他。

“你把亚麻布送过去了吗?”他问道。

“是的。巴托罗缪大人当时正在宫里面。女仆让我在楼下等着，然后她把布料拿给楼上的女士们，当她下来的时候，她告诉我女士们想当面感谢我为她们送来布料。所以我就上了楼。”

“这么说，你并没有按照我的吩咐和那个女仆交上朋友。”

“当时没有这个机会。”

“你可以捏她一把，或者至少告诉她她长得漂亮。这种机会总归是有的。”

“女士们对我很客气。她们拿出了水果，蛋糕和酒来招待我。她们问了我很多关于您的问题。”

“她们问了些什么问题?”

“她们想知道您结婚多长时间了，娶的太太是谁，以及玛丽埃塔夫人长得什么样。”

“后来你和塞拉菲娜说过话吗?”

“您对她的估计完全正确，大人。如果不是您回来了，她这会儿应该还在跟我说话呢。我当时想，她大概是没法停下来。”

“给我说说看。”

当皮埃罗说完之后，马基雅维里给了他一个亲切的笑容。

“你干得非常不错。我就知道我错不了。我知道你的年轻会吸引一个老妇人，而且你单纯天真的外貌会使她更容易地向你吐露真言。”

皮埃罗确实掌握了不少情况。巴托罗缪很受公爵的宠信。他是城里头一批归顺公爵的人士之一。他是一个诚实，善良，慷慨和虔诚的人。当下的这段婚姻是他的第三次婚姻。他的第一次婚姻是秉承父母之命而缔结的,婚后八年妻子就死于伤寒。经过了一段体面的间隔他又结了婚,但是十一年之后他的第二个妻子也去世了。两位妻子都给他带来了丰厚的嫁妆,并且两个人都没能给他留下一男半女。他当了三年的鳏夫,然后很快地娶了奥莱莉娅。她来自亚得里亚海边一个叫西尼加利亚的港口城市,她的父亲是一艘近海货轮的船东和船长,这艘货轮主要是向达尔马提亚沿岸各城市运送货物。在一次风暴中他和他的货轮一起被汹涌的大海所吞噬,于是他的寡妇一下子就陷入了贫困之中,只能靠为别人做针线活维持生计。她有三个女儿,另外有一个儿子不幸在风暴中和父亲一起被淹死了。两个女儿早已出嫁,事故发生后,巴托罗缪因为这个机缘注意到奥莱莉娅,当时她才只有十六岁。他为她处女般的美貌所打动,但是她的出身和身家都无法和他那样有身份的人匹配。然而,虽然年轻,她的身上有一种成熟的美,预示着她将会很能生儿育女。这一点对巴托罗缪来说是件重要的事,因为在这个世界上没有比一个儿子是他更想要的东西了。在他头两次婚姻期间,他也一直和一些社会地位较低下,但像奥莱莉娅这样年轻貌美的姑娘保持着关系,但是这些不经常的男女关系也没能给他带来子嗣。卡特琳娜夫人一辈子生了六个孩子(两个在襁褓中即夭折了)的事实显示出她的家庭生殖力旺盛,而且,通过谨慎的调查,他了解到奥莱莉娅的两个姐姐每人都生了三到四个孩子。事实上,她们是按着一年生一胎的规律在生养着孩子,这对于一个年轻健康的女性来说是完全正常的。但是巴托罗缪是小心谨慎的。他已经娶过了两个无法生育的女人,他实在是不想再娶第三个生不了孩子的女人了。于是他通过一个中介,向卡特琳娜提议,他可以把她和她女儿安置在伊莫拉郊外的一座别墅中,并定时赠予一笔丰厚的生活费,而且承诺,一旦有孩子出生，他一定会认养下来。他甚至允许让那个中介暗示，如果生下来的是男孩的话，他可以考虑娶奥莱莉娅为正室。但是，卡特琳娜夫人，或是因为基督教的训诫，或是因为她从人世间获得的一些基本智慧，愤怒地拒绝了这一建议。她那过世的丈夫，虽然只是一个小型的海岸运输货船的船东，却是一个受人尊敬的人。她的两个女儿，虽说并没有嫁给富裕的人家，却也是体体面面地嫁出去的。她宁可将自己的女儿送进修道院做修女，也不会同意让她为一个富人所包养。巴托罗缪看遍了伊莫拉城中当龄待嫁的姑娘，没有一个像奥莱莉娅那样吸引他，也没有一个看上去比奥莱莉娅更有可能给他生个大胖儿子。他是一个生意人，也是一个理智的人。他明白，如果你非常想要一件东西，但是你出的价钱又没有办法将那件东西买下来，那就只有一个办法来获得那件东西，也就是照卖方的价格付钱。他非常客气地提出了求婚，女方很快就同意了。

巴托罗缪不仅是个商人，而且是个精明的商人。奥莱莉娅比他年轻将近二十岁，他想她身边应该有个人看着她一点儿。于是他邀请卡特琳娜夫人过来和他本人以及他的新娘一起住。

塞拉菲娜窃笑着说：

“那个老蠢货信任她。但是你看看她那样子，她根本就不是那种会忠实于自己丈夫的女人。当她丈夫在航海时，她根本就不守妇道。”

“她很明显不喜欢卡特琳娜夫人。”马基雅维里说道。“我在想为什么。也许她本人就想嫁给巴托罗缪，并让巴托罗缪做她孩子的继父。或许是出于嫉妒。究竟是什么原因无关紧要，但知道这一点总是好的。”

婚姻是幸福的，巴托罗缪非常喜欢他年轻的妻子。他给她买了许多精美的衣物和首饰。她本分尽职，温顺而有礼，具备一个贤妻所应有的一切。然而尽管结婚三年,她一次也没能怀孕,而且也看不出有怀孕的可能性。这件事成了巴托罗缪生活中的一个大缺憾。如今他有了一个贵族的头衔,他就更想有个儿子了。

“塞拉菲娜夫人有没有暗示,这位美貌的奥莱莉娅也有可能对她的老丈夫不忠?”马基雅维里笑着问道。

“没有。她除了参加弥撒之外很少外出。每次出门也都是由她的母亲或女仆陪着。据塞拉菲娜女士说,奥莱莉娅对宗教十分虔诚。她会把对丈夫不忠一事看成是死罪一桩。”

马基雅维里沉思着。

“当你向女士们聊起我的时候,你有没有碰巧提起玛丽埃塔夫人已经怀孕?”

男孩子一下子脸涨红了。

“我以为她们了解这件事没有什么害处。”

“完全没有关系。我一点都不介意她们了解这件事。”

马基雅维里意味深长地笑了。但是他微笑的含义皮埃罗却并不了解。我们已经说过,马基雅维里娶玛丽埃塔并不是因为爱情。他很尊重她,他非常喜爱她那些良好的品质,对她的忠贞不渝,马基雅维里也非常赞许。她是一个勤俭持家的主妇,这一点对于一个像他这样收入不多的人来说是颇为重要的。她从来不会浪费一分钱。她也会成为他的孩子的母亲,而且会是一位优秀的母亲。马基雅维里有着所有的理由对他的妻子满怀宠爱和感情,但是他从来没有想过他应该为她守身如玉。奥莱莉娅的美貌把他的魂都摄走了。而且不仅仅是她的美貌打动了他,更重要的是,从来没有一个女人这样迅速而又强烈地刺激着他的感官。他那强烈的欲望使他的肚子都开始作疼了。

“我就是死也得把那个女人搞到手。”他对自己说道。

他非常懂得女人,所以他无法如愿满足他的欲望的时候并不是太经常。他对自己的外貌不抱幻想,他清楚地知道别的男人要比他英俊许多,而且许多人也比他更有钱和社会地位。但是他对自己的魅力却是十分有信心。他可以逗女人们开心,他知道如何恭维她们,他有一种本事,可以使女人非常容易地接纳他。而且,最最重要的是,他对这些女人们有着强烈的征服的欲望,女人都能强烈地意识到这一点,而这就让她们兴奋起来了。

"当一个女人身体里面每一根神经都告诉她,你想要她的时候,她是无法抵抗的。除非此时她正深爱着另外一个男人。"他有一次这么对比亚乔说。

要让奥莱莉娅去爱她的肥胖的丈夫,一个年纪比她大出那么多的老男人,估计是一件非常不可能的事。她之所以听从她母亲的安排接受这桩婚事,纯粹是因为这是一桩好买卖。但是巴托罗缪应该清楚,城里面有年轻人,公爵宫廷豢养的一些放荡的小伙子,一定看上了奥莱莉娅的美貌,所以巴托罗缪肯定在这个方面提高了警惕。那个男仆的神色诡谲多疑,他是一个有着突出浓眉的,脸色阴沉的家伙,长着一只硕大而骨感的鼻子和一张残忍的嘴。他很有可能就是安插在家里用来监视他的女主人的。此外还有女主人的母亲,塞拉菲娜说她年纪轻轻的时候曾经风流快活过,这很有可能是真的。这女人长着一双久经情场的女人所特有的大胆而流连顾盼的眼睛。虽说如果她的女儿找个把情人她也不会生气到什么地方去,但这个女人总归还是需要小心对付的。马基雅维里断定巴托罗缪是个要面子的人。世上没有什么比一个非常要面子,但是又发现被人愚弄了的人更具有复仇心理的了。马基雅维里现在要进行的这件事并不容易,但是这并没有使他觉得不安。他对自己颇有信心,而且这件事的难度也使事情本身变得更加有趣。很明显他必须和巴托罗缪搞好关系，使他有安全感，另外，也许也有必要和卡特琳娜建立良好的关系。让皮埃罗到塞拉菲娜那里去打听情况证明是个好的主意，这番侦察让他对形势有了一个大致的掌握。但是他仍然必须了解更多的情况，之后他那足智多谋的头脑中也许就会自然而然地产生一些计划。他知道在目前情况下绞尽脑汁是无济于事的。他必须等待一个灵感。

"让我们去吃晚饭吧。"他对皮埃罗说。

他们步行去了金狮饭店，吃完之后就返回了寓所。塞拉菲娜已经把孩子们安顿上了床，这会儿正在厨房里补着一双袜子。马基雅维里把皮埃罗打发去了楼上他和塞拉菲娜儿子共用的那间房间，然后礼貌地问塞拉菲娜他是否可以在厨房里烤一小会儿火，一边坐了下来。他已经感觉到卡特琳娜会很快过来问塞拉菲娜有关他的情况，所以他希望塞拉菲娜能尽可能地为他说些好话。他如果愿意讨人喜欢的话是完全可以做到的。他现在就开始这么做了。他向她叙述了他出使法国宫廷的往事，部分是因为他知道这会引起她的兴趣，但是更多的是为了显示他自己的重要性。他谈到了国王和他那位作为大臣的红衣主教，他叙述人物的方式让人们以为他跟国王和大臣们是随便和亲密的朋友。

他也谈到了那些豪放的贵妇人的声名狼藉的，但是引人入胜的故事。然后他就转换了话题。他向她说起了玛丽埃塔，谈到把怀了孕的她留在佛罗伦萨对他来说是多么地为难，谈到了他是如何急切地想回到佛罗伦萨和他那快乐的小家庭。要让塞拉菲娜怀疑马基雅维里不是他显示出来的那样一个忠诚善良的丈夫，一个普通然而老实的男人，塞拉菲娜还得是一个非常精明的女人才行。他带着同情和兴趣听她诉说着她丈夫的疾病和死亡，她所经历过的过去的好时光和带着两个年幼的孩子去闯江湖的艰辛。很明显她把他看成是一个令人快乐的,杰出的和善良的人。当他告诉她他身体孱弱,带有折磨人的胃病,而金狮饭店的食物让他十分不适应时,塞拉菲娜很自然地提议说,如果他不介意屈尊与她和她的孩子一起用餐的话,她会非常乐意为他和皮埃罗提供伙食。这正中马基雅维里下怀。因为这样他不仅可以省一些钱,而且也可以更加方便一些。当他向她告别时,他给她留下了一个不错的印象。他上了楼,进了自己的房间,就着烛光,读了一段李维的著作,直到睡意袭来。

第十章

第二天马基雅维里躺在床上迟迟未起。他读了但丁的长诗《炼狱》中的一个诗篇。虽然他对于这部高贵的诗歌早已烂熟于心，但是当他再次诵读之时，他还是像以往那样内心充满狂喜。每次阅读这部诗歌，他都不禁因为它美妙的语言而觉得极度的快乐。但是在他的心思的另外一部分，却浮现着奥莱莉娅端端正正地坐着刺绣的图像。于是他时不时必须放下手中的书本，让自己耽溺在一些不体面的念头中。他琢磨着他到底可以用什么方法和奥莱莉娅再见上一面。当然，一旦见了第二面，她也许会变得不是那样吸引人了，这也许也不是一件坏事，因为即使不去偷情，他手上的事也已经够他忙的了。不过，偷情这件事也可以成为他的政治外交事务之余一件令人愉快的消遣。他的心思一下子被他的仆人安东尼奥打断了。安东尼奥告诉他巴托罗缪正在楼下，希望能见他。马基雅维里让他告诉巴托罗缪他马上就下楼，说完话他就迅速地穿上了衣服，走下楼去。

“抱歉让您等了，男爵。我正在给执政团写一封信。”他轻松地撒了一个谎。

巴托罗缪对马基雅维里称呼他的贵族封号用手做了一个自贬的动作，好像在说这根本不值一提。但受到如此的恭维，他还是很高兴。他带来了一个消息。厄比诺城邦中最坚固的堡垒是圣·利奥，它位于一个陡峭和孤立的岩山上，据说固若金汤。前些日子城堡正在进行一些维修，利用这个机会，一帮子农民操了武器，闯进城堡，把公爵的守卫部队全部杀死了。这一消息迅速地传到了其他村庄,于是这些得到消息的村庄也立刻造了反。当这一消息被报告到公爵那里时,他勃然大怒。很明显暴动是由马焦内那儿的一小撮阴谋分子煽动起来的。这只能说明他们已经决定向他进攻了。宫中现在乱作一团。

“公爵可以调动的军队是哪些?”马基雅维里打断巴托罗缪问道。

“你最好亲自过去了解这一点。”

“我怀疑阁下不会允许我这么做。”

“跟我走。我正要去兵营。我带你去。”

马基雅维里恍然大悟,巴托罗缪并不是以一个朋友的身份前来,告诉他一件根本也就无法保密太长时间的事变,他应该就是公爵直接派来送达这一邀请的。就像一个森林中的猎人听到了灌木丛下发出的动静那样,马基雅维里一下子绷紧了弦,但是表面上他还是挂着亲切的微笑。

“我的朋友,如果你能随意进出兵营的话,你一定是个有权的大人物。”

“不是这么一回事。”巴托罗缪回答道,装出一副谦逊的样子。“公爵任命我为负责为部队提供给养的一群公民的头头。”

“你一定从中捞了不少油水。”马基雅维里狡黠地说道。

巴托罗缪发出一阵大笑。

“简直就是蝇头小利,如果还有那么一点利润的话。公爵不是一个你可以糊弄的人。在厄比诺由于食物供应质量差的原因,部队险些哗变。当事件呈交公爵裁决时,他发现部队的怨言确有真凭实据,于是他就吊死了三个维持会官员。”

“我现在明白了,这事让你小心了。”

他们骑马直奔兵营。兵营距离城里有三英里远。那里有三个连的枪骑兵。其中五十人由西班牙军官率领，另外一百人由一个为了寻求历险和名声而加入公爵部队的、来自罗马的绅士率领。每个枪骑兵均有一匹坐骑，一个骑着马驹的传令兵，和一个步兵战士，传令兵和步兵均归这个枪骑兵使唤调遣。此外还有两千五百名雇佣军，六千名公爵手下的义务兵，大约会在两天内抵达。公爵派了一个代理人去米兰，帮他在散布于伦巴第地方的加斯孔浪人中招募五百个人，同时他又派了另外一个代理人去雇佣一千五百名瑞士兵。公爵的炮兵部队是令人生畏的，目前整装待发。马基雅维里一向对军事颇有兴趣，在围困比萨城那场不太成功的战役中，他也获得了一些经验，对此他颇为自得。所以进了兵营，他睁大了眼睛观察。他向士兵和军官们问了一大堆问题，然后对所得到的回答进行分析，去伪存真，最后得出结论，公爵的力量确实不容忽视。

回到城里后，他发现了一封阿加皮托·达·阿马利亚留给他的信。信中告诉他公爵希望在当晚八点钟见他。吃过晚饭后他打发皮埃罗去巴托罗缪家里，告诉巴托罗缪他今晚要见公爵，如果在他见完公爵之后巴托罗缪想见他的话，他们可以在金狮饭店喝上一杯酒。通过巴托罗缪，他也许有可能和他的妻子奥莱莉娅牵上线，所以就有必要先和巴托罗缪搞好关系。巴托罗缪是个爽快的人，喜欢好的谈话和好的伙伴。像这种来自佛罗伦萨共和国使节的信任不可能不极大地满足他的虚荣心。

马基雅维里去了他自己的房间，睡了一个午觉。之后他觉得，有必要和塞拉菲娜再谈上一次。他认为，和皮埃罗相比，他可以获得更多的情况。到目前为止，她关于巴托罗缪还是说了不少好话。但这很有可能是出于谨慎。如果他对人性的了解还算正确的话，她一定是对那个胖男人已经给予的没有更多的感激，然而却对他没能给予的东西心中怀有更多的怨恨。马基雅维里认为自己足够聪明，可以让她说出她内心的真实感觉。

当他醒过来后，他踱下楼去，似乎要去客厅的样子。一边走着，一边唱着一首佛罗伦萨歌曲的其中一段，声音稍稍地大了一些。

“您在吗，塞拉菲娜女士？”当他经过厨房间的门口时，他开口说道。“我以为您出去了。”

“您有一副好嗓子，大人。”她说道。

“一千个感谢。我可以进来待上一分钟吗？”

“我的大儿子有一副好嗓子。巴托罗缪大人过去经常请他过去，他们会经常一起唱歌。巴托罗缪大人是个男低音。像他那样一个庞大而强壮的人声音如此没有力量，实在是件奇怪的事。”

马基雅维里竖起了他的耳朵。

“我的朋友比亚乔·布纳科齐，巴托罗缪大人的表亲，和我非常喜欢一起唱歌。我没能带我的鲁特琴过来，真是遗憾！如果能让我为您唱上几首歌，将会是一件令人高兴的事。”

“我的儿子在这里留了一把鲁特琴。他当时想把它带走，但这是一件无价的乐器，它是一位绅士赠送给我那可怜的丈夫的，用来酬谢他为那位绅士所提供的服务。我不舍得让他带走。”

“您可以让我看一下这把琴吗？”

“已经有三年没有人碰过它了。我敢说有些弦已经断了。”

但是她还是很快取了来，放到了马基雅维里手中。这是一件精致的乐器，用西洋杉木制成，并且镶嵌着象牙。他调了一下音，开始用低音歌唱。他不仅十分喜欢音乐，而且具备专业水准的知识。他曾经自己填词作曲。他表演完了之后发现塞拉菲娜已经泪盈于眶。他放下乐器，非常和蔼地看着她。

“我实在不想让您伤感。”

“这让我想起我的儿子。他远在天涯，在那些异教徒中间承担着这么多风险。”

“这对于他来说是一种历练。而且，在巴托罗缪大人的庇护下，他的前程也是有保证的。”

她用一种凄苦的眼神看了马基雅维里一眼。

“对于富人餐桌上掉下来的面包屑，乞丐总是感激的。”

她尖刻的话语让他明白，他的揣测确实八九不离十。

“《圣经》向我们保证，在天堂里面，所有的情况都会倒转过来。”

她冷笑一声。

“为了能够有我那样的几个孩子，他可以放弃他一半的家产。”

“三个太太都未能给他生下一男半女，也确实奇怪。”

“你们这些男人，你们总是以为这是女人的问题。卡特琳娜夫人心里清楚得很，如果奥莱莉娅不能很快生了孩子的话，她们娘俩的日子很快就不会好过了。到那时就再也没有好衣服，也再也没有戒指和手镯了。我对巴托罗缪这个人太了解了。他是绝对不会做赔本买卖的。卡特琳娜的担心是有理由的。她正在捐一些钱给提莫提欧神甫，请他为奥莱莉娅祈祷，让她早日怀孕。”

“谁是这个提莫提欧神甫？”马基雅维里问道。

“他们的忏悔神甫。巴托罗缪许诺，如果奥莱莉娅生了一个儿子的话，他会赠送一幅圣母圣婴图像给他，提莫提欧神甫从他们那里骗了不少钱。他简直就是把他们玩弄于股掌之中。其实他就像我一样清楚，可怜的巴托罗缪是个没有生育能力的人。”

马基雅维里了解到了比他预期更多的东西。一个简单而且美妙的计划在他脑海中闪现。他想，现在也许是时候中止这番谈话了。他悠闲地拨弄着鲁特琴的琴弦。

“您说得不错，这是一把美好的乐器。能够弹奏它是一件赏心乐事。我一点都不奇怪,您不舍得让您的儿子带着它漂洋过海。"

"您非常具有同情心,大人。"她说道。"如果您演奏这件乐器给您带来快乐的话,我愿意在您逗留此地的这段时间中把它借给您。我知道您会爱惜它的。"

马基雅维里正在琢磨他如何才能让她主动把琴借给他——她现在连这些麻烦都给他省了。毫无疑问,他对于女人有一手。很可惜她老了,憔悴而干瘪。否则的话他也许会允许自己和她调一下情。他温厚地谢了她。

"能唱上几首我的妻子喜爱的小曲,我内心十分宽慰。我和她结婚时间并不长,而她正怀着孕。和她分开是痛苦的。但是我又有什么办法?我是共和国的仆人,总归是要将自己的职责放在自己的感情前面。"

于是,在马基雅维里离开她的时候,他已经成功地让塞拉菲娜相信,他不仅是一个杰出的人,而且是一个好丈夫,一个诚挚的朋友以及一个诚实、可爱而又可靠的男人。

第十一章

到了指定的时间，公爵的一个秘书，由一群举着火把的人簇拥着，过来接马基雅维里。马基雅维里叫上了他的一个仆人，就向王宫出发。公爵出人意料地用一种温和的态度接待了他，好像两天之前在怒气中请马基雅维里打道回府这件事已经完全时过境迁了。他看上去兴致很高。他用一种毫不经意的方式提到了圣·利奥城堡陷落的事情，似乎信心满满，认为他不久就会平定在厄比诺的骚乱。然后他就用一种亲切和机密的口吻告诉马基雅维里，他叫他来是为了告诉他一些执政团的官员们会有兴趣的消息。公爵这种亲切信任的态度完全可以使马基雅维里感到十分受用，如果他是一个喜欢恭维逢迎的人的话。他拿出了一封信，这封信是他刚刚从教皇派驻法国的使节，阿莱斯地方的主教那里收到的。在信中，主教告诉他，国王和他的宰相非常希望取悦于公爵。他们知道他需要人马攻打博洛尼亚，所以已经给在米兰的德·肖芒大人发出了指示，让他立刻派遣三百名由德·拉克雷大人统率的枪骑兵支援公爵，而且，一旦公爵有命令，德·肖芒大人必须率领另外三百名枪骑兵向帕尔马地方开拔。公爵把信亲自交到马基雅维里手中，以便他能确认信件的真伪。

公爵当下心情大好的原因是显而易见的。如果他在攻下了厄比诺之后没有趁势向佛罗伦萨进发，唯一的原因就是法国人派了一支部队去保护它。从这件事能得出的唯一结论就是他不能指望法国人会帮他。正因为有了这个把握，那些雇佣军首领才受到鼓舞，起来造反。但是如果法国人由于尚未被人了解的原因，又一次地准备支持公爵,那么形势就变得对公爵十分有利了。

“书记官大人,请听我说,”他开口说道,“这是一封给我的回信。在我写给主教大人的信中,我请求法国方面支援我攻打博洛尼亚。你现在可以看出,要对付这些流氓,我一点都不缺乏力量。他们这些小人自我暴露得正是时候。现在我知道应该提防谁,而谁又是我的朋友。我告诉你这些是为了让你写一封信给你的上级,我并没有在风暴面前低头。我有一些好朋友,其中也包括佛罗伦萨执政团——如果他们能够和我谈妥结盟条件的话。但是如果他们没有诚意,我就和他们一刀两断,今后即使我遇到再大的困境,也不会和他们讲和。”

虽说他的言辞是威胁性的,但是他用一种轻松自信的方式说出,所以听上去也就不那么具有敌意了。马基雅维里回答说,他会立刻写信给执政团,报告公爵和他分享的这一切情况。公爵于是亲切地向他道了晚安。

当马基雅维里到达饭店的时候,他发现巴托罗缪在等他。他们点了加热了的葡萄酒。马基雅维里故作神秘以使得谈话内容十分重要,告诉了巴托罗缪公爵向他叙说的情况。马基雅维里私下里很明白,上述情况巴托罗缪如果不是已经了解的话,就是很快就会了解。在马基雅维里看来,能够添油加醋一番也不错,所以他就告诉巴托罗缪,公爵还很亲切地提到他。当这个胖子想了解更多的细节时,马基雅维里毫不费力地编造了一些。巴托罗缪顿时面露喜色。

“你已经是伊莫拉城里的第一号人物了,巴托罗缪大人。如果教皇寿比南山,公爵的事业蒸蒸日上,你很有可能成为意大利的第一人。”

“我只不过是个商人,我不敢奢望这么多。”

“科西莫·德·美第奇也不过是个商人,但是却成了佛罗伦萨的主人。他的儿子洛伦佐则与国王和王子平起平坐。”

巴托罗缪的面部表情向马基雅维里显示,他的标枪命中了目标。

“大人,听说你的太太怀孕了,确实吗?”

“这是一件令我非常开心的事。她的预产期在明年的某个时候。”

“你比我幸运得多,”巴托罗缪叹道。“我已经娶了三个太太,没有一个人为我生下个一男半女。”

“奥莱莉娅夫人是一位强壮和年轻的女士。没有理由相信她会是无法生育的。”

“那还能有什么其他的解释?我们都已经结婚三年了。”

“也许你可以带她去洗温泉浴……”

“我带她去洗了温泉浴,当那证明不管用之后,我又带她去了阿尔瓦尼奥地方的迈瑟里科地亚圣母院朝过圣,那里的圣母像非常灵验,可以使无法生育的女人怀孕,但还是没有用。你可以想像这对我来说是一件多大的羞辱。我的敌人说我是个阳痿的人。这简直是荒唐。没有人比我更能生孩子了。我真是想不通,在伊莫拉以外方圆十英里内的每个村庄里都有我的私生子。”

马基雅维里知道这是一句谎言。

“你能够想像一个人运气坏到如此地步,竟然可以连续娶了三个无法生育的女人?”

“我的朋友,请不要绝望。总是有可能出现奇迹的。我确信你为我们神圣的教会做了许多事功,完全有条件蒙神赐福。”

“提莫提欧神甫也这么说。他每天都为我祈祷。”

“提莫提欧神甫?”马基雅维里问道,好像他是第一次听到这个名字。

“我们的忏悔神甫。他让我对这件事保持信心。”

马基雅维里又多要了一些酒。通过精心选择的恭维,也就是向巴托罗缪请教,他可以如何与公爵进行艰苦的谈判,他很快把后者的兴致调动了起来。接着他向巴托罗缪讲了几个极其不体面的轶事。马基雅维里积累了相当多这样的黄色掌故,而且每次讲起来都绘声绘色,引人入胜。巴托罗缪被逗得大笑不止,当他们分别的时候,他已经认定,他这辈子还没有碰到一个比马基雅维里更有趣的伙伴。马基雅维里也认为这个夜晚过得十分有价值。他是一个凡事适可而止的人,另外他酒量也好,所以让巴托罗缪醺醺然的那点酒对他来说毫无影响。当他回到自己的房间时,他开始书写一封给执政团的信。信中讲述了他和公爵见面的经过,以及公爵目前已经支配的,以及可以随时调遣的部队。他写得非常顺畅,没有一处需要修改。写完之后他读了一遍,觉得写得非常好。

第十二章

瓦伦丁诺公爵习惯于工作到深夜,因此早上也没法早起。他的秘书们也就跟着公爵忙碌到很晚才休息,也就趁机睡到日上三竿。于是第二天早晨,马基雅维里午饭之前基本上没有什么事情要处理,给执政团的信也已经送出了,心想今天总算可以从容一些了。他阅读了李维的著作,一边阅读一边在书上注上他的心得,然后他拿出那把借来的鲁特琴,玩弄了一会以打发时间。这把鲁特琴的音色不错,音色深沉但是十分甜美,当他第一次试弹时即发现琴声和他的男中音十分相配。这天是个艳阳天,他坐在打开的窗户旁,沐浴在温暖的阳光中。不远的地方有人在烧柴火,发出的气味使他的鼻腔觉得很舒服。隔开塞拉菲娜和巴托罗缪两座院子的小巷是如此之狭窄,以至于背着驮篮的驴子几乎无法通过。马基雅维里从他的窗口向下望去,眼底就是那个有着水井井栏和栗子树的小小的天井。他开始歌唱。他今天早晨的嗓子不错,唱了几句后他感觉良好,于是就继续唱了下去。接着他就发现,对面房间的窗户正在被打开,他没能看清是谁在开窗,甚至连放置纸窗框的那只手都没看清。但是他感到一阵激动,因为他确信那位开窗的人除了奥莱莉娅之外不可能是其他人。他唱了两首他最喜欢的歌,这两首都是情歌。当他正在唱第三首的时候,窗户突然被关上了,好像是有人走进了对面的房间。这使马基雅维里的雅兴多少有些被搅乱,心里浮起一片疑云,怀疑是不是女仆在偷听他的歌唱,被走进来的女主人所惊动,为了不让女主人发觉她因为偷听对面房间的男人唱歌而疏忽了要做的正事,赶紧关了窗户。到了吃晚餐的时候,通过精心引导的对话他发现那个被打开窗户的房间正是巴托罗缪和他年轻妻子的主卧室。

那天的晚些时候他去了宫里。但是他既没有见到公爵,也没有见到他的秘书们。于是他就和那些在宫里逗留,显然没有什么事情要做的人攀谈了起来,问他们近来有什么新闻。这些人什么也不知道。但他得出一个印象,这些人至少知道有件事情刚刚发生。不论这件事是什么,事件本身暂时还是保密的。正在这时他碰巧遇见了巴托罗缪。巴托罗缪告诉他,他本来和公爵约好了见面,但是到了时候公爵又突然不能见他了。

“我们在这儿是浪费时间,”马基雅维里用他那特有的、讨人喜欢的亲切态度说道,“让我们去饭店喝上一杯。我们可以玩纸牌,如果你下棋的话,我们可以杀上一盘。”

“我喜欢下棋。”

在去往金狮饭店的路上马基雅维里问他为什么今天城里面每个人都那么忙碌。

“我也是没个头绪。没有人能告诉我任何情况。”

巴托罗缪语气中流露出一丝气恼,马基雅维里猜想他这次讲的是真话。他自视甚高,当他发现他并没有获得公爵完全信任的时候,他觉得十分丢面子。

“我听说,若是公爵企图保守某个秘密,就是连他最亲近的人都不会了解这个秘密。”马基雅维里说。

“他今天一整天都和他的秘书们在一起。传令兵像走马灯似的一个接一个地向外派遣。”

“很明显肯定有什么事情发生了。”

“我知道今天早上有一个信使从佩鲁贾过来。”

“是信使,还是一个装扮成信使的人?”

巴托罗缪很快地看了马基雅维里一眼。

“我不知道。你有什么怀疑吗?”

“没有。我只是问问。”

到饭店的路并不远。他们叫了一大壶酒和一副象棋。马基雅维里棋艺不错,没过多久他就发现巴托罗缪不是他的对手。但是他故意让棋局杀得难分难解,最后输给巴托罗缪,从中取乐。巴托罗缪豪气昂扬,于是边喝着酒,边向马基雅维里指出他哪里犯了什么失误,以及对付敌人所应该采取的策略。马基雅维里于是责备自己缺乏远见。在返回他们各自的寓所的路上巴托罗缪问道:

“我岳母说她今天早晨听到在你的房子里有人唱歌。歌喉相当不错。是你还是我年轻的表亲皮埃罗?”

“皮埃罗的嗓音比我好,但今天唱歌的确实是我。得知卡特琳娜夫人没有嫌弃我的努力,实在是十分荣幸。比亚乔,我和另外两个朋友经常用唱歌来打发时光。”

“我的男低音唱得不错。”

“皮埃罗唱男高音。我们仨在一起将是一个完美的组合。如果你不介意寒舍的简陋,在方便的时候来我这里唱歌,将是我极大的快乐。我们也可以顺便给我们的好朋友塞拉菲娜一个小小的音乐会。”

对于这个巧妙地抛掷出去的鱼饵,鱼儿会咬吗?还没有看出征兆来。

“我们一定要这么做一次。这将唤起我对青春的回忆。当我还是一个青年,在士麦那的时候,我们意大利人总是歌唱个不停。”

“耐心,”马基雅维里对自己喃喃自语。“耐心一些。”

回到寓所,他取出一副油腻腻的扑克牌来,他开始玩一种叫作“耐心”的扑克游戏。他一边玩着牌,一边在脑子里翻腾着巴托罗缪告诉他的事，以及他从塞拉菲娜那里听到的情况。他想出了一个计划，而且是一个非常好的计划。但是执行这个计划却需要一些创造力。他越是想起奥莱莉娅，他就越是欲火中烧。一想到他有可能替巴托罗缪生个孩子，而且最好还是个巴托罗缪十分希望要的男孩，他就心痒难耐。

“这种机会可不是常有的，”他思忖道，“当你在做一件好事时还能给自己带来这么多的快乐。”

很明显他必须取悦卡特琳娜，因为没有她的话他将什么也做不成。但是困难在于如何才能与她建立起足够亲密的关系，以便在整个计划中获得她的支持。她是一个肉感的女人，马基雅维里心里闪过一个念头，心想也许他应该劝说皮埃罗和卡特琳娜上床。皮埃罗年轻，在她那样一个年纪她不可能不为此心怀感激。但是他立刻打消了这个想法。让皮埃罗成为那个女仆的情人能够更好地服务于他的需要。人们传说卡特琳娜年轻的时候曾经风流快活过。如果有一件事马基雅维里深信不疑的话，那就是当一个女人自己已经丧失魅力的时候，她就开始当起鸨母来了。他想，性的本能之一就是，当一个人年事渐高，以至于性的享受与他们的年龄不相称的时候，会以幻想身临其境而体验这种快乐。另外，她为什么要操心巴托罗缪的荣誉？奥莱莉娅能有后代也符合她本人的利益。

但是那个提莫提欧神甫那边又该怎么办呢？他是他们家的一个忏悔神甫，是这一家子的朋友。也许有必要去见一下这个人，了解一下他到底是个什么样的人。这个人也许能够派上好的用场。马基雅维里的思路被百叶窗上的一声敲打一下子打断了。他没有动，只是抬头仰望着窗户。敲窗的声音很低，而且很谨慎地又重复了一次。他走到窗口，稍稍开启了一些百叶窗。来人用低低的声音报了自己的姓名。

“费里奈利。”

“请等一下。”

“你是一个人吗?”

“只有我一个人。”

他穿过走廊,打开了门。在夜色中他只看见一个人站在那里。费里奈利,也许你还记得,就是马基雅维里抵达伊莫拉之后第二天就会面的那个来自佛罗伦萨的会计。他蜷缩在一件披肩下面,一条围巾遮住了他的面孔,他溜进了门,跟着马基雅维里进了客厅。房间里只点了一支蜡烛。他在桌子旁坐下,紧紧地挨着马基雅维里,这样他就可以不用抬高自己的声音,只用耳语就可以和马基雅维里谈话了。

“我有一件很重要的事情要告诉你。”

“请讲。”

“如果我透露的情况对执政团的长官有用的话,你们会给我一笔慷慨的酬谢吗?”

“绝对没有问题。”

“一个骑着驿站快马的信使今天到了宫里。叛乱分子相互之间终于签定了协议。他们决心与本蒂沃留一起,保卫博洛尼亚,使那些被赶下台的贵族们在他们原来的领地上重新恢复权力,并相互保证不与公爵单独讲和。他们决定招集七百名军人,一百匹快马和九千名步兵。本蒂沃留将要攻打伊莫拉,维泰洛佐和渥西尼则是预备向厄比诺进发。”

“这确实是个新的情况。”马基雅维里说道。

他又是高兴,又是兴奋。变幻的局势使他感到振奋,他期待这个大戏中精彩的一幕出场,想亲眼看一下公爵会如何对付他现在面临的危机。

“另外还有一件事。维泰洛佐和公爵暗通款曲，向公爵提出，如果他能够从公爵那里获得保证，他可以永久地保有他在卡斯泰洛的领地的话，他可以加入公爵的阵营。”

“你是怎么知道这个的?”

“你只需知道我知道这个就足够了。”

马基雅维里有些困惑了。他了解维泰洛佐。一个阴沉，多疑，情绪不定的人，极其容易发怒，也非常容易陷入抑郁的状态。他染上的梅毒严重地影响了他的健康，以至于有些时候他完全没有理性可言。谁能了解那个遭受折磨的脑袋里在谋划些什么邪恶的计划?马基雅维里于是请会计打道回府。

“我能请您为我保守秘密吗，尼科洛大人?如果被人发现我向您透露了上述情况，我的小命恐怕就难保了。”

“我知道。我不会宰掉一只下金蛋的鹅的。”

第十三章

从那以后事态的发展就变得很快了。接到厄比诺造反的报告之后,公爵派了两个西班牙籍的将领,唐·乌哥·达·蒙卡达和唐·米盖尔·达·科莱拉去镇压叛乱。这两个人将部队的总部设在普哥拉和福松布朗两地,大肆抢掠周围的地区。他们攻陷城镇,屠杀了绝大部分的居民。在福松布朗,女人们将她们自己和孩子们投入河中以逃避士兵们的暴行。公爵把马基雅维里召来,用一种十足的幽默来描述这些战果。

"看来天时对于这些叛乱者来说不太有利。"他冷笑着说。

公爵刚刚收到一个消息,教皇派到佩鲁贾的使节一到佩鲁贾,渥西尼就跑过来见他。渥西尼向他保证他将忠于教皇,请求教皇原谅他以前的行为。马基雅维里想起了费里奈利告诉他的有关维泰洛佐的事。

"真是很难理解他们在做些什么……"他说道。

"书记官大人,请您开动脑筋。这只能是意味着他们还没有准备好,想通过佯装依然有可能同我讲和来换取一些时间。"

几天以后维泰洛佐攻下了厄比诺城。公爵于是再次召见马基雅维里。马基雅维里预期会见到一个被这个坏消息搞得心烦意乱的公爵,但是这事他连提都没提一下。

"和平常一样,我想和你商讨一下与贵国政府及我们的共同利益有关的事务,"他说道。"我收到了一封我派至锡耶纳的人寄来的信。"

他开始大声地朗读。信是奇瓦利埃·渥西尼寄来的。奇瓦利埃是渥西尼这个高贵而有权势的家庭的一个私生子，现在正为公爵效力。他和那些搞阴谋的头头们进行了商谈，他们表达了他们愿意和公爵重归于好的心意，而且表示，如果公爵可以放弃攻打博洛尼亚的计划，而代之以专攻打佛罗伦萨的领地，他们愿意重新归顺公爵，出兵协助公爵攻打佛罗伦萨。

“你看我对你有多么信任。”他念完信之后补充道，“我对你们的政府抱有真诚的信赖。相应地，贵国政府也应该更加相信和依靠我，一改以往的态度。他们可以放心，我不会让他们失望。”

马基雅维里不知道这番话中有多少可以让人相信。渥西尼是佛罗伦萨不共戴天的敌人，自然十分欢迎任何可以使流亡的美第奇家族复辟的机会。如果他们向公爵提出了这样一个建议，从情理上讲确实不无可能。马基雅维里猜想公爵没有接受渥西尼的建议，主要是害怕让法国人生气。现在他把这个内幕透露给马基雅维里，是为了让执政团觉得欠了他的人情，应该考虑重新与他签署一个雇佣协议。不久之前，公爵用武力威逼执政团签署了这一协议，然而危机解除之后，执政团方面收回了这一成命。这一反复使公爵十分恼火。雇佣协议是用来聘用一个雇佣军首领的，有一定时限的协定。根据协定，以及双方讨价还价的结果，公爵将会领到一笔薪水。这笔钱他用来支付他手下人的饷银，剩下的部分归他本人所有，这笔落入他私人腰包的金钱也很可观。

两天以后叛军向公爵手下两位西班牙将领率领的军队发动了攻击，将后者击溃。唐·乌哥·达·蒙卡达被俘，唐·米盖尔·达·科莱拉负伤逃到了福松布朗的要塞。这就不是一次简简单单的挫折了，这简直就是一场灾难。但是这一消息在伊莫拉遭到了封锁。原因就像马基雅维里向执政团报告的那样，公爵宫廷中的事情，除非已经打算让人知道，否则是不会有所泄露的。但是马基雅维里自有其办法发现他要了解的事情。当他听说某种情况后，他就进了宫，请求晋见公爵。

马基雅维里带着极大的好奇心进了会客厅。他想看看这个到目前为止一直充满自信和处变不惊的公爵目前是个什么状态。目前的形势简直就是距离彻底毁灭只有一步之遥。他不可能不清楚，他不可能指望他的敌人们对他手下留情。但是他很平静，甚至有些高兴。他用一种鄙夷的口吻谈论叛军。

"我不想吹牛，"他说道，"但是我预期，无论最后出现什么结果，都将证明他们是用什么材料制成的，而我又是用什么材料制成的。我对他们所有的人都了解，所有他们那帮子人。而且我根本看不上他们，维泰洛佐名声在外，但是我可以告诉你，我从来没见过他做一件需要胆量的事。他的借口是他患有梅毒。事实是，他除了骚扰劫掠那些不设防的地区，抢掠那些没有勇气和他对抗的人之外，他什么都不行。他是一个靠不住的朋友和一个反复无常的敌人。"

对于这个面临毁灭却依然有着不可屈服的斗志的人，马基雅维里不由得从内心生出一番敬意来。他的处境是令人绝望的。本蒂沃留以及博洛尼亚的诸侯们压在他的北方边境上，维泰洛佐和渥西尼，肯定会从南方向北推进。在南北两条战线上遭到优势兵力的协同攻击，他无法逃脱彻底被歼灭的厄运。瓦伦丁诺公爵从来不是佛罗伦萨共和国的朋友，他的衰落和死亡将为共和国解除掉一个巨大的威胁。但是马基雅维里在潜意识之中，与他本人的意志正好相反，有一种隐隐的希望——不过也就那么一点点而已——希望公爵能从他目前的困境中挣脱出来。

"我从法国收到来信，"公爵停顿了一下开口说道，"从信上我了解，法国国王已经指示贵国政府，向我提供一切我所需要的协助。”

“我没有听说这一消息。”马基雅维里说道。

“是的,你说的确实是实际情况。你应该向你的上级写一封信,告诉他们给我派遣十个骑兵中队,另外你可以补充说,我已经做好准备,可以和他们建立一个坚固和永久性的同盟关系,由于这层同盟关系,他们可以预期享有我的援助和好运能够带来的所有的优势。”

“我一定按照阁下吩咐的去办。”

公爵并不是一个人在屋子里。和他在一起的还有阿加皮托·达·阿马利亚,埃尔纳地方的主教——他的表弟,还有一个秘书。房间里出现了一阵可怕的沉默。公爵若有所思地注视着面前的佛罗伦萨的使节。这种沉默和注视的目光会使一个比马基雅维里紧张的人感到不自在。即使是马基雅维里,也必须调动他的自制力来保持镇定。

“我从各种渠道获得报告,”公爵最后开口说道,“报告说你的政府正在鼓动博洛尼亚地方的领主们向我宣战,他们之所以这么做,要么就是想置我于死地,要么是为了在和我谈判时获得更有利的条件。”

马基雅维里竭尽他的所能露出微笑,让他那副一向冷漠,间或严峻的面容挂上最大程度的亲切的表情。

“我一点都不相信这些,阁下,”他回答道。“我从执政团那里收到的信件从来不缺乏对教皇和您本人的善意的表示。”

“我也不相信那些报告。但是善意的释放只有伴随着实实在在的行动时才更有说服力。”

“我确信,我国政府会尽一切力量来显示我们的诚意。”

“如果它明智的程度和它拖延的程度一样的话,我相信它一定会这么做的。”

马基雅维里内心战栗了。在他一辈子中,还从来没有在一个人的声音中听出如此的冷酷和凶狠。

第十四章

在这之后的几天当中,马基雅维里一直忙于从各种人那里搜集情报。这些人包括巴托罗缪,费里奈利,还有公爵身边的人。他不能彻底地相信任何一个单独的个人,而且他也清楚,瓦伦丁诺公爵周围的亲信只会告诉他一些他们想让他知道的事。但是最令人困惑不解的事情是,那些叛乱的将领们,近来一直毫无动作。公爵到处招兵买马而集结的部队尚未到达,而且,尽管他在叛乱的地区还控制着一些要塞,人们很难相信他可以经受一次决心坚定的进攻。现在就是进攻的时候了。就是现在。但是叛军什么也没有做。马基雅维里觉得自己的脑子不够用了,他就是绞尽脑汁也想不出是什么原因迟滞了叛军的进攻。接着又发生了一件事,进一步地增加了他的困惑:渥西尼家族派了一个代表来见公爵,代表是傍晚到达的,第二天走的。马基雅维里费了不少劲去了解这个人来访的目的,但是一无所获。

在这个时候他已经收到了执政团方面就公爵请求派兵支援的要求做出的答复。为了要探听一下虚实,他于是请求晋见公爵。他在去宫里的路上心里有些发慌,因为他即将告诉公爵的消息是,佛罗伦萨方面无兵可派,佛罗伦萨方面可以给予的仅仅是再一次保证他们对公爵的善意。马基雅维里已经领教过公爵发怒的样子,知道场面会十分凶恶,于是他鼓足勇气,准备以坚毅不屈来迎接这场即将到来的暴风骤雨。所以,当他看见公爵对于他带来的这一消息完全无动于衷的时候,马基雅维里大大地吃了一惊,觉得太出乎他的预料了。

"我已经告诉过你好几次了,今天晚上我就再重复一遍,我并不缺少资源。法国枪骑兵很快就会抵达这里,瑞士步兵也同样会很快抵达。你可以亲眼目睹,我每天都在集结部队。教皇不缺钱,法国国王也不缺人。极有可能的是,我的敌人们会后悔他们的反复无常。"

公爵微笑着,他的微笑是残忍和狡诈的。

"如果我告诉你他们已经提出讲和了,你不会感到吃惊吧?"

马基雅维里内心猛地震动了一下,但他极力克制,不让自己内心的震动流露出来。

"安东尼奥·达·维纳弗罗大人代表叛军已经来过这里了。"

很明显,这人就是马基雅维里听说的那个神秘的访客。他是锡耶纳地方领主潘多尔福·佩特鲁齐的心腹和谋士。而佩特鲁齐则是这场叛乱阴谋的幕后首脑。

"他提出了一个建议,提议我们共同推翻佛罗伦萨政府。但是我告诉他,你们的政府从来没有冒犯过我,而且我正准备与你们缔结一项条约。'请不要签署任何协议,'他说,'让我先回去一趟,然后再过来,我们可以达成协议的。'对这话我回答说:'我们已经谈得很深入了,不可能再回头了。'我可以再一次告诉你,虽然我愿意听那些家伙要说的话,而且也欺骗他们,但是我不会做任何针对你们共和国的事,除非我迫不得已。"

当马基雅维里告辞的时候,公爵以一种十分平常的口吻又说了一句话,让这位佛罗伦萨的使节又吃了一惊。马基雅维里的惊愕,也完全在公爵的意料之中。

"我正等着帕格洛·渥西尼,他随时都会抵达。"

来宫里的路上,皮埃罗陪着马基雅维里。这时皮埃罗正在警卫室等着马基雅维里,手里提了一只灯笼,准备在回寓所的路上照明用。皮埃罗已经学会了如何看主人的脸色,他只看了马基雅维里一眼就明白主人没有心情说话。他们在沉默中行走着。当马基雅维里脱去他的大衣和帽子后,他吩咐皮埃罗把墨水、羽毛笔和纸张取来,然后就坐下来给执政团写信。

"那我就睡觉去了,"皮埃罗说道。

"不,等一等,"马基雅维里一边说着,一边将身子靠在椅子的靠背上。"我想和你说几句话。"

在公爵告诉他的消息中,他不知道该相信多少。于是他想,在动手写这封信之前,如果他能够将头脑中的想法整理成话语,也许会有一些帮助。

"我被这些个阴谋诡计,谎言和每个人都在从事的欺骗搞晕了。"

于是他用简洁的语言向皮埃罗重复了公爵告诉他的情况。

"对于像瓦伦丁诺公爵这样一个意志高昂,吉星高照而又野心勃勃的人,怎么可能容忍他的那些敌人的敌对的行径?他的那些敌人非但阻挠他夺取一个他图谋已久的城邦,而且还从他手里夺走了一个本来就在他掌握中的城邦。那些将领们造了他的反,是想在他没有下手之前就先摧毁他。当公爵四面楚歌之时,他们为什么又推迟了进攻?"

马基雅维里皱着眉头,看着皮埃罗。皮埃罗很聪明地意识到,主人的发问仅仅是为了理清他自己的思路而已,所以就没有做出任何回答。

"现在他巩固了他的堡垒,派兵掌控了重要的地方。每天都有更多的部队抵达。他从教皇那里取得财政支持,从法国人那里取得人员上的支持。而且他大权在握,可以独断专行。那些叛乱将领们出于他们对公爵的仇恨和恐惧而联合起来,然而联盟关系是脆弱的，因为他们每一个人都是关心他们各自的利益甚于他们的共同利益。同盟者无法果断地出手，因为每个步骤都必须通过事先协商，而且只要同盟者之中有一个人犯了错误，准备不充分或者无能，就会使所有的人蒙受灾难。他们之间一定是互相嫉妒，互相提防，谁也不愿意看到任何一方因势力扩张太快而成为后患。那些将领们一定知道秘密的使节往来频繁——你可以确信公爵故意让他们知道这个情况——所以每个人心底里都有一分疑心和恐惧，担心自己将会被人抛入狼群中。"

马基雅维里神经质地咬着他的大拇指的指甲。

"我越想越觉得叛军最终还是无法伤害公爵。他们已经错过了时机。在这种情况下，他们也许会想，和公爵讲和也许是比较好的一种选择。"

马基雅维里生气地看了皮埃罗一眼。不过这不满的一瞥毫无道理，因为到目前为止皮埃罗都一直没有开口。

"你知道这意味着什么吗？"

"不知道。"

"这意味着他们的部队一旦和公爵的部队结合起来，公爵手下就会有一支令人生畏的部队。而且这支军队会毫无疑问地被投入某种用途。没有人可以让部队歇着没事干，同时又养着这支部队。这支部队将被如何使用？用来对付谁？我怀疑这一切会在帕格洛·渥西尼到来后，与公爵面对面会谈的时候最终决定。"

第十五章

在意大利没有人愚蠢到会轻易地去相信一个人，大家也都明白一张通行证并不比用来制作这份证件的纸张更值钱。于是，教皇的侄子，博尔贾红衣主教，将自己交到了渥西尼手中，做了一名人质。两天以后，帕格洛，渥西尼家族的首领，装扮成一名信使来到了伊莫拉。他是一个爱慕虚荣的，喜欢讲话的，有些女里女气的，可笑的男人。他人到中年，身材发福，头上已经开始谢顶。他长着一副圆圆的，光滑的面容，有着一副小题大作，随意的态度。瓦伦丁诺公爵殷勤地招待了他，为他大摆了一回宴席，然后又安排了一场普劳图斯的《孪生兄弟》这出戏的演出。两位领导人举行了长时间的会谈，但是会谈的内容究竟是什么，马基雅维里无论是用金钱还是友情都无法换到手。那些一度对他十分友善的公爵的秘书们都刻意地避开他。唯一一个有用的信息是，阿加皮托·达·阿马利亚微笑着说了一句，意思是举行谈话不过是为了阻挠和拖延敌人采取行动而已。事实上双方的军队都没有任何动作。博洛尼亚的军队甚至还从他们先前占领着的公爵的领地上撤了回去。没过太长的时间，这个悬念对于马基雅维里来说就变得有些难以忍受了，他抓住了刚刚从佛罗伦萨收到一封信的契机，要求晋见公爵。瓦伦丁诺公爵躺在床上见了他。他带着他那一贯的幽默感听完了执政团方面对于友谊牢不可破的声明，然后就转入了马基雅维里十分关心的话题。

“我想我们应该达成协议。”他说道。“他们所要的不过就是保证他们的城邦不受侵犯。我们必须决定如何才能安排好这一切。

渥西尼红衣主教正在起草和约条款,我们必须等待,以看到这些条款究竟是些什么。至于你所关心的那方面,你尽可放心,不会有任何事情出现,造成对你主人利益的损害。我不会允许对他们有丝毫的伤害。”

他停顿了一下,当他再次开口说话时,他带着一种微笑着的骄纵神情,你可以用这种神情来形容一个被宠坏了的女人的喜怒无常。

“可怜的帕格洛对拉米洛·德·罗尔卡非常恼火。他指控后者压迫人民,侵吞公款,并且对于处在渥西尼家族保护之下的不少人进行虐待。”

拉米洛·德·罗尔卡是公爵最受信任的指挥官之一。在福松布朗战役之后,是由他指挥撤出了溃散的部队,因此他们才能在第二天还能进行战斗。瓦伦丁诺公爵咯咯地笑了起来。

“好像有一次一个传令兵给他端了一些酒来,不小心洒了,拉米洛顿时勃然大怒,将这个传令兵扔到了火堆上,活活地给烧死了。出于某种原因帕格洛对这个男孩发生了兴趣。我已经答应会调查这些指控,一旦属实,我将给他一个满意的答复。”

然而不久有消息传来,说叛乱的首领们在他们内部远远无法达成一致:尽管一些谨慎的人准备讲和,一些好战的人却还是矢志发动战争。维泰洛佐攻占了公爵在福松布朗的城堡,两天以后奥利维洛托·达·费尔莫用迅雷不及掩耳之势夺取了卡麦里诺。这么一来公爵在上次战役中夺取的土地就全部丢失殆尽。看上去这些暴徒是刻意要破坏和谈。帕格洛·渥西尼被气坏了。但是公爵还是保持着他的镇定。本蒂沃留和渥西尼是他的敌人中最为强大的,他明白如果他可以和这两家达成协议,其他的人就会小心从事。帕格洛去了一趟博洛尼亚,他回来以后,阿加皮托·达·阿马利亚告诉马基雅维里,一项协议已经达成,现在只是等待帕格洛那位当红衣主教的兄弟的首肯了。

马基雅维里内心充满了恐惧。如果这一切都是事实的话,那么瓦伦丁诺公爵就是准备原谅这些叛乱分子对他造成的伤害,如果叛乱分子准备忘记那种促使他们拿起武器的恐惧感,那就只可能有一个原因,也就是说他们准备联起手来进攻第三个城市,而这第三个城市又只可能是佛罗伦萨或威尼斯。威尼斯很强大,佛罗伦萨则比较弱小。佛罗伦萨的唯一依靠是法国的力量,但是这种来自法国的保护是用金钱买来的,而这时候,共和国的钱柜里已经是空空如也了。一旦面对切萨雷·博尔贾和他的那些重新讲和的首领携手侵略佛罗伦萨,攻占其所属的那些不设防的城市这样一个残酷的事实时,法国人又会怎么去做呢?

马基雅维里对法国人评价不高。经验告诉他法国人更关心眼前的得与失,对于长远的利弊的考量则完全不足。当他们接到要求,要让他们提供某项服务时,他们的第一反应就是这件事会对他们有些什么益处,而且他们只有在事情对他们有利时才信守诺言。教皇的大赦年的活动给梵蒂冈的金库带来了巨大的收入,而他那专横的、没收已过世红衣主教财产的做法也一直在源源不断地为他贡献他可以支配的金钱,这是因为这些教会的王子们近来的死亡率颇有些高,有些用心歹毒的人就开始悄悄耳语,教皇时不时会利用一些合适的时机,小心翼翼地给迟缓不决的上帝帮上一个忙。所以一旦法国的路易国王因为命令没有被执行而见怪的话,他可以有足够的金钱平息国王的怒气。瓦伦丁诺公爵有着一支装备精良的,训练有素的军队。国王也许会非常犹豫,不能决定是否应该对归根到底是诸侯和朋友的这一方下手。马基雅维里越想,他就越觉得,那个狡猾的路易会接受一种安排,在这一安排中,好处是立即可以兑现的,但是其中的危险,也就是切萨雷·博尔贾可能会变得过于强大,则是一件将来的事情。马基雅维里有着所有的理由担心,他所热爱的佛罗伦萨,估计命途凶险了。

第十六章

然而马基雅维里不仅是一位对共和国来说勤勉和自觉的仆人，而且是个被情欲充满的男人。当他在仔细研究从执政团那里收到的信件，并且每天撰写详尽而准确的报告的时候；当他在塞拉菲娜的房子里，或者公开，或者秘密地会见信使、间谍、代理人的时候；当他来回奔走于宫廷、市场和熟人的住所之间的时候；当他在尽力搜集每一则消息，每一个谣传，每个流言蜚语，以便他能得出一个可信结论的时候；他总是能找到时间去谋划他那用来引诱奥莱莉娅的计划。但是他的计划实施起来需要钱，而金钱却正是他缺少的。佛罗伦萨政府是吝啬的，他的薪水实在是惨不忍睹。到目前为止他已经花去了他在离开佛罗伦萨之前所领取的差旅费的一大半。他生活奢侈，总想过得舒服。对那些帮他传递信件的信使，他必须预先支付费用，对于公爵身边那些愿意为了一些金钱而透露一些消息的各色人等，他也得花钱。还好在城里还有一些来自佛罗伦萨的商人，愿意借钱给他。他也给比亚乔写了一封信，敦促后者想些办法，不管手段正当与否，尽可能多搞一些款子给他寄来。正在这个时候，一件奇怪的事发生了。贾科布[①]·费里奈利，那个曾经深夜里来见他的会计，那个曾经乔装打扮以便人们认不出他的会计，突然在大白天出现，要求见他。过去他的行事方式是鬼鬼祟祟，心惊胆战的，今天却是一副大方和热情的样子。他一进门就直奔他此行的主题。

“我受你的一位朋友之托，这位先生对你的才能十分敬佩，他让我向你转交一点小意思，希望你能够笑纳。”

说着他从怀里掏出一只袋子，放在了桌上。马基雅维里听到了硬币的声音。

“这是什么?”他问道。他双唇紧闭,眼光冷峻。

“五十个杜卡特,”费里奈利笑着回答。

这是一笔不小的数目。在这当口,没有比这更能够救马基雅维里的急了。

“公爵为什么要给我五十个杜卡特?”

“我没有理由假设公爵参与了这件事。我受一位对你怀有善意的人士之托,向你转交这笔钱。这位人士希望不透露自己的身份。你也尽可以放心,除了这位善心人士和我之外,没有其他人会知道这件馈赠的事。”

“看来我的那位施主和你一起把我看成了傻瓜和恶棍。把你的钱收起来,还给把钱交给你的那个人,告诉他共和国的使节不会收受贿赂。”

“但是这并不是贿赂。这是一份来自于仰慕你杰出才华和文学成就的人士的,自然而然的馈赠。”

“我不知道这位慷慨的朋友从什么地方了解到我的文学成就。”马基雅维里尖刻地说道。

“在你出使法国期间,你给执政团写了不少信,这位善心人士有幸读到了。他非常赞赏你的观察之敏锐,判断之准确,策略之得当,以及风格之卓越。”

“你说的这位人士是不可能接触到执政团的档案的。”

“我想,如果一个执政团的工作人员发现你的信件十分令人感兴趣,偷偷地作了抄录,然后因为某种机缘巧合到了我所说的这位人士手中,也并非完全没有可能。共和国发给它的官员的薪水之

① 在第九章中,这名会计叫贾科莫。

低，我想你比谁都清楚。"

马基雅维里皱起了眉头。当他沉默着的时候，他在琢磨到底是哪一个职员将那些信件卖给了公爵。他们的薪俸确实不怎么样，其中某些人还是一些暗中支持美第奇的人。但也有可能费里奈利所讲的其实并不存在。要编造一个这样的故事实在是太容易了。费里奈利继续讲了下去。

"公爵没有任何意思要让你做一些违背你良心，或伤害佛罗伦萨的事情 。他所要求的是一种双赢互利的局面，对他和对共和国方面均有好处。执政团方面对你的判断力颇有信心，公爵所希望你做的，不过就是将他的建议，用合适的方式提交共和国方面，诉诸执政团方面老成睿智人士的、常识性的判断力。"

"你不用再多说了，"马基雅维里说道，他的薄薄的嘴唇挤出了一道嘲讽的微笑。"公爵的钱对我毫无用处。我会继续本着共和国的最大利益来提供我的咨询和建议。"

费里奈利站了起来。他拿起钱袋，又放回了他怀里。

"当费雷拉公爵的代理人需要促使他的主人下决心派遣一支部队驰援公爵阁下时，他并没有清高到不愿意接受公爵阁下礼物的地步。如果说德·肖芒大人加快了法国军队从米兰出发这一进程，原因就在于公爵慷慨的馈赠对于法国国王的谕旨起了锦上添花的作用。"

"我非常清楚这件事。"

当马基雅维里重新又是一个人的时候，他不禁放声大笑。当然他从来就没有想过要接受这笔金钱，但是当他想到这笔钱如果接受下来，对他来说该是多么雪中送炭般地有用，他就不禁暗自好笑。当他正在大笑的时候，一个念头突然浮现出来，于是他又再一次地大笑。他可以肯定，他能从巴托罗缪那里借到他急需的钱。巴托罗缪巴不得能有这种机会讨好他呢。如果能用一个人所提供的金钱去勾引那个人的妻子,那才是一出无价的滑稽剧呢。没有比这更妙的事了。如果他回到佛伦罗萨,讲给人们听的话,那该是一个多么好的故事啊!他简直就可以想像,在一个夜晚他把朋友们纠集在小酒馆,使出浑身解数向他们叙述这件事情,逗得大伙哈哈直乐的情景。

"啊,尼科洛,尼科洛,你真是一个好伙伴!没人能把故事讲得像他那样好。了不起的幽默,了不起的机智!听他讲故事就像看戏一样带劲。"

他有两天没有见到巴托罗缪了,当他正要去宫里吃晚饭并且打听消息的时候,他突然遇见了巴托罗缪。寒暄几句之后他说道:

"想不想晚上到我那里去,我们来上一些音乐自娱自乐一下。"

巴托罗缪高兴地回答说,没有比这更让人享受的事了。马基雅维里就趁机说了下去。

"虽然房子小了点,拱形房顶带有回声,但是我们可以放一盆炭火驱寒,喝上一些酒暖暖身子,我们应该会干得不错。"

他吃完饭后没过多久,巴托罗缪的仆人就送来了一封信。巴托罗缪在信中写道,他家里的女眷们不理解为什么她们就不能一饱耳福,并说他家里的大房间非常适合演奏和演唱,比塞拉菲娜的那个又冷又小的客厅强太多了——房里有一个壁炉,他们可以就着那熊熊的炭火取暖,如果马基雅维里和皮埃罗能赏光前来和他一起用晚餐的话,那他的快乐就十全十美了。马基雅维里非常愉快地接受了邀请。

"这简直就像砍倒一棵树那样容易,"他心里想着。

马基雅维里给自己修了一下脸面,把头发修剪了一番,穿上了他最好的衣服;一件黑色无袖的大马士革长袍,和一件裁剪制作得十分贴身的外套,外套的天鹅绒袖子能够像波浪般地起伏。皮埃罗也为了这次活动穿得整整齐齐,但是他的淡蓝色的长袍到大腿中部就为止了,腰间扎了一条紫色的腰带。他那两条英俊的腿罩上了深蓝色的紧身裤,他的外套袖子没有马基雅维里的那般肥大,颜色也是深蓝色的。他那卷曲的头发上很时髦地戴了一顶紫色的帽子。马基雅维里满意地看着他。

"你应该会给那个年轻的女仆留下个好印象了,皮埃罗,"他笑着说,"她叫什么来着?尼娜?"

"你为什么希望我跟她上床?"皮埃罗笑着问道。

"我想让你能够不虚此行。另外,这对于我来说也许也有用处。"

"何以见得?"

"因为我想和她的女主人上床。"

"你?"

在皮埃罗的音调中包含了如此之多的惊讶,马基雅维里不由得生气地涨红了脸。

"你倒是说说看,我为什么就不行?"

皮埃罗看到主人不高兴了,犹豫了一下。

"你已经结婚了,并且,就和我的舅舅一样老。"

"你这话说得就跟个笨蛋似的。一个明智的女人会永远倾向于选择一个正当盛年的男人,而不是一个没有任何经验的男孩子。"

"我从来没有想过她对你有这么重大的意义。你爱她吗?"

"爱?我爱我的母亲,我尊重我的妻子,我也会爱我自己的孩子,但是我想和奥莱莉娅上床。还有不少东西够你学的,我可怜的孩子。拿着鲁特琴,让我们出发。"

虽说马基雅维里脾气稍微急躁了一些,但他不会生气很长时间。他拍了拍皮埃罗光滑的面颊。

"一个人是很难将秘密保守得如此之好,以至于不让女仆知道的。”他笑着说。“你如果能用热吻将她的嘴封起来，你就帮了我一个大忙了。”

他们只是横跨过那条窄窄的巷子就到了巴托罗缪的家。敲门之后就被仆人请了进去。卡特琳娜女士穿了一件黑色的长袍，显得雍容华贵。奥莱莉娅则是穿了一件色彩浓艳的，用威尼斯织锦缎做成的衣服。衣服华丽的色泽更加衬托出她洁白的胸部和她金黄色的头发。马基雅维里看到奥莱莉娅比他想像的还要美丽动人，他不禁大感欣慰，暗中舒了一口气。她非常非常地诱人，让她嫁给那个肥胖的，自鸣得意的，年过半百的老男人，真是太荒唐了。

一阵平常的寒暄赞美之后，他们坐了下来，等待晚餐开始。当马基雅维里和皮埃罗走进来的时候，女人们正在忙活着。

“你看，她们已经用上你为我在佛罗伦萨买的布料，开始忙着做衣服了。”巴托罗缪说道。

“您还满意吧，奥莱莉娅女士？”马基雅维里问道。

“在伊莫拉可搞不到这么好的布料。”她说道。

她说话的时候看着马基雅维里，她的黑色的眼睛在他身上停留了一会儿，使得马基雅维里一阵心跳。

“我要是能得到这个女人，就是死了也心甘情愿。”他对自己说道。不过他并不是真的要搭上自己的身家性命；他的意思是，他从来都没有过这么一个如此急切地要与之上床的尤物。

“尼娜和我打下手，”卡特琳娜女士说道。“我们量体，裁剪和缝纫，我的女儿进行刺绣。要说做刺绣这活，我的手就太笨拙了，尼娜也不比我好多少。”

“奥莱莉娅做的刺绣从来不会重样，”巴托罗缪自豪地说着。“给尼科洛大人欣赏一下你正在绣的衬衫的式样。”

“哦，这会叫我露丑的。”她妩媚地回答道。

“瞎说。我来给他看。”

他随手拿来一张纸。

“你看到了吧，她这么样绣我的名字的缩写，是不是十分巧妙？”

“这是一件集优雅和天才于一身的杰作，”马基雅维里显出一副极其热情的样子，他之所以要装出这副样子是因为他实际对这一类的东西从来就不感兴趣。“我真希望我的玛丽埃塔也有这样一种令人喜爱的天赋，并且能够吃苦耐劳，从而使这种天赋能够得到充分发挥。”

“我的女人可是又勤劳又贤惠。”巴托罗缪满心欢喜地说道。

马基雅维里不禁自忖，他可是对奥莱莉娅的勤勉和贤惠一点也不感兴趣。他继续想到，那些做丈夫的男人在总结他们妻子的品德方面经常是错误的。

晚餐端了上来。马基雅维里竭力使自己处在一个最佳状态。他知道自己讲起故事来是一把好手，他在法国逗留的那段时间也为他提供了一些国王宫廷里的绅士美女之间的引人入胜的故事。当他的叙述中那些不那么体面的成分变得十分明显的时候，奥莱莉娅就显示出一副淡淡的困惑的样子，巴托罗缪则是大笑不止，卡特琳娜也是乐不可支，一个劲地催促马基雅维里讲下去。他不禁有些沾沾自喜，心想自己已经成功地向人们显示，他是一位令人愉快的客人。大家尽情地享用了一顿丰盛的晚餐。酒足饭饱之后，他将巴托罗缪拉到一旁，聊了一通他自己，他自己的轶事和财产，言谈之中颇有些得意之色。一顿胡吹神侃之后，马基雅维里建议他们试试他们的嗓子。他调了一下他的鲁特琴，试着弹奏了一段欢快的乐曲作为序曲。然后他们唱了一支他们都熟悉的曲子。组合歌唱在当时是一种普通的技巧，巴托罗缪的低音，马基雅维里的轻度的男中音和皮埃罗的令人愉快的男高音三者之间,确实相得益彰。然后马基雅维里唱了一支洛伦佐·德·美第奇的歌,其他二人也加入了合唱。他一边唱着,一边朝奥莱莉娅望去,希望她能够猜到他是在为她一个人歌唱。当他们目光相接时,她低下头去,看出她至少还是明白他的用意的,他不禁一阵得意。这只不过是个开始而已。夜晚很快就过去了。两位妇女平常的生活十分单调,这次聚会确实是一次难得的愉快时光。奥莱莉娅的兴奋一望而知地呈现在她光芒四射的美丽的大眼睛中。马基雅维里越是端详她的那双眼睛,他越是确信,这是一个尚未被唤醒的女人,一旦唤醒,是可以有激情的。他准备唤醒她。在晚会散场之前,他还有一些话要说。这些话他一直在等待着最佳的时机去说。他并不认为自己是个喜欢虚荣的人,但是他还是禁不住认为自己的主意十分的高明。所以当机会来临之时,他说道:

"你曾经说过,你可以帮我解决一些困难,我一直铭记在心,十分感谢。巴托罗缪大人,现在我要向你开口了。"

"为共和国的使节,本人可以做很多事。"巴托罗缪答道。他今晚喝了不少酒,即使没有醉,也至少是处于微醺状态。"但是为我的好朋友尼科洛,我可以做任何事情。"

"好的,事情是这样的:执政团正在寻找一位可以在明年的封斋期在大教堂做布道的神甫,他们让我在伊莫拉寻找一下,是否有什么人可以承担此一重任。"

"提莫提欧神甫,"卡特琳娜女士冲口而出。

"请安静,岳母大人,"巴托罗缪说道,"这是一件应该由男人经过仔细调研才能决定的事情。这要么可以为我们的城市带来光荣,要么就是取笑,所以必须认真对待,只推荐一位和这份荣誉相称的人。"

但是卡特琳娜并不是一位轻易就不说话的人。

“就在今年他还在我们自己的教堂里做了封斋期的证道。全城的人都来听他的证道。当他描述耶稣基督受难的情形时,最刚强的男人也热泪盈眶,女人们都晕了过去,还有一个可怜的东西,快要临盆了,突然一阵临产的阵痛袭来,结果嚎叫着被人抬出了教堂。”

“我并不否认这些。我也算是个心肠硬的生意人了,我也是哭得跟个孩子似的。确实如此。提莫提欧神甫口才很好,对语言造诣很深。”

“谁是这位提莫提欧神甫?”马基雅维里问道。“你方才说的很有些令人感兴趣的地方。佛罗伦萨人非常喜欢在一个适当的季节被人叫去忏悔,这样的话他们在一年之中剩下的时间里欺骗他们的邻居时就不至于太受良心的遣责了。”

“提莫提欧神甫是我们的忏悔神甫,”巴托罗缪说道。其实马基雅维里早就了解了这一事实。“就我本人而言,我凡事都征求他的建议。他不仅仅是一个品德高尚的人,而且是一个睿智的人。还有,几个月以前,我准备要去近东买一批调味料,他告诉我他看到了圣保罗对他显灵,告诉他货船会在克里特岛附近触礁,所以我就没有购买。”

“后来船果然沉了吗?”马基雅维里问道。

“没有。但是有三艘快帆船满载着香料抵达了里斯本,结果香料价格掉穿了底,我要是买了那笔货,一定是大亏。所以这就跟船沉了没有什么两样。”

“你越这样描述这位神甫,我就越想见到这个人。”

“一般你会在上午的时候在教堂中找到他。如果你找不到他的话,你可以让看护圣器的弟兄去叫他。”

“我可以告诉他我是受了你的推荐而来的吗?”马基雅维里礼

貌地问道。

“来自佛罗伦萨共和国的使节并不需要一个小城市里贫寒商人的推荐。再说，我们这个小地方实在是无法与佛罗伦萨这样灿烂的城市相提并论的。”

“你是如何看提莫提欧神甫的？”马基雅维里面向奥莱莉娅，继续问道。“对我来说重要的是，我不仅仅要听取一位像巴托罗缪这样有身份、有头脑的绅士的意思，以及一位如卡特琳娜女士那样富有人生经验而成熟老到的女士的见解，我也必须听取一位具备热情、纯洁和青年人所特有的敏锐感觉的人的意见，这个人对于外面的世界和它的种种坏处还不十分了解。因为我所要推荐的这位神甫不仅要能够召唤罪人们来忏悔，同时也要高度肯定那些有品德的人的嘉言懿行。”

这段话说得非常漂亮。

“提莫提欧神甫在我眼里是不会犯任何错误的。我一直是准备着由他来带领我做每一件事。”

“在我看来，”巴托罗缪补充道，“我想说你也必须准备好由他来带领。他向你建议任何事情，都是为了你最好的利益。”

这一切进展顺利，也正如马基雅维里所希望的那样。他上床休息时，对自己颇为满意。

第十七章

第二天是个赶集的日子，一大早马基雅维里就带着皮埃罗去了市场。他买了一对丰满的松鸡，在另一个摊贩处买了一篮子甜美的无花果，这种无花果是瑞米尼地方的特产，十分出名，畅销于整个意大利。他让皮埃罗将这些食物给巴托罗缪送去，顺便捎上他的问候。这些天伊莫拉住满了外来的客人，食品稀缺，价格昂贵，所以他知道他所赠送的食品将很受主人欢迎。然后他就拔腿向方济各会教堂出发。方济各会教堂和提莫提欧神甫修行所在的修道院连在一起，距离巴托罗缪的房子不远。教堂确实挺大，但是一点没有建筑美学方面的价值。教堂里面空荡荡的。里面只有两三个正在祈祷的妇女，一个并未出家的弟兄，很明显他就是教堂中看护圣器的执事，他正在拖地板。另外还有一位神甫正在祭坛上慢腾腾地忙活着，马基雅维里用他锐利的眼睛扫了这个神甫一眼，看出他只不过是装出一副忙碌的样子，心里猜想这一定就是那位提莫提欧神甫。估计卡特琳娜已经跟神甫打过招呼，马基雅维里会来拜访他。

“对不起，神甫大人，”他开口说道，同时礼貌地欠了一下身子，“我听说您的教堂里有一尊有着神奇能力的圣母马利亚的像，我很想在她的面前点上一支蜡烛，盼望她能够保佑我正怀孕的太太，在生产时会少些痛苦。”

“她在那儿呢，大人。”神甫说道。“我正要给她换面纱呢。我们教会里的那些弟兄总是不能够把她收拾得干净利落，然而当他们看到那些信仰虔诚的人们忘记给她上供的时候，他们又惊讶地不高兴了。我记得过去人们为了还愿，在同一时间会有几打的还愿奉献,今天却不足二十。这真是我们自己的过错。我那些弟兄完全没有头脑。”

马基雅维里挑选了一支尺寸硕大的蜡烛,慷慨地付了一个弗罗林,然后他就看着神甫将它插在一根细铁签上,并点燃蜡烛。当这一切都做完之后,马基雅维里开口说道:

“我要求您帮我一件事,神甫大人。我要同提莫提欧神甫私下会面,如果您可以告诉我怎样才能找到他,我将十分感激。”

“我就是提莫提欧神甫。”僧侣开口说。

“真是不可思议!这一切看上去都是上帝安排好了的。我来到这里,碰到的第一个人就是我要找的人,简直就是个奇迹。”

“上帝的安排深不可测,”提莫提欧神甫说道。

神甫中等身材,有些富态但是并不令人讨厌。马基雅维里冷静的头脑立刻就揣测,此人大概斋戒也不过只是做到他职责所要求的程度,而并非因为他相信贪吃是一种严重的恶习。他的面容长得不错,看上去像一位罗马皇帝,五官精致,尚未被奢侈和毫无节制的权力所糟蹋,然而却透露着一种残忍和贪欲,足以导致他日后被人暗杀。马基雅维里对这种人并不陌生。从他那红色的厚嘴唇上,突出的鹰钩鼻子和他那精致的黑眼睛中,马基雅维里看出了野心、狡诈和贪婪。但是这些本质都被表面的好脾气和简单的虔诚所掩盖。马基雅维里能够理解这个人是如何获得巴托罗缪一家人的信任的。他本能地感觉到这个人可以打交道。他一向痛恨僧侣。他认为这些人不是蠢货就是恶棍。眼前这个人或许就是个恶棍,他必须小心从事。

“我必须告诉您,神甫大人,我从我的朋友巴托罗缪·马泰利那里听说了许多关于您的赞誉。他对于您的人品和能力均有着极高评价。”

“巴托罗缪大人是教会忠实的儿子。我们的修道院十分贫寒,

我们一向仰仗他的慷慨大度。但是,先生,我可不可以问一下,我在此有幸与之交谈的,是哪位大人?”

马基雅维里心里明白神甫是故作姿态,但还是庄重地回答说:

“我应该一早就介绍自己,我是尼科洛·马基雅维里,佛罗伦萨公民,第二厅国务秘书。”

神甫深深地鞠了一躬。

“能和佛罗伦萨这样一个辉煌的城邦派来的使节说话,我实在是三生有幸。”

“神甫大人,您太过奖了。我不过是凡夫俗子一个,有着人类所有的诸多缺点。不过,我们在哪里可以进行一次私密和充分的交谈呢?”

“为什么不在这里?大人?那边那个帮忙的执事弟兄就像一根柱子一样耳聋,像一头驴子一样蠢,那些三三两两的老妇人正在忙着她们的祈祷,根本顾不上我们在说些什么,再说,即使他们听到了,也不会明白我们讲了些什么。”

他们于是在教堂中两张祈祷用的板凳上坐了下来,马基雅维里告诉提莫提欧神甫,他受执政团的委托,要寻找一个能够在封斋期在大教堂中布道的神职人员。神甫那副罗马人的面孔上没有任何表情,但是马基雅维里还是觉得这个人迅速地提高了关注程度,这证实了马基雅维里的判断,面前这个人已经完全了解马基雅维里和巴托罗缪一家人在前一天晚上的谈话内容。马基雅维里向他介绍了执政团方面的要求。

“他们自然对此事颇有些担心,”他说道。“他们不想重新犯一次他们在吉洛拉莫·萨沃那洛拉①神甫身上所犯的错误。敦促和

① 萨沃那洛拉(1452—1498),意大利宗教政治改革家,多明我会宣教士,抨击罗马教廷和暴政,一四九四年领导佛罗伦萨起义,建立该城民主政权,事败后被判火刑处死。

劝导人们忏悔并没有错，但是佛罗伦萨的繁荣却是依靠贸易，执政团方面不想让忏悔这件事破坏了和谐，干扰了商业。在美德方面做得过了头，就跟过分地沉溺于恶习一样对国家有害了。”

“这句话，我好像记得，是亚里士多德的观点。”

“啊，我能看出来，您和一般的神甫不同，是个受过教育的人。这真是再好不过了。佛罗伦萨的民众思想敏锐，有深刻的判断力，如果一个布道人不具备扎实的学问，任凭他多么口若悬河，人们都不会有耐心听下去。”

“您说得不错，我的弟兄中不少人无知到了令人震惊的地步，”提莫提欧神甫带着些许自得的神情回答道。“如果我没有理解错您的意思的话，您是想了解一下在伊莫拉是否有人可以，照您的意见，配得上这份荣耀。这是一件需要进一步考虑的事情 。我必须认真考虑此事。我也会作一番谨慎的探询。”

“您这样就帮了我大忙了。我从巴托罗缪大人和他的女眷那里了解到，您智慧敏锐，品德高尚。我相信你一定会给我一个公正的意见。”

“巴托罗缪大人的女眷们都是圣徒。这就是他们如此高看我的唯一原因。”

“我住在塞拉菲娜女士的家里，她的家正好在巴托罗缪大人房子的后面。如果我可以邀请您明晚来我的寓所一起用晚餐的话，我们可以详细谈论这件事。并且，有您光临晚餐，塞拉菲娜一定会十分高兴的。”

提莫提欧神甫接受了邀请。马基雅维里于是打道回府。在回家的路上，他顺便拜访了一下巴托罗缪，向他借一笔钱。他解释说，为了执行他的使命，他在伊莫拉开销甚大。然而执政团方面的款子还没有到。他详细地诉说佛罗伦萨政府的悭吝，抱怨说，为了保持他作为一个使节的体面和支付买情报的代价，他有时不得不掏自己的腰包。巴托罗缪打断了他的叙述。

“亲爱的尼科洛，”他用他那种快乐的方式说道，“你用不着告诉我，在这里的宫廷中一个人可以不付钱就拿到东西。为了你，也为执政团，我愿意借给你所需要的任何东西。你需要多少？”

马基雅维里又惊又喜。

“二十五个杜卡特。”

“就这么点儿？等着，我马上给你拿来。”

他走出了房间。一两分钟后带着钱回来了。马基雅维里后悔他要得太少了。

“往后，你如果还有需要，尽管告诉我，”巴托罗缪笑着说道，“你必须把我看成是你的钱庄。”

“笨蛋看不住他自己的财富，”马基雅维里在回自己寓所的路上这么想道。

第十八章

提莫提欧弟兄准时过来用晚餐。马基雅维里吩咐塞拉菲娜采购一些城里能找到的最好的食物。神甫一点也不见外,放开了肚皮大吃。马基雅维里一直注意给神甫的酒杯斟满酒。酒足饭饱之后,马基雅维里带神甫来到客厅,在那里他们可以进行不受干扰的谈话。马基雅维里吩咐一名仆人再拿一壶酒来。

"现在让我们来谈正事吧。"他说道。

提莫提欧神甫告诉马基雅维里,他已经仔细地考虑了马基雅维里所提出的要求,提了三个在伊莫拉城中在布道这方面有些名气的神甫的名字。他以诚恳的态度描述了这几个人各自的优点,但是他又用高度的技巧,在他对每个人的赞美中加上一两句贬评,而这些贬评有效地推翻了他所做出的推荐。他在做这些介绍和点评时的匠心独运,使马基雅维里不禁暗自钦佩。马基雅维里和蔼地笑着。

"你以一种诚挚的,不偏不倚的立场介绍了这些优秀的神职人员,正如我们希望你应该去做的那样。但是,神甫大人,你却遗漏了一个人的名字,此人的才能和虔诚远远超过你提到的这些人。"

"那么此人又可以是谁呢? 大人?"

"提莫提欧神甫。"

神甫脸上露出了一副故意做出,但十分逼真的惊讶的神情。

"一个不错的演员,"马基雅维里心里想道。"一个布道的人必须有表演才能。如果执政团真的委托我去找这么一个人的话,我估计也一大半就倾向于选用这个流氓神甫了。"

"你开玩笑了,大人。"

“是什么让你以为我会拿这么重要的事情开玩笑，神甫大人？我也没闲着。我了解到，在最近的这个封斋期内，你给大家留下的印象如此深刻，以至于在伊莫拉的历史上没有哪个传道人能够比得上你。我了解到你雄辩过人，我也注意到，你的嗓音悦耳动听。你仪表非凡，我只是和你交谈了几句话，就发现你十分聪慧，很有策略，富于教养。我十分肯定你对于基督教先贤的知识，一点也不逊于你对古典著作的了解。”

“大人，你确实把我给搞糊涂了。执政团方面要的是一个有声望的神职人员，我不过是一个贫穷的偏远小城中的穷神甫。我出身贫寒，也没有显赫的朋友。对于你慷慨的高看我从心底里表示感谢，但是我配不上你所建议的那份荣耀。”

“有些时候，旁观者清，当局者迷，现在就是这种情况了。”

马基雅维里心里十分受用，他尽管赞赏神甫对于小教堂的感情，但是凭他锐利的眼睛，他还是一眼看出此人的贪婪和野心。在这么一个诱饵面前，马基雅维里深信他可以让他做任何事情。

“我想我应该诚实地告诉你，我在佛罗伦萨政府里面无足轻重。我只有建议权，最后还得靠执政团的大人们来定夺。”

“我无法想像他们会轻飘飘地忽略他们派往罗马尼阿和瓦伦丁诺公爵处的使节的建议。”提莫提欧神甫带着谄媚的笑容说道。

“确实，我们新任的终身执政官，皮埃罗·索德里尼，是我的朋友。我想我也可以不带任何虚荣地说，他的兄弟，沃尔泰拉地方的主教，对我的诚实和良好的判断力还是有点信心的。”

从这个话题马基雅维里就很自然地向神甫说起了他陪同当时还是一个主教的红衣主教去厄比诺见切萨雷·博尔贾的事情，那次出使是为了向后者抗议维泰洛佐向阿雷佐发动的进攻。从这件事他又自然而然地向神甫介绍了他本人在比萨战争中的那些活动，还有他出使法国的事。他很小心地使自己在那些活动中所担当的角色显得并不那么显眼,但是仍然设法向神甫暗示,他是在背后掌控形势的人。他轻松自如,谈笑风生,用一种十分熟悉的态度谈论着国王,红衣主教,王子和将军们,就这样巧妙地,不露痕迹地让他的听众相信,他在意大利和法国有着很深的人脉,消息十分灵通。国家机密对于他而言根本不是什么机密。只有傻子才会认为他不是一个手眼通天的人。提莫提欧神甫完全被折服了。

"大人,你不知道,能和你这样一位才智出众,阅历丰富的人交谈,对我而言意味着什么。这就像让我看到了一个充满希望的世界。我们生活在这个乏味的小城市中,对外界一无所知。整个伊莫拉城里找不出一个富有教养或才能出众的人。我们的智慧,如果我们还有那么一点的话,也因为长期以来缺乏使用而生锈了。一个人简直需要像约伯那样有耐心才能应付众人的愚昧,并在这群愚昧之人中间度过自己的一生。"

"神甫大人,我必须承认,凭着我对你的了解,以及我听到的别人对你的评价,我认为一个有着你这样才华的人在这个地方浪费光阴,实在是万分可惜。你应该不需要我来提醒你那十锭银子的寓言给你发出的召唤。"

"我也经常想起这一点。我已经把我的银子埋在地底下。如果主问我我把银子派了什么用场,我将没有什么话可以回答他。"

"神甫大人,除了给予一个人一个机会,再也没有其他更好的办法来帮助一个人了。这个得到机会的人一定要知道该如何使用这个机会。"

"谁会给一个默默无闻的僧侣机会呢?"

"我是你的朋友,神甫大人,如果我还有一点影响力的话,我这份影响力也完全供你使用。当我向沃尔泰拉主教提起你的时候,你就不会完全不为人所知了。让一个有着像你一样习惯的人毛遂自荐是不合适的。但是我认为我可以就这件事与巴托罗缪商量。我毫不怀疑,我可以说服他,让他心甘情愿地写信给他那些在佛罗伦萨的、有影响力的朋友 。"

提莫提欧神甫笑了。

"我们亲爱的巴托罗缪!他本人就是善良的化身。但是不可否认的是,他还是有些头脑简单。他还没有办法将蛇一样的策略与鸽子一样的纯洁结合起来。"

就这样,马基雅维里将他们的谈话引到了他一直在瞄准的目标。他给空酒杯斟满了酒。火盆所带来的温暖让人感到很舒服。

"巴托罗缪是个不错的家伙。我经常想到,商人在商场上往往很成功,但是对于世间的一些其他事物却完全没有头脑。但是我并没有因为这个原因而减少我对他的敬意。我愿意尽我所能增加他的实际收益。神甫大人,你对巴托罗缪还是有着不少影响力的。"

"他还不错,还总算看得上我给他提供的一些个建议和咨询意见。"

"在许多地方他展现出良好的判断力。但是一个像他那样出众和应该得到上天保佑的人物,却无法实现自己最大的愿望,真是一件令人悲哀的事情。"

提莫提欧神甫用探询的眼神看着马基雅维里。

"你一定像我一样,知道他如果能有一个儿子,他愿意捐出一半家产。"

"这简直就成了他的心病,他整天就说这件事情,我们在神奇的圣母面前为他求情,但是毫无效果。他对我们很不满意,因为我们的祈祷没有产生他所期望的效果。但是他实际上毫无道理,因为他本人是个没有生育能力的人。"

"神甫大人,我在离佛罗伦萨不远的一个叫卡西亚诺的地方有一处小小的庄园。为了补贴我从执政团那里领来的菲薄的薪水,我一直靠卖森林里的木材和耕种我的土地赚一点钱。我有一些母牛,有的时候得到一头公牛来配种,这头公牛看上去强壮而健康,但是却因为一些原因有着像我们亲爱的朋友巴托罗缪一样的毛病。在这种情况下,你能做的就只有将这头公牛宰了,将它的肉卖钱,用卖肉的钱再买一头新的公牛。"

神甫提莫提欧笑了。

"如果照搬照抄让人也这样干有些不太可行。"

"也没有这个必要。但是话糙理不糙。"

神甫愣在那里好一会才完全明白马基雅维里的意思。等他明白过来,他又笑了。

"奥莱莉娅女士是个贞洁的妻子,另外她也被看得很严。看管她的包括她的母亲和丈夫,当然这两个人的动机并不一样,巴托罗缪不会傻到不明白他年轻貌美的妻子一定会招惹城里那些放荡的年轻人。而卡特琳娜女士久经贫寒,一定会小心地确保她来之不易的舒适生活不会因为她女儿不谨慎的行为而失去。"

"但是一个不谨慎的行为也可能成为高度谨慎的行为。如果她可以膝下有个外孙的话,卡特琳娜女士的地位会更加安全和稳固。"

"我不否认这一点。现在公爵已经将这份产业赐给了他,另外加上封号。巴托罗缪就更想有个儿子了。他家里的两位女人发现,巴托罗缪正在考虑过继他的两个外甥。他有一个守寡的姐姐住在福力,她倒是十分乐意让自己的兄弟来抚养她的两个孩子,但是她并不愿意和他们分开,所以开出了一个条件,也就是巴托罗缪必须也将她一起收留,住在一个屋檐下。"

"一个母亲不想与自己的孩子分开,也是一件自然的事情。"

“当然这是一件再自然不过的事。但是这一前景让卡特琳娜女士和奥莱莉娅女士十分沮丧。她们猜想，一旦情况真是如此，她们的处境将会变得十分艰难。奥莱莉娅嫁过来的时候并没有什么嫁妆。康司坦扎女士，巴托罗缪养子的母亲，会严重地危害奥莱莉娅作为一个妻子的地位，因为她的地位早就不稳固了——巴托罗缪出于虚荣，一直固执地认为他的妻子生不了孩子。可以想像，不用多久，康司坦扎就会成为家里的女主人。卡特琳娜女士曾经求我劝说巴托罗缪放弃这个念头，很明显，在卡特琳娜这方面看来，这件事对于她和她女儿来说危险太大了。”

“巴托罗缪问过你的意见吗？”

“当然问过。”

“那么你又给了他什么建议呢？”

“我尽量拖延时间。他姐姐在福力地方的忏悔神甫是个多明我会的修士。如果她过来的话，她有可能会从这个教派中挑一个人做忏悔神甫。多明我会的人不是我们的朋友。我们受巴托罗缪恩惠甚深，如果康司坦扎女士利用巴托罗缪对于我们为他求嗣不成而失望这件事从中作梗，让他转而宠信多明我会的修士，那就太糟糕了。”

“没有人比我更能明察你的困难处境了，神甫大人。唯一可行的解决办法就是我所建议的那样。”

“大人，你有没有想过如果这么做，我们会有一些罪过？”

“只不过是一件小小的罪过而已。从这个罪过中将会生出许多好的事物。你可以使一个美妙的妇女得到幸福，使秉性虔诚，值得你帮助的两位妇女得到平稳的地位，更重要的是，这还能够让你保住巴托罗缪弟兄作为一个慷慨施主的不断支持。让我对着你引用《圣经》一定是件狂妄的事情，但是我还是想斗胆提醒你，那个撒马利亚的妇女如果没有触犯通奸罪的话，我们这个宗教的创始人就永远不会有机会阐述他那些关于容忍、宽恕的教义了，而这些教义对于我们这些悲惨的罪人来说有着无可估量的价值。”

“真是精辟的论断，大人。”

“我是一个凡人，神甫大人。我不想向你掩饰奥莱莉娅女士的美貌让我燃起了熊熊的欲望之火，我要么把她搞到手，要么我就要烧死了。”

“我也从来没有想像过你如此关心巴托罗缪的利益，以及两位女士的幸福是完全出于你的一片好心。”神甫不冷不热地说道。

“你的修道院并不富裕，而且无疑你也会有许多人让你出钱赞助各种事情 。神甫大人，我在此奉上二十五个金杜卡特，以寻求你的善意。”

马基雅维里从神甫的黑眼睛中看到一道贪婪的目光。

“什么时候？”

“就现在。”

他从衣服里面的口袋中掏出了一袋钱币，漫不经心地扔到了桌子上。金币掉在木质桌面上的时候发出了一种令人舒服的咣啷的声音。

“大人，你已经通过你充满魅力的谈吐和无比优雅的举止获得了我的善意。”神甫说道。“但是我不知道我怎么才能帮助你。”

“我不会请你做任何会让你良心不安的事情。我想请你费心安排一下，我可以同卡特琳娜女士私下里见个面。”

“我不认为这会带来什么坏处。但这也帮不了你什么。巴托罗缪是个傻瓜，但是他也是个精明的商人，不会冒不必要的风险。如果他有事要外出的话，他的仆人总是在那里看着奥莱莉娅，严防一些放浪和好色的男人的纠缠。”

"我很清楚这一点。但是我们亲爱的巴托罗缪对你十分信任，这种信任是心照不宣的，也是完全应该的。他曾经带着奥莱莉娅去洗温泉浴，也曾经带着她去朝圣，希望那些出名的圣地能够显灵，让不孕的女人怀上孩子。我建议你对我们亲爱的巴托罗缪说，如果他能够带上他的仆人，去拉维纳一趟，在装有圣·维塔里骸骨的石棺前沉思祈祷一个晚上，你可以向他保证，奥莱莉娅女士一定会怀孕。"

"圣·维塔里很明显是一个伟大的圣徒，否则教会也不会为了纪念他而建造一座教堂；但是是什么东西让你揣测他的遗骨会有如此的效力，会治愈男人的不育？"

"圣徒的名字本身就明显地暗示了这一点①。无论巴托罗缪，或你和我，谁也不见得知道这个圣徒有没有这么大的神力。一个快淹死的人会拼命抓住任何一根稻草的。拉维纳距离伊莫拉只有二十英里，对巴托罗缪来说，做这么一次短途的旅行，却能获取他向往已久的结果，你以为他会为这事犹豫吗？"

"大人，让我也问你一个问题。你有什么理由认为奥莱莉娅女士，一个贞洁而胆小的女人，会响应你对她的追求呢？你已经告诉她你的心愿了吗？"

"我跟她也没有说过几句话。但是除非她和其他女人不一样，她应该能看出来我对她有那个意思。妇女们容易犯两个错误，好奇心和虚荣心。"

"可以宽恕的小罪过。"

"但是这些小小的罪过却常常比激情更容易让她们放弃那条坚持操守的羊肠小道。"

---

① Vitale 一词含有活力，生命力的意思。

"这种小瑕疵太多了,我一直是习惯于睁一只眼闭一只眼的。"

"当你有一天因为你杰出的才能提升到一个高位后,你会认识到,你如果想获得权力,不是靠培养人们的品德,也不是纵容他们的邪恶,而是宽容他们的一些小小的缺陷。"

"你的计划是具有独创性的。我毫不怀疑你将能够说服卡特琳娜女士帮助你。为了能够阻止巴托罗缪过继他的外甥,她愿意做任何事情。但是我非常了解奥莱莉娅女士,她是不会被你或她的母亲说服,来犯下一件到死才能摆脱的罪孽的。"

"这确实有可能。有许多事情从远处看让人感到陌生和恐怖,但是走近了再看,这些事物对你说来就变得自然,容易和合理了。我没有理由假定奥莱莉娅女士要比那些绝大多数的女人聪明多少。你应当向她解释说,如果一件事肯定可以带来好的结果,但是会不会带来坏的结果却不能肯定,我们如果单凭这一点就恐惧恶果而不去做那件好事,一定是错误的选择。在这里,我能够肯定的好事就是,她会怀孕,会因此而诞生一个不朽的灵魂,而坏的结果就是她会被人发现。但是如果能采取一些预防措施,这些坏的结果就不可能出现了。至于说到罪过,我觉得这只是一件杞人忧天的事。因为在这里,只是人的意志产生了罪过,而不是人的肉体。只有使丈夫生气才是一个妻子的罪过,而在这件事上,她只会让他高兴。在我们考虑所有的事情时,我们都要想到最终的目标。而在这里,最终的目标是在天堂中再加上一个座位,让一个做丈夫的人能够满足自己的心愿。"

提莫提欧神甫看着马基雅维里,没有做出回答。在马基雅维里看来,神甫是用了很大的努力才没有让自己笑出声来。神甫将视线移开,眼光落在了桌上的那包金币上。

"我现在确信,执政团派你出使晋见公爵,真是没有选错人。大人。”他最后回答道。“我也许要谴责你的意图，但却不能不佩服你的老练。”

“你过奖了。”马基雅维里回答说。

“你应该给我一些时间，让我能够考虑一下这件事。”

“神甫大人，相信第一感觉是对的。不过我要失陪一下，我要去院子里方便一下。你们这里的葡萄酒看来有些利尿的功效，我琢磨着。”

当马基雅维里回来后，神甫还是端坐在他原来的地方，但是桌上的那袋金币已经不见了。

“卡特琳娜女士星期五会带她的女儿来做忏悔。”神甫说道，一边看着他自己那双保养得很好的手。“当奥莱莉娅女士在忏悔室里时，你会有机会向卡特琳娜女士说话。”

第十九章

不久一个令人高兴的机会出现,让马基雅维里能够实施他的计划。他不失时机地抓住了这个机会。一般说来,除非有必要,他并不早起。和提莫提欧神甫谈过话的第二天早晨,他翻身下床然后开始穿衣服时,已经是日上三竿了。他走进厨房,用了塞拉菲娜给他预备的简单的早餐,然后就走进了院子,从井里打了一些水上来。哆嗦着把手和脸洗了一下。然后他上楼去取一些他所需要的文件。他打开窗户,准备看一下天气,忽然看到尼娜,那个女仆,带了一张椅子和一只搁脚板凳上了巴托罗缪家的屋顶。这些天以来天气一直是阴沉沉的,间歇还会有阵雨。但是这天早晨万里无云,阳光灿烂。他猜想尼娜这些举动意味着什么。不一会儿奥莱莉娅也上了屋顶,身上裹了一件绗缝被,手里拿着一顶硕大的草帽。马基雅维里猜对了,奥莱莉娅是要趁着天好,晒干她刚刚洗好的头发。她坐在椅子上,女仆将她的长发穿过这顶只有硕大边檐,但是没有顶的帽子,将草帽安放在奥莱莉娅的头上,然后将头发散在草帽的边檐上,这样阳光就可以晒到这些头发上面了,而刚刚染上的金色也就更加明艳。

马基雅维里改变了计划。他决定将文件的阅读推迟到一个更好的时候。他取了自己的鲁特琴,上楼走进了塞拉菲娜房子二层楼俯临庭院的走廊。当他走上去的时候,女仆已经忙活自己的事去了,奥莱莉娅一个人在屋顶上。草帽巨大的边檐挡住了她的视线,以至于她完全没有看到马基雅维里。另一方面,奥莱莉娅也确实专注于让自己的头发能够好好地晾晒一下,也没顾得上想其他的事。但是当她听到他开始歌唱的时候,吃惊之下,她抬起帽檐,视线穿过两座紧挨着的房子之间那十分有限的空间,向马基雅维里这里望来。还没等马基雅维里和她目光对接,她立刻就低下了头。马基雅维里好像是在自娱自乐一样地唱着一首爱情歌曲。按照当时的风尚,歌曲的主题是丘比特和他的爱情之箭,他那些被所爱的女郎的眼神所带来的残酷的伤口;以及那些他如果可以不去想念心上人时他内心的快乐。马基雅维里把奥莱莉娅搞得进退两难。因为害羞她也许希望能够赶快离开,但是她又确实需要太阳光把她头发新染的色染牢固。马基雅维里觉得,一个女人是不会为了美德而牺牲自己的容貌的,如果在这之前奥莱莉娅还不敢太肯定马基雅维里对她的感觉的话,现在应该是毫无疑问了,但是马基雅维里觉得这种机会也许不会再次出现,所以他想再努把力,使奥莱莉娅能够明确无误地感受到。他曾经谱写过一首献给一位叫费尼切的女人的小夜曲,开头是这样的:“你好,姑娘,你超凡脱俗。”然后歌词开始叙述她是一个如何如何罕见的美人,有着万般可爱的美丽灵魂,在这里,把歌词中的“哦,只有费尼切”改成“哦,只有奥莱莉娅”非常容易,而且一点也不破坏韵律。拨弄着鲁特琴的琴弦,他用一种叙唱调的方式念出这些词句,调子里不乏某种柔美的意味。奥莱莉娅静静地坐着,她的脸隐藏在草帽底下,但是马基雅维里有一种感觉,觉得她正在专心致志地听。这正是他所要的。不过他刚刚唱完两段,奥莱莉娅摇了一下她随身带来的小铃铛,叫来了她的女仆。尼娜上来后,奥莱莉娅和她说了几句话,然后站起身来。尼娜随后搬起奥莱莉娅坐过的椅子,挪到了屋顶的另外一个地方。奥莱莉娅走了过去,坐了下来。两女人开始说起话来。马基雅维里猜想奥莱莉娅是想把尼娜留在身边,直到他走开为止。他也没有什么不满意的。他下了楼,回到了自己的房间,从他那锁着文件的箱子中取出文件,不一会他就全神贯注地撰写起给执政团的报告了。

到目前为止结果还不错。

第二十章

马基雅维里并没有上教堂做礼拜的习惯。星期五那天,他一直等到晚祷结束,会众走出教堂的时候,他才进入那座神圣的殿堂。他走进去的时候刚好看到提莫提欧神甫正进入忏悔间。不一会儿,奥莱莉娅也随着神甫走了进去。卡特琳娜女士一个人独自坐在一个小礼拜堂中间。马基雅维里走过去挨着她坐下。她看到他时并没有显出惊讶的神色,马基雅维里心想,估计神甫已经向她打过招呼,她早就在等着他了。然而马基雅维里觉得没有兜圈子的必要——于是他开门见山地告诉她,他不可救药地爱上了她的女儿,请她在她女儿面前为他转达爱意,为他穿针引线。卡特琳娜对马基雅维里的这番表白不仅没有恼怒,而且有些被逗乐的感觉。她告诉他,他并不是第一个打她女儿主意的人,但是先前的那些人都没能成功。

"我一直非常严格地把她带大,尼科洛大人。从我把她以处子之身送到巴托罗缪大人的婚床上的那个晚上开始,她就一直是一个忠实和尽责的妻子。"

"如果我的消息准确的话,她之所以如此,也仅仅是因为没有其他的机会。"

卡特琳娜发出了一声低低的,带有些淫荡意味的笑声。

"尼科洛大人,你阅历丰富,应该明白一个妻子如果想欺骗她的丈夫的话,他是没办法采取任何预防性措施的。"

"所有的历史都证明你是对的,卡特琳娜女士。而且,听你的口气,我觉得你是一个可以开诚布公地讨论问题的人。"

她将她的头侧了过来，认真地看着马基雅维里。

“尼科洛大人，我这辈子经受了太多的不幸。我历尽惊涛骇浪，现在我终于有了一个平静的港湾可以休息，我不想冒不必要的风险了。”

“我很能理解这些。但是你有把握说你的锚很稳固，系船的桩子足够结实吗？”

卡特琳娜没有回答。马基雅维里从她的沉默中感到，她对于这个问题感觉有些不自在。他继续说了下去。

“我认为，如果奥莱莉娅女士不能很快地为巴托罗缪生一个他日思夜想的继承人的话，他会考虑收养康司坦扎女士的两个儿子。你认为我的想法正确吗？”

卡特琳娜又一次沉默着没有回答。

“你久经世故，太太，不需要我来告诉你，一旦出现那种情况，你和你女儿的处境会是一个什么样的情形。”

两行眼泪从卡特琳娜的脸上流下。马基雅维里亲切地拍了拍她的手背。

“绝望的处境需要绝望的解决办法。”

她意气消沉地耸了一下肩膀。

“虽说我能够帮助奥莱莉娅克服恐惧，但是这种机会并不会有。”

“你的女儿讨厌我吗？”

“你能引她发笑，”卡特琳娜笑着说，“一句玩笑话也能获取女人的欢心，其效果不亚于一副英俊的面孔。”

“太太，你我真是想到一块儿去了。一旦有这么一个机会，能够让我们毫无危险地实施我们的愿望，我能够指望你的帮助吗？”

“不光是要克服我女儿的恐惧，而且还要帮助她克服她的顾忌。”

“这些靠你的常识所不能够驱散的顾忌，让我们留给我们杰出的提莫提欧神甫去处理好了。他可不喜欢多明我会的修士。”

卡特琳娜又发出一声低沉的笑声。

“你是一个吸引人的男人，尼科洛大人。如果我还有那么一点姿色，而你也看得上的话，我不会拒绝你的。”

“老母牛。”马基雅维里心里嘀咕着。但是他还是按住了她的手，响亮地回答道，“如果我不是如此热烈地爱着你的女儿，我一定恭敬不如从命。”

“奥莱莉娅来了。”

“我要告辞了。”

溜出了教堂之后，马基雅维里进了一间银匠铺子。在那里他买了一条银项链，因为他也没有买金项链的钱，但是这条银项链做工很精美。第二天早晨他让皮埃罗去买了一篮子饱满的无花果。卡特琳娜曾经告诉过他，说她是如何地喜欢无花果。马基雅维里将银项链放在篮子的底部，告诉皮埃罗将篮子给卡特琳娜送去。马基雅维里让皮埃罗对卡特琳娜说，这些无花果是他送给她的礼物，并且要补充说明，在无花果下面是一件马基雅维里要恳请卡特琳娜收下的东西，这件物品代表着他对她的敬意。他觉得他和卡特琳娜之间有着充分的相互理解，但是一件小小的礼物会比任何其他东西更能够确认这种相互理解。

第二十一章

几天以后巴托罗缪提议他们再举行一次宴会,因为上一次的夜宴既有歌唱,又有欢笑,大伙都挺尽兴,巴托罗缪觉得应该再来一次。于是他们就开了第二次宴会。宴会的展开一如上一次,有着愉快的交谈和优美的音乐。奥莱莉娅本来就不是喜欢多说话的人,这次更是沉默。但是马基雅维里注意到,当他与其他人轻快地交谈时,奥莱莉娅带着一种鉴定般的目光看着他。他很肯定她和她的母亲已经就他本人和他所表达的欲望做过讨论,这些探询的目光表明她正在琢磨马基雅维里作为一个情人会是什么样的一个人。马基雅维里心里明白他之所以吸引女人,不是因为他的出众的外表,而是因为他令人愉快的谈吐,他的机智和他平易近人的风度。他正尽着自己最大的努力。他知道,女人们并不欣赏讽刺和挖苦,他们欣赏的是一些小小的玩笑和有趣的故事。在这两个方面他哪个都不缺。他的俏皮话所惹来的笑声使他倍感兴奋,他不禁得意地想,他今天比以往任何时候都要逗人开心。不过他还是很小心地显示出,他不仅是个爱开玩笑的人,而且还是一个性情温和的人,一个平易近人,人们容易信任和喜爱的人。时不时地,他在奥莱莉娅的眼睛里看到一种笑盈盈的温柔的意思,他觉得那似乎在暗示说,她对他也有些意思。不过,这是不是他一个人一厢情愿的想像呢?对于这种目光,曾几何时也在其他女人那里见过。女人们是一种奇怪的动物,她们一定要以情感为先导,不知疲倦地将仁慈的上帝为了补偿驱逐亚当和夏娃出伊甸园而赐予人类的快乐搞得十分复杂。不过有的时候这种缺点也会带来些好处。他脑海里闪过了玛丽埃塔。她奉父母之命和他结了婚,现在她是如此地溺爱他,以至于她都舍不得让他离开。她是一个贤惠的女人,他对她也有着真正的感情,但是她也无法指望她能够将他拴在她的围裙的带子上。

马基雅维里的外交事务一度变得十分繁忙,以至于有好几天时间他不得不将他的全部时间用来处理这些事务。但是通过皮埃罗,他向奥莱莉娅送了一长颈瓶的玫瑰油,这是他从一位刚从中东回到本地的商人那里买来的,价格之高,他简直有些吃不消。奥莱莉娅没有拒绝,他觉得是个好兆头。他称赞了皮埃罗,夸奖他有谋略,有技巧,将礼物送了过去,但是没有招惹到任何人的注意。他给了皮埃罗一块银币,以便他可以去追求尼娜。

“你和她处得怎么样了,我的孩子?”他问道。

“我不认为她讨厌我,”皮埃罗说道。“她一直很恐惧他们家的一个仆人。他是她的情人。”

“我很怀疑这一点:但是不要泄气。如果她还是要你的话,她还是能找到办法来安排事情的。”

接下来是一个下雨的下午。巴托罗缪派人来找马基雅维里,请他去巴托罗缪家里下棋。马基雅维里觉得手头上的事可以暂时放一下,就过去了。巴托罗缪在自己的书房里见了他。房间里虽说没有壁炉,但是有着一盆火,房间里也不冷。

“我们在这里下棋,比旁边有几个说话的女人更方便一些。”巴托罗缪说道。

马基雅维里抱着能够见到奥莱莉娅的想法去了巴托罗缪的家,听了这话不免有些扫兴,但是还是十分礼貌地回答说:

“女人总是要说话的,而象棋是一种需要全神贯注的活动。”

他们开始下棋。也许是因为马基雅维里的注意力分散了,巴托罗缪欣喜地发现,他轻而易举地击败了马基雅维里。他叫仆人拿酒

来。当酒端上来以后,马基雅维里已经将棋盘重新摆好,准备开始新的一局了。他向后靠在椅子上,开口说:

"亲爱的尼科洛,我叫你来不光是为了和你下棋消遣。我想问一下你的意见。"

"我愿意效劳。"

"你听说过圣·维塔里这个人吗?"

一丝轻微的满意之色滑过马基雅维里的嘴边。提莫提欧神甫没有辜负他的委托。

"非常奇怪你竟然会问起这个,你是在说拉维纳的那座教堂吗?这位圣徒的遗骨埋在那里。佛罗伦萨的每一个人不久以前都在谈论着他。"

"关于哪个方面?"

"人类的愚蠢有时简直没个尽头。就拿我们佛罗伦萨人来说吧,他们一向以自己活跃的才智而自豪,但有时也是让人难以置信。"

他看到巴托罗缪的脸上露出一副急不可耐的神情,于是他心想,我要好好地吊一吊他的胃口。

"你指的是什么?"

"这个故事是如此荒谬,我都不好意思讲。在我们神圣的教会确定的范围内,我的那些共和国的公民伙伴们,有着一种健康的怀疑态度。对于那些他们看不到,闻不着,摸不到的事物一般不会相信。"

"这也就是他们之所以成为好的生意人的原因。"

"也许是这样。但是时不时他们会受到那些最疯狂的迷信的蛊惑,实在是令人惊讶!实话告诉你,我实在不能告诉你这个将那些佛罗伦萨人置于可笑境地的故事。"

“我自己差不多也就是一个佛罗伦萨人了,如果我听不到这个故事,我会坐立不安。听你讲故事总是一件愉快的事,另外,在这样一个毫无意趣的日子,开怀大笑一下也是好的。”

“好吧,事情是这样的:朱利亚诺·岱里·阿尔伯泰里是一个有钱的佛罗伦萨的公民。他春秋正盛,在市里有一处不错的房产,另外他也有一位他非常喜欢的漂亮的太太。他本来应该是个快乐的人,但是他没有子嗣,这对他来说是件令人遗憾的事情。因为他和他的兄弟不和,所以他一想到这个人和他那一窝嚎哭着的小家伙将来有一天会继承他的遗产,他就是不能忍受这一点。他带他的妻子去洗温泉浴,去许多神圣的地方朝圣,他咨询过许多医生,还走访了一些号称拥有使妇女怀孕的秘方的老妇人,结果没有一件事有效果。”

巴托罗缪喘着粗气,注意地听着,心急火燎般地,好像他的性命全在这上面。

“后来他碰到一个曾经去耶路撒冷朝圣回来的僧侣,那个人告诉他,在他回来的路上,在拉维纳做了停留,那里有座叫圣·维塔里的教堂,这个教堂供奉的圣徒有着让不育男人重新获得生育能力的神奇功力。朱利亚诺听说此事后心动了,虽然有不少朋友劝他不要相信,他还是坚持要去拜访一下这个圣地。你可以想像一下,当他终于出发时,周围的人是怎么笑话他的。讽刺他的小文章被人写了出来,传来传去。当他回来的时候,人们必须避开他,以免当着他的面大笑出来。然而,当他回来九个月零一天之后,他的太太生了一个九磅重的儿子。结果是朱利亚诺笑到了最后 。佛罗伦萨的人都大惑不解,而那些虔诚的人则大声疾呼,这是个神迹。”

巴托罗缪额头上渗出了晶莹的汗水。

“这如果不是奇迹那又能是什么呢?”

"我的朋友,让我们关起门来说句老实话,我认为奇迹的时代已经过去了,这已经是毫无疑问的了。因为我们身上的罪孽,我们已经配不上神迹了。但是我必须承认,这件事还是对我震动挺大。我想我只能重复一下你的评论,如果这不是神迹,又能是什么呢?我已经给你讲述了这件事的来龙去脉,现在该由你来提出你的看法了。"

巴托罗缪举起酒杯,一口气喝了一大口酒。马基雅维里心想,回头得给提莫提欧神甫那座显灵的圣母像再敬上一根蜡烛:到目前为止,他编造的这个故事没有辜负他的期望。

"我知道我可以相信你,亲爱的尼科洛。"巴托罗缪停了一会开口说道。"我向来看人八九不离十,我十分肯定你是个谨慎的人。我向你打听圣·维塔里的事情是有原因的。但是我没有想到你这么快就证实了我所听到的情况。"

"我不明白你在说什么。朋友。"

"你知道,我也十分希望能有一个儿子,能够继承我的产业,田地和房屋,还有公爵授予我的封地和贵族封号。我有一个守寡的姐姐,有着两个儿子,我一度想收养这两个孩子。虽然这件事对她一家是件好事,她却不同意和两个儿子分开。她坚持要母子三人一起搬过来住。但是她意志刚强,和我一个样,我可以想像,如果她搬过来住,三个争吵的女人和我住在一个屋檐下面,我将不得安宁。这将是争吵不休的一个局面。

"这个我相信。"

"我将一刻都不得安宁。"

"你的生活将变成一种煎熬,他们会把你争来抢去。"

巴托罗缪长长地叹了一口气。

"这就是你要咨询我意见的问题吗?"马基雅维里问道。

“不是。昨天我正在与提莫提欧神甫讨论我的难处，他非常奇怪地向我谈到了圣·维塔里这个人。虽然我从来不认为我本人有什么问题，以至于让老婆怀不上孩子，但如果圣·维塔里的骸骨有这么大的功效，我应该去一趟拉维纳。我在那里还有一些生意，所以即使我不能达到我主要的目的，这一趟路也不会白跑。”

“如果是这样的话，我看不出你为什么要犹豫。你有可能满载而归，同时又不会损失什么。”

“提莫提欧神甫是一个正直完美的圣人，但是他对于世俗的事物不是太了解。我觉得这件事有些蹊跷，如果这位圣灵有着像人们所说的那么大的功力的话，为什么在此之前我没有听人说起过呢？”

一时间马基雅维里有点不知所措，不过也就是那一瞬间。

“您忘记了，男人们往往不愿意承认他们有不育的事实，而将问题归于他们的妻子。你可以确信，这些前去求圣灵帮忙的男人是悄悄前去的，而且注意不向外面透露他们的妻子是靠了这件事才怀孕的。”

“我没想到这个，但是不要忘记，如果大家发现，我去拉维纳朝拜，而且朝拜毫无效果的话，我就会成为城里人的笑柄。这就等于向人们承认我患有不育症。”

“但是人们又怎么可能知道呢？提莫提欧神甫难道没有告诉你，你必须做哪些事情吗？根据朱利亚诺的经验，你必须在圣灵的遗骨前用一个晚上来静坐和祷告。”

“这怎么可能？”

“只要付上一点小费，教堂的执事就会在傍晚他锁上门之后让你留在里面。早上你参加第一场弥撒，然后去吃早餐。之后你就可以去照料你的生意了。完了之后你就可以回家，见到你怀孕的妻子了。”

巴托罗缪微笑着看了马基雅维里一眼。

“你不会因为我去做这件事把我看成一个头号傻瓜吧?”

“亲爱的,神的意志是莫测高深的。我只能告诉你发生在朱利亚诺·岱里·阿尔伯泰里身上的事。至于这是不是一件神迹,我又从哪里去知道?”

“这是我最后的希望了,”巴托罗缪说道,“我会试一试的。朱利亚诺大人靠着这件事成功了,没有任何理由我就不会成功。”

“完全同意。”马基雅维里说道 。

第二十二章

在接下去的一个星期里，马基雅维里的情绪变化不定，起伏之大，犹如一条色调狂放的被子上的各种颜色。一会儿他满怀希望，一会儿他又心情沮丧。他从快乐的憧憬走到愤怒的失望，一会儿心情激动，不能自制，一会儿又陷入绝望之中。因为巴托罗缪无法下定决心，他既想前往，但又讨厌这个想法。他就像受到了诱惑，要将他手里的钱去赌一件机会渺茫的事情。于是一方面担心丢掉钱财，另一方面又贪念那有可能到手的好处。他可以在某一天决定前往，然后隔一天又变了卦。马基雅维里的消化系统本来就非常脆弱，这种不确定性让他的胃病加重了。如果他花费了这么多心血和钱财创造出这么一个机会以后，他却不能去利用这个机会，那可真是太残酷了。他给自己放了血，吃了一点泻药，只吃一些流质食物。更糟糕的是，他的工作更重了，公爵与他那些叛乱的首领们之间的谈判恶化了，变得十分棘手，马基雅维里不得不撰写大量的信件给执政团，会见使者，在宫里面花时间了解情况，并和那些从各个城邦来到伊莫拉的有影响力的人会面。到了最后的关头，命运朝他露出了笑容。巴托罗缪在拉维纳的一个代理人写信给他，告诉他，如果他不立即将一件他谈判了有些时日的生意谈妥，对方会接受另外一家的报价。这件事让巴托罗缪下了决心。

马基雅维里的胃疼消失了。当天，他在与巴托罗缪聊完以后，就去见了提莫提欧神甫。后者同意向巴托罗缪提供马基雅维里所提出的那些建议。为了取悦奥莱莉娅，他去了一个到伊莫拉来做生意的小商贩那里，买了一副绣着金线、散发着香味的手套。这让他花了不少钱,但在这个关头,他不能太吝啬。他打发皮埃罗将手套送过去,特地告诉皮埃罗,让他求见卡特琳娜女士,这样仆人们就会以为,皮埃罗只不过是为他的主人送信来了。另外,马基雅维里让皮埃罗转告卡特琳娜,他要和她见上一面,愿意在一个她方便的时候在教堂里与她见面。当皮埃罗回来告诉他说,卡特琳娜女士叫来了她的女儿,奥莱莉娅看到礼物非常高兴,马基雅维里不禁十分高兴。这种手套在当时是非常珍贵的,著名的曼图亚侯爵夫人都认为这种手套配得上法国王后。

“她看上去如何?”马基雅维里问道。

“奥莱莉娅女士吗?她看上去非常开心。”

“别犯傻了,孩子。她看上去漂亮吗?”

“她还是老样子。”

“笨蛋!卡特琳娜什么时候会去教堂?”

“她今天下午会去参加晚祷。”

马基雅维里与卡特琳娜回来以后,心里十分开心。

“人类真是一种高级动物。”他心里想着。凭着勇气,机巧和钱财简直没有什么他做不成的事。

起初奥莱莉娅着实被吓坏了,根本不愿意去听这个建议,但是一点一点地被卡特琳娜说服了。卡特琳娜的说词是无法辩驳的,这也很自然,因为这些都是马基雅维里事先准备好的。这些理由,加上提莫提欧神甫温和但却有力的劝诫,就更加有说服力了。奥莱莉娅是个理智的姑娘,明白有时犯些小恶,却能带来大善,所以面对这样的机会不去利用,是不合情理的。简而言之,只要巴托罗缪安全地上了路,她就准备满足马基雅维里的要求。

巴托罗缪一旦打定主意,就决定马上行动。于是乎,第二天中午他带了一个仆人和一个马夫,就朝着拉维纳出发了。马基雅维里出于他平常的礼貌,过去和巴托罗缪话别,并祝愿他一路顺利。尼娜被打发回了她父母家过夜。尼娜走了以后,马基雅维里让皮埃罗给巴托罗缪家送去了一只大篮子,里面装有刚从河里打上来的活鱼,两只肥肥的阉鸡,糖果铺子那里买来的果脯蜜饯,以及一大瓶当地酿造的最好的酒。谈妥的计划是,马基雅维里一直要等到太阳落山以后的三个小时后,也就是晚上九时后,当塞拉菲娜已经熟睡之际,来到院子的一个小门前,卡特琳娜会把他带进来,然后大家一起用晚餐。在一个合适的时间她会回到自己的卧房,把马基雅维里和他钟情的美人留在一起。她让马基雅维里保证说,他必须在天亮以前离开房子。皮埃罗送完礼品篮回来时,带来了卡特琳娜女士的一份最后的口信。她会在教堂钟声敲出九点的时候在小门旁守候着。为了确保就是马基雅维里本人,他必须快速地敲两下门,然后等一会,再敲一下,然后再等一小会儿,再敲两下。这之后门就会被打开,他要马上闪进门,一句话也不用说。

"这可真是在和一个有经验的女人打交道。"马基雅维里心想。"她什么事情都做得滴水不漏。"

他让一个仆人拎一桶热水进来,然后洗了个澡,他自从和玛丽埃塔结婚前的那个夜晚洗了澡之后还没有洗过澡。他记得那天洗完澡之后他得了感冒,而且还很自然地将感冒传给了玛丽埃塔。然后他就往身上洒了一些香水,这香水是他在为奥莱莉娅买玫瑰油的时候一起买的。他然后穿上了他最好的衣服。为了不至于破坏他对于那顿他盼望已久的丰盛晚餐的胃口,他没有享用塞拉菲娜准备的简单的晚餐,推托说他要和费雷拉公爵的使者一起在旅馆吃晚饭。他尝试着去读一会儿书,但是因为太兴奋了,总是不能集中注意力。他胡乱地弹了一会儿鲁特琴,但是他的手指却不听他的使唤。他想了一会柏拉图的对话体作品,满意地得出结论,快乐总是和痛苦相伴随,是一件并不完美的善。柏拉图的对话录中确实有料,但是那些对永恒事物的沉思冥想的部分也着实枯燥无味。想起这件事的难度,以及他充分发挥自己的才智克服困难的过程,他禁不住心花怒放。如果不承认他是异乎寻常地聪明,这对他来说简直就是一种虚伪,一种配不上他的行为。他还想不出第二个人能够如此运用高度的技巧,熔自己的激情,以及相关各方的性格弱点和利益于一炉,而将这些因素都服务于自己的意愿。好像这等待的时间永远不停止似的,然而突然教堂的钟声响了起来。马基雅维里迅速起身,披上大氅打开了院子的门,准备走进那漆黑的夜色中。他正要抬腿向巷子里走去,却听到鹅卵石铺就的路面上传来一阵脚步声。他将门关上了一部分,站在门后,想等那个过路的人,不管他是谁,走过门口再说。但是他们并没有从他门前经过,相反地,他们在他的门前停了下来,其中一个人开始叩门。由于门并没有插上,敲门的动作把门向后推进去了一些,两位来人手里擎着的火炬正好照见了过道中的马基雅维里。

“啊,尼科洛大人。”其中一个人开口说道。马基雅维里立刻就认出他是公爵的一个秘书。“我们是来接您的。而您是不是也正准备要去宫里?公爵大人要见您。他有重要的事情要告诉您。”

有那么一会的工夫马基雅维里有些不知所措。他想不出任何借口来推托公爵的邀请。如果他没有穿着一身外出的打扮让人家撞上,他完全可以递个口信出去,说自己卧病在床,不能应请。但是眼下这个样子,他又怎么可以借口身体不适而推辞?公爵不是一个你可以随随便便地声称另有安排而推托不去晋见的人,况且,如果他确实有重要的消息要知令马基雅维里,作为一个外交人员,马基雅维里也绝不可以推辞不去。很有可能这些消息,关乎佛罗伦萨的安危。想到这里马基雅维里心里一沉。

“等一会儿，让我告诉我的仆人，他不用陪我去。”

“没有这个必要。我们会派人把您安全地送回来的。”

马基雅维里进了客厅，然后转身将门关上了。

“听着，皮埃罗。公爵要见我。我会和公爵简短地见上一面，告诉他我正患着腹绞痛。卡特琳娜女士估计正在等着呢。去她的院子，用她告诉你的方法去敲门。告诉她这里发生的事，并且告诉她我会尽快回来，告诉她让你在院子里等着，我去的时候可以为我开门。”

“明白了。”

“并且告诉她我非常沮丧，深感痛苦，十分悲伤，愁眉苦脸，满腹怒气。我会在半小时后回来。”

说完这些他就和那些来接他的人前往宫里。他被带到了一间接待室，秘书离开了他去向公爵通报他的到来。马基雅维里等待着。五分钟，十分钟，十五分钟。接着秘书回来了，转达了公爵的歉意。原来一名信使刚刚抵达，带来了教皇的一些信件。这会儿公爵正和埃尔纳主教以及阿加皮托·达·阿马利亚一起闭门读信呢。一旦他完事之后，他会立即叫马基雅维里过去。于是马基雅维里又一次被晾在了一边。他的耐心正经受着残酷的考验。他坐立不安，他在椅子中不停地换着坐姿，他啮咬着的自己的指甲，他在房间里来回地踱着步。他开始皱眉，接着满脸怒色，接着怒气升腾，最后他简直是怒发冲冠了。最后，在绝望之中，他冲出了接待室，找到了那个去请他的秘书，用一种冰冷的语调质问他，公爵是不是把他彻底给忘了。

“这实在是一件令人遗憾的事。如果不是为了一些十万火急的公务，公爵是不会让您久等的。我相信他要告诉您的事对于佛罗伦萨执政团来说至关重要。请您少安毋躁。”

马基雅维里尽全力控制住了自己的恼怒,在就近的一张椅子上坐了下来。秘书开始和他谈话,虽然马基雅维里用一些简单的语句来敷衍秘书的问话,一副漫不经心的样子,但是秘书还是兴致很高,丝毫不觉得无趣。马基雅维里用了很大的努力才没有让自己告诉那个喋喋不休的话匣子闭上他那张愚蠢的嘴。他心里一直在念叨着:如果他们来晚一分钟就不会找到我了。最后阿加皮托·达·阿马利亚亲自过来了,告诉马基雅维里公爵已经可以见他了。到这个时候,马基雅维里已经足足等了一个小时。他想到皮埃罗这会也许正站在门背后在寒冷的院子中打着寒战,一丝讽刺的笑容浮上他的嘴角。想到在这当口,不只他一个人在受着洋罪,他感到些许的安慰。

公爵由他的表弟埃尔纳主教陪着。他显得很有礼貌,但是并没有浪费时间进行寒暄。

"我一向对你开诚布公,书记官大人。今天我要向你清楚地宣示一下我的立场。我对于你奉执政团的命令而传达的所谓的善意并不满意。教皇随时都可能去世,我如果要保全我的领地,就必须采取措施保护自己。法国国王是我的盟友,另外我还有一支武装力量,但这也许还不够。因此我希望我能够与周边的邻居们建立友好的关系。这些邻居是博洛尼亚,曼图亚,费雷拉和佛罗伦萨。"

马基雅维里心里想,现在不宜老调重弹,再一次地阐述佛罗伦萨政府的善意。因此他明智地选择了沉默。

"至于费雷拉,我们采取了联姻的办法,把我亲爱的妹妹卢克莱齐娅女士嫁给了公爵,教皇为此还为我妹妹准备了一笔丰厚的嫁妆。除此之外,我们还给了他那个做红衣主教的兄弟不少好处。通过这些措施我们获得了公爵的友谊。在曼图亚方面,我们正在做两件事,第一件事就是把侯爵的兄弟封为红衣主教,交换条件是侯爵和他的兄弟要向我们缴纳四万杜卡特。第二件事就是将我的女儿嫁给侯爵的儿子,在把我女儿嫁过去的时候这四万杜卡特会作为嫁妆带回去。我毋须向你指出,互利互惠是建立持久巩固的友谊所能够有的最坚实的基础。”

“无懈可击,阁下。”马基雅维里微笑着问道,“博洛尼亚方面呢?”

博洛尼亚方面的领主,焦万尼·本蒂沃留和那些叛乱的首领站在一起。虽然他的军队已经后撤,与公爵的军队脱离了接触,但是和公爵还是处于交战状态。瓦伦丁诺公爵捋着他那精心修剪的,棱角分明的络腮胡,阴险地笑了。

“我没有想要占有博洛尼亚。我要的是她的合作。把焦万尼先生变成朋友,比把他从博洛尼亚城里撵出来要快一些。话又说回来,即使我占了博洛尼亚城,我也很有可能守不住,到头来可能会让我一败涂地。另外,如果我不和博洛尼亚达成协议,费雷拉公爵将不会给我任何帮助。”

“焦万尼先生可是和叛乱分子签了协议的。”

“这一次你的情报就不准了,书纪官大人。”公爵和颜悦色地回答道。“焦万尼先生认为协议条款并不能够保护他的利益,所以拒绝签署那个协议,我正和他的兄弟联络,到目前为止事情的进展让双方都很满意。一旦我们达成协议,他的兄弟会收到一顶红衣主教的帽子,或者,如果他对神职不感兴趣,他可以娶我的表妹,博尔贾红衣主教的妹妹。我们四个城邦,加上法国国王的支持,会变得无比强大。到那个时候,你的主子有求于我的地方将远远超过我有求于他们的地方。我要说我对他们不怀有任何恶意,但是形势比人强,如果没有任何条约限制我的话,我将会有足够的余地按照我最高的利益而行事。”

图穷匕见了。马基雅维里思考了一会儿。他知道阿加皮托和埃尔纳主教在凝视着他。

“阁下究竟是要我们做什么呢?”他尽可能用一种若无其事的镇定神态问道。“我知道您已经与维泰洛佐和渥西尼达成了协议。”

“到目前为止还没有签任何协议呢。对于我而言,这些协议我可以签,也完全可以不签,我一向不主张彻底粉碎渥西尼:如果教皇去世,我在罗马城里必须要有些朋友。当帕格洛·渥西尼来见我的时候,他的抱怨之一就是拉米洛·德·罗尔卡的行径,我答应他我会让他满意的,在这件事上我言出必行。维泰洛佐则是另一码子事。他就是一条毒蛇,他尽了一切努力破坏我和渥西尼之间达成协议。”

“也许您说得更直接一些会更好。”

“完全可以。我希望你能写上一封信,给你的主子,告诉他们法国国王很有可能命令他们恢复向我提供保护费。如你所知,这些保护费是他们毫无道理,毫无理由地停止了的。一旦法国国王下了命令,他们是会照办的。依我看来,自觉自愿地去做某件事比被强迫去做要好得多。”

马基雅维里停顿了一会儿,努力让自己镇静下来。他知道他说的每一个词都会带来危险。当他再次开口的时候,他用一种尽可能讨好的口吻说道:

“阁下用兵和交友都显出过人的智慧,但在保护费这件事上,阁下不能够和那些穷得只有自己和几个喽啰可以出卖的雇佣军首领相提并论。阁下是意大利的实力派人物之一,我们和您结成联盟,才符合您的身份,而不是将您像雇佣军一样对待。”

“我会把这笔保护费看成是一种荣誉。”公爵彬彬有礼地回答道。“我说,书记官大人,我们完全可以做一些对我们双方都有好处的安排。我是一个职业军人,因为友谊和你们的城邦结成一体。你的主子拒绝我的请求对于我而言是一种藐视。我很有信心地说,我可以为佛罗伦萨效力的能力不逊于任何人。”

“我要斗胆指出,如果阁下掌握了佛罗伦萨四分之三的部队,那么对我的政府而言,她就没有什么安全可言了。”

“这么说你是怀疑我的诚意啰?”

“完全不是。”马基雅维里回答时竭力装出一副热诚的样子。“但是我的长官们处事都很谨慎小心,他们不会采取一步他们可能会后悔的行动。他们是想和所有的人保持和平。”

“书记官大人,你聪明过人,不会不知道,唯一能够确保和平的办法就是为战争做好准备。”

“我毫不怀疑我的政府会采取适当的步骤来应对可能发生的情况。”

“你是说通过雇佣其他的军事首领来为他们效力?”公爵尖锐地问道。

这正是马基雅维里在寻找的一个机会。他了解瓦伦丁诺公爵易于在瞬间发怒,一旦发泄完怒气之后会不屑地打发走发怒的对象。马基雅维里想尽快离开此地,顾不上会不会惹公爵发怒了。

“我有充足的理由相信,这确实是他们的意图。”

让他惊奇的是,公爵大笑了起来。他从椅子上起身,背对着火炉,带着十足的愉快心情回答马基雅维里。

“难道在当前这种风云变幻的时候,他们还以为可以保持中立?当然他们都是有头脑的人。当两个相邻的国家开战的时候,其中那个和你有着友好关系的国家会认为你有义务出手相助,而一旦你未能履行你的义务,他会对你不满。另外那个国家会因为你的胆怯和缺乏勇气而鄙视你。这样一来,对于其中一方而言,你是一个没有用的朋友,对于另外一方,你是一个无足畏惧的敌人。

“保持中立是一种这样的情况:中立的一方可以帮助一方,也可以帮助另一方。但是到了最后,他会发现,他不得不加入混战,而在此之前,如果他早早决定加盟一方的话,他会显得十分果断,而且有尊严。请相信我,毫不犹豫地选择一方而加盟,永远会是一个明智的抉择。因为到最后总有一方会得胜,而得胜的一方会对你造成威胁。因为,到了那个时候,谁还会来救你呢?你会举不出任何理由来让别人援助你,而且事实上也不会有任何人来向你施以援手。获胜的一方对一个无法信任的朋友不会觉得有任何用处。被打败的一方也无力向你施援手。而且即使他可以的话,他也不会救你。因为在此之前,如果你发兵驰援就能救了他,但是你却按兵不动,看着他被人家打败。”

马基雅维里现在实在是没有心情听公爵讲有关中立的长篇大论。他只是希望,到此为止,公爵已经讲完了他要讲的话。但是他意犹未尽。

“不管战争的风险是什么,保持中立的风险更大。中立将你变成了一个仇恨和唾弃的对象,早晚那个觉得可以动手将你收拾的人会对你下手。而另一方面,如果你帮助其中一方赢得了战争,尽管战胜的这一方会力量强大,使你有所畏惧,但是你是同盟国,所以胜利的一方欠你人情,你也使得这个战胜国不得不与你保持友好的关系。”

“难道说,阁下凭着自己的经验,会认为,人们对于往昔所受到的恩惠是如此感激涕零,以至于他们可以运用他们的力量加害于恩主的时候,他们会由于感恩而心慈手软?”

“胜利从来不是泾渭分明的,没有一个战胜者可以背弃自己的朋友。最好还是公平地对待自己的朋友。"

"但是如果你支持的那一方失败了呢?"

"这样一来你对于你的盟友来说就更为重要了。他会尽全力来协助你。一旦时来运转,你们就可以同享富贵了。所以,无论你如何看,中立是愚蠢的。这就是我想告诉你的。如果你能够将我在此分享的一点治国之道传达给你的主人,将会是一件明智之举。"

说完这些话,公爵重新坐回椅子中,一边伸出手来烤火。马基雅维里,鞠了一躬,正准备退出,公爵又开口向阿加皮托·德·阿马利亚说道:

"你有没有告诉书记官大人,他的朋友波那罗蒂在佛罗伦萨被耽搁了,一时半会儿到不了这里?"

阿加皮托摇了摇头。

"我不了解此人,阁下。"马基雅维里回答道。

"没关系。就是那个雕刻家。"

公爵看着他,眼中带着笑意。马基雅维里猛然间猜到了这个人可能是谁。他曾经写信向比亚乔要钱,比亚乔在回信中告诉他,钱会由一个叫米开朗琪罗的人带来。但这个名字对他来说无关紧要。但是公爵的这句话意味着他的物品被搜查过了,而且明显是在塞拉菲娜的帮助下。他庆幸自己已经将重要的文件存放在了安全的地方。在他的住所他只放了一些无关紧要的文件,其中包括比亚乔的来信。

"佛罗伦萨有许许多多的雕石匠,阁下,"他冷静地回答道,"我不可能认识他们所有的人。"

这个米开朗琪罗是个有本事的人。他用大理石雕了一个丘比特,埋在地下,不久之后石像被挖出来后,被认为是件古董,圣·乔治奥主教买下了它，但是当他发现这是一件赝品时，就把它还给了卖主。最后它到了我的手里，我把它作为一件礼物送给了曼图亚侯爵夫人。”

“阁下准备向他订做一件雕刻品，以便和莱昂纳多①为米兰公爵所制的那件媲美吗？”

这句巧妙的回答颤抖着穿过空气，公爵身边的秘书们都惊得目瞪口呆，一齐看着公爵，看他会如何应付。那件弗兰切斯卡·斯福查骑着马的雕像，被许多人认为是莱昂纳多的代表作。当特雷福尔齐奥元帅攻入米兰城时，这件雕像被毁于兵灾。弗兰切斯卡的儿子，罗德维科·伊尔·摩罗，那个为雕像开光的人，一个像切萨雷·博尔贾那样的僭主，被赶出了城邦，如今是罗克斯城堡中的一名囚犯。马基雅维里这句话是明白无误地向公爵指出，他的处境是多么地危险，而且，一旦他的好运抛弃了他，他会摔得多么地惨。公爵大笑起来。

“不是那样。我有更重要的事情让这位米开朗琪罗先生去做。这座城市的防御工事实在是太差了，我预备让他来绘制一套新的筑城计划。既然你提到了莱昂纳多，我想让你来看一下他为我绘制的肖像。”

他向一位秘书做了一个手势，秘书随即离开了房间，很快就拿了一叠文件进来交给了公爵。公爵于是一张一张地拿给马基雅维里看。

“要不是你告诉我这是你的肖像，我永远也不会知道他画的是你。”

“可怜的莱昂纳多，他实在是没有太多的天赋来把一幅肖像画

① 即达·芬奇。

得像本人。但是作为绘画,我认为它们还是有价值的。”

“也许是这样,但是我还是认为以他的才能,让他浪费时间来画画和制作雕像还是太可惜了。”

“我敢向你讲,他一旦为我服务,将不会再从事画画和雕刻这类的事。我曾经派他去庞比诺排干一些沼泽地,后来他还去了切斯纳和切塞纳提科开凿过运河和建设过一个海港。”

他把肖像画还给了秘书,用一种优雅的方式把马基雅维里打发走。马基雅维里不无醋意地注意到,公爵优雅的风度,一点也不比法国国王差。阿加皮托·达·阿马利亚陪他走出了公爵的办公室。在过去的一个月当中,马基雅维里使尽了办法企图赢得这位首席秘书的信任,他和科隆纳的一个显贵的罗马贵族家庭有亲戚关系,这个家族是渥西尼家族的对头,所以马基雅维里估计阿加皮托有可能倾向于佛罗伦萨政府,因为渥西尼也是佛罗伦萨人的敌人,他不时地捅一点消息给马基雅维里,后者就根据其可能性的大小判断其真伪。当下他们正在穿过用来举行各种仪式的礼堂。阿加皮托突然拉起马基雅维里的手,说道:

“请到我的房间来一下。我有东西要给你看。”

“时间不早了,我又生了病。我明天再来吧。”

“随你的便,我想给你看公爵和叛乱首领之间的协议。”

马基雅维里心里一震。他知道文件已经送抵了伊莫拉,他正想尽方法企图一睹为快。执政团迫切需要了解条约的内容,为此他们还写信来催促马基雅维里,斥责他不够尽责。马基雅维里只好徒劳地向执政团申辩说,他已经尽了全力,把他了解到的情况尽数汇报给了执政团。不过他没有告诉执政团方面,在公爵的宫廷里,秘密保守得很好,没有人知道公爵会如何行事,直到他采取了行动人们才恍然大悟。正在此时钟又敲响了:他已经让奥莱莉娅等了足足两

charlton

个钟头了,煎鱼肯定是彻底毁了,那只肥肥的阉鸡估计也在炉子里被烤成了焦炭。他此时饥肠辘辘,因为自从中午之前吃过东西以来,他还没有用过食物。有人曾经说过,人们对于爱情的渴望和对于食物的渴望是两种根深蒂固的本能,人们屈服于这两种本能,又有谁可以加以责备呢?马基雅维里叹了一口气:佛罗伦萨的安全在危险之中,它的自由在危机之中。

“那好吧。”

他恼火地想着,估计有史以来从来没有人像他这样为了国家的利益牺牲如此之多的个人利益。

阿加皮托带着他走了一截楼梯,开了一扇门,把他带进了一间小房间。房间里,靠着一侧墙壁放了一张床。房间里只有一盏昏暗的油灯点着,光线很暗。阿加皮托从油灯上点燃了一支用动物脂肪做成的蜡烛,并请马基雅维里在一张椅子上坐下。然后他自己也坐了下来,旁边的一张书桌子上杂乱地摊着一些文件。他靠在椅子上面,舒服地跷起了二郎腿。他的表情似乎是在说,时间对他完全无关紧要。

“之前我之所以没有给你一份协议的抄件是有原因的,我待会儿就会告诉你这个原因。由于相同的原因,我也没有抄送费雷拉公爵或任何人的代理人。公爵和帕格洛·渥西尼起草了一件他们之间同意的文件,帕格洛就拿着这份文件去见军事首领们,告诉他们说,如果他们同意,他可以代表公爵和他们也签署一份协议,在这件事情上他已经得到公爵的授权。但是他刚开始做这件事,公爵重新又审阅了一下文件,发现文件中缺少了一条照顾法国的条款。”

马基雅维里带着极其不耐烦的心情听着对方这番话,他想要的是看到协议,如果可能的话,拿到手,然后离开。但是当下他只好全神贯注地倾听对方陈述。

"最后那项条款终于拟妥,公爵命令我去追赶帕格洛大人,并让我告诉他,除非他接受这项追加条款,公爵将不会签署文件。我追上了他,他很干脆地拒绝了,但是谈了一会儿以后,他同意将该项追加条款和其他人分享一下。但是他觉得大家不可能接受这个条款。然后我就离开了他。"

"追加条款的内容是什么?"

当阿加皮托回答的时候,他的嗓音中带着笑声。

"如果它被接受了的话,那就开启了一扇窗户,通过这扇窗户我们可以溜出这个协议,换句话说,我们将可以不受协议约束;如果协议不被接受的话,那就会打开另外一扇大门,通过这扇大门我们可以昂首阔步地前进。"

"看上去公爵对于惩罚那些曾经威胁他的城邦的人比对和平更有兴趣。"

"你不要糊涂,公爵从来不会让他个人的愿望干扰他的利益。"

"你答应过要给我看协议。"

"这就是。"

马基雅维里迫不急待地开始读文件。根据文件的条款,公爵与这些叛乱的首领同意从今往后和平共处,结成联盟。他们将保留各自对他们部队的指挥权,并听命于公爵,并为此从公爵那里领取和以往一样的报酬。并且,作为信用的保证,他们每个人将派遣一个儿子去公爵那里做人质。而且,他们规定,每次和公爵一起安营扎寨的时候,只可以有一位将领随同驻扎,并且时间之长短由公爵决定。另一方面,他们同意将厄比诺和卡麦里诺还给公爵,作为交换条件,公爵将保护他们的领地不受侵犯,但这并不包括来自教皇或法国国王的进攻。而前些时间法国国王进攻了他们。这就是瓦伦丁诺公爵所坚持的追加条款。而这一追加条款,正如阿加皮托所说的那样，让整个协议变得一文不值了，这一点即使一个孩子都不会看不出来。博洛尼亚的本蒂沃留联合锡耶纳的佩特鲁齐正在和教皇签署另外一项协议。马基雅维里皱着眉头又将文件读了一遍。

“这些人怎么能指望公爵会原谅他们对他造成的伤害？”马基雅维里读完之后不禁浩叹。“而公爵又如何能忘记这些人将他推入的那些危险境地？”

“这叫欲擒故纵。”阿加皮托引用了一句成语，脸上泛着笑意。

“你可以让我把这份文件带走，以便我誊抄一份吗？”

“我不可以让这份文件脱离我的监管。”

“我保证明天就把它送回。”

“这是不可能的。公爵随时都可能会调阅这份文件。”

“公爵一直在向我保证，他对佛罗伦萨诚挚的友谊。让我的政府了解这份协议的内容，这一点十分重要。请相信我，你可以为他们所提供的任何服务我国政府均不会忘记。”

“我从事国务活动已经很长时间了，我已经无法相信任何一个君主或政府会有什么真心诚意的感恩。”

马基雅维里继续敦促他提供方便，最后阿加皮托答应道：

“你明白我会尽力满足你的要求。我钦佩你的才智，正如我仰慕你的品格。我就破个例，我可以允许你在这里誊抄一份文件。”

马基雅维里吸了一口凉气。这需要花上半个小时才可以完成，而时间正在飞快的流逝之中。古往今来还有另外一个恋爱中的人会被置于这样一个窘境吗？眼下看来也没有什么好办法，也只能听凭当下环境的摆布了。阿加皮托让出了他在桌边的位置，给了马基雅维里一张纸和一支崭新的羽毛笔。他在床上躺下，看着马基雅维里以尽可能快的速度抄录着文件。当他写完最后一行字的时候他听到更夫吆喝报时的喊声。紧接着教堂的钟声敲响了。这时正值午夜时分。

阿加皮托和他一起下了楼，当他们抵达宫殿正中央庭院里的时候，阿加皮托叫来了两个卫兵，让他们擎着火把，送马基雅维里回他的住所。这个时间天上正下着冷雨，漆黑的夜十分寒冷。当他们到达之后，马基雅维里付了一点小费给两位士兵，将他们打发走，然后打开了门。他一直等到再也听不见他们的脚步声以后，又转身出门，将门锁上，又悄悄地溜了出来。他穿过胡同，按照原先商量好的方式轻轻地叩门。然而无人回应，他又敲了一遍，先敲两下，停顿一下，敲一下，再一停顿，然后又敲两下。他等待着。一股阴冷的风从巷子深处吹来，一阵雨点打在了他的脸上，尽管他裹得挺严实，用一条围巾包住了脸，以免夜里的晦气被吸到肺里，但是他还是不禁打了一个哆嗦。是不是那几个女人已经等得不耐烦了？但是皮埃罗应该在吧？他告诉皮埃罗一直等到他来为止，而直到目前皮埃罗还没有让他失望过。皮埃罗一定已经向他们解释了他为什么会迟到的原因。而且再说，对于那两个女人而言，尽管她们与马基雅维里动机不一样，但是她们也应该明白是万万不可以失去这次机会的。这次约会对她们的重要程度，一点也不亚于马基雅维里的热切程度。从宫里回来的路上，在经过巴托罗缪家豪宅的时候，他注意到房子已经熄了灯。他猛然想到，也许应该看一下房子的背面是否还亮着灯。在毫无结果地再敲了一遍门之后，他回到了自己的房子，上楼进了自己的房间。从那里他可以观察到巴托罗缪房子的院子和对着他这一边的窗户。什么也没有。他看到夜色深沉。也许皮埃罗是进去休息一下，喝一杯酒暖暖身子了，如果是这样，他这会儿也应该已经回来了。马基雅维里再一次走入那残酷的黑夜。他敲了门，等待着，不应之下又敲门，又等待，然后又敲门，又等待。他的手脚冰凉，牙齿在打着寒战。

“我这下该染上那该死的风寒了。”他嘟囔着。

猛然间一阵怒火涌上他的心头，他几乎都要用双拳猛砸那扇门了。然后理智占了上风。他明白，如果惊动了邻居，他也不能够拿到更多的斩获。最后，他得出结论，她们一定是等得不耐烦，最终放弃了他，上床睡觉了。他掉头回家，十分沮丧地进了自己的房子。他又冷，又饿，又极度失望。

“如果明天我染不上风寒，也肯定会患上肠绞痛。”

他进了厨房，企图找些吃的。但是塞拉菲娜一般是早上去买食物，如果食物有剩余下来，她会将之锁起来，所以他一无所获。火盆已经从起居室里拿了出去，起居室里冷得要命。但是马基雅维里连上床休息的慰藉都还不能够立刻拥有，他必须坐下来，将他与公爵的对话写成一篇报告。报告的撰写花了他不少时间，因为他要用密码来写最重要的部分。然后他还得用工整的字体将条约抄一份像样的抄本，以便可以随信寄出。他一直干到凌晨。这件公函实在是太重要了。他不能等一个用一两个金弗罗林就可以雇用的普通信使来递送这件公函。于是他爬上阁楼，叫醒了在那里睡觉的两个仆人，让其中一个较为可靠的，给马上了鞍，做好准备一旦城门打开，就出城送信去。他一直等到那个仆人穿戴完毕，让他出了大门，然后才回去上床睡觉。

“但是今晚本来应该是一个属于爱情的夜晚。”他一边将他的睡帽拽下来盖住耳朵，一边恶狠狠地低声咕哝道。

第二十三章

他睡得很不安稳。他在早晨很晚的时候才醒过来，然后发现他最恐惧的事情发生了。他患上了感冒，当他走到门口去叫皮埃罗进来的时候，他的声音听上去像一只乌鸦，皮埃罗出现了。

"我病了，"他呻吟道。"我发烧了。我想我快死了。给我拿一些热的酒和吃的东西来。如果我不死于发烧，我肯定会死于饥饿。给我拿个火盆来。我冷的要命，昨晚你他妈的死到哪里去了？"

皮埃罗正要回答，但是马基雅维里制止了他。

"先不要解释了。回头再说。回头再说。给我拿些酒来。"

吃过喝过之后他觉得好了一些。当皮埃罗向他解释昨晚发生的事情时，他阴沉着脸听着。皮埃罗说他按照马基雅维里的指示在院子里等了一个多小时，尽管他被雨水淋成了个落汤鸡，他还是在那里坚持着。他一直等到卡特琳娜女士央求他进屋。

"你告诉她们发生了什么事吗？"

"我说了你想让我告诉她们的话，先生。"

"她们怎么说？"

"她们说这真是令人遗憾。"

"她们说这令人遗憾？"马基雅维里用嘶哑的声音愤怒地低声说道。"我的上帝！想一想，上帝创造了女人，是为了让她们成为男人的帮手，她们竟然说这是一件令人遗憾的事。对于像赫克托的死和特洛伊的沦陷，她们又将用什么语言来形容？"

"最后她们逼着我进去躲雨。我的牙齿在打着寒战。她们说我们可以从厨房听到你的敲门声。她们脱下了我的湿外衣，让我围着火炉把自己烤干。”

“那么鱼和阉鸡后来怎么样?”

“我们把它们热在炉子好长一段时间,最后卡特琳娜女士说如果我们再不吃就坏了。我们当时也确实饿了。”

“我当时饿得要命。”

“我们为你留了一些。一部分鱼和半只鸡。”

“你们还算体贴周到。”

“我们听到钟敲了一下,然后又敲了一下,然后奥莱莉娅女士就去休息了。”

“她去做了什么?”马基雅维里气急败坏地问道。

“我们当时想让她再等上一些时间。我们说你再过一会儿就会来了。她说为一个男人等上两个小时已经够多了。她说如果对于你来说,你的事业比男女情爱更为重要,那么就算与你有了关系,从这种关系中也指望不了多少男欢女爱。”

“这说不通。”马基雅维里用拉丁文说了一句。

“她说你如果确实像你所显示地那样爱她的话,你完全可以找个理由,中止你和公爵的谈话。我们为此和她辩论了一番。”

“好像和女人还能说得清道理似的!”

“但是她不肯听,于是卡特琳娜女士告诉我说不要再等了。她又给了我一杯酒,然后把我打发走了。”

马基雅维里突然想起皮埃罗并没有钥匙可以进门。

“你在哪里过的夜?”

小伙子给了他一个狡黠的,满意的笑容。

“和尼娜在一起。”

“这一晚你过得比我强太多了。”马基雅维里阴沉着脸说道。“可是据我所知,她回了她父母的家。”

“这是她告诉卡特琳娜的话。我们一早就安排好了。她从巴伯里娜太太那里租了一个房间,我一旦有空,就可以和她会合。”

巴伯里娜太太是个老鸨。她在伊莫拉有着一份收入不错,又受尊敬的生意。有几分钟马基雅维里默不作声。他不是那种接受失败的人。

“听着,皮埃罗。”当他想好了之后,就开口对皮埃罗说道。“那个老蠢货巴托罗缪晚上就会回来。我们必须迅速行动,让我们不要忘记,天神宙斯为了追求美丽的达娜厄,他化为金雨水钻进了她的房间,赶快去那个叫卢卡·卡佩利的商人的铺子,就是那个我为奥莱莉娅买手套的那间铺子,向他买一条镶银边的蓝色丝围巾,就是前些天他给我看过的那条。就告诉他我一旦收到从佛罗伦萨寄来的钱就会把钱还上。然后拿上围巾,去见卡特琳娜女士。让卡特琳娜女士把围巾转交给奥莱莉娅,告诉他我被爱情之火烧得死去活来,昨晚为了等她还染上了风寒。但是等我好了以后,我们应该找个机会再商量一下,重新订个计划,以满足我和奥莱莉娅的愿望。”

皮埃罗走了之后,马基雅维里焦急不安地等待着他回来向他汇报他执行任务及受到接待的情况。

“她很喜欢围巾。”皮埃罗说道。“她说那条围巾很漂亮,并且问这围巾花了多少钱。当我告诉她价钱的时候她就更喜欢了。”

“很好,很自然,还有什么?”

“我告诉她你当时无法从宫里脱身。她说这没有关系,且告诉我说不用再想这件事了。”

“什么!”马基雅维里愤怒地吼道。“看来女人是世界上最没有责任感的动物,难道她没有看见,她的所有的前程均在此一举吗?你有没有告诉她我在雨中站了整整一个小时?”

“我说了,她说这样做非常不够谨慎。”

“谁会指望一个恋爱中的人会谨慎？你可以专门问大海，当天上刮狂风的时候，海面上会不会不起浪？”

“卡特琳娜女士希望你多保重身体。”

第二十四章

马基雅维里卧床休息了几天。通过灌肠和放血他恢复了健康。身体复元以后他做的第一件事就是把提莫提欧神甫找了过来。他告诉后者那个不幸的故事。神甫十分同情。

“现在要做的是,”马基雅维里说道,“让我们一起动动脑筋,想出个办法来让我们亲爱的巴托罗缪朋友再走开一次。”

“我已经尽力了,大人。我实在是无能为力了。”

“神甫大人,当英明神武的公爵进攻福力城的时候,他被挡了回来。但是他并没有因为这个原因而选择围城,他而是开动脑筋,想出了每一个办法,最后让城里的人乖乖投降。”

“我已经见过了巴托罗缪大人,他不折不扣地照我告诉他的话去做了,他现在确信,圣·维塔里的介入是灵验的。他确信无疑,奥莱莉娅女士在他从拉维纳出发返回的那个晚上就怀上了孕。”

“这哥们是个蠢货。”

“虽然我是个信教的人,但是我还不至于愚昧到不了解这么一个道理,也就是只有时间才能告诉我们他究竟是对还是错的。”

马基雅维里感到有些恼火。这个神甫不如他所期待的那么有帮助。

“别这样,别这样。神甫大人。别把我也当个傻瓜来对待。不管圣人的骸骨具备多么大的魔力,使一个无法生育的男人具备生育能力肯定不会是这些魔力中的一种。那个故事是我编出来的,你我都知道这里面没有一句话是真的。”

提莫提欧神甫微笑着,声音中带着一种虚情假意回答说:

"上帝的作为是莫测高深的。谁又能说他了解上帝会如何行事？你难道没有听说过匈牙利的圣伊丽莎白的故事吗？她那残酷的丈夫禁止她救济那些有需要的人，有一天她在大街上被自己的丈夫撞见，当时她正挎着一个装满面包的篮子，正要去救济穷人。她丈夫怀疑她没有遵守他的命令，他于是问她菜篮子里面装的是什么，惊恐之下她回答说是玫瑰花，他从她手里一把夺过篮子，然后当他揭开罩布时猛然发现她说的是真话，一篮子面包突然间神奇地变成了一篮子芬芳的玫瑰花。"

"这个故事是开启人们心智的好故事，"马基雅维里冷冷地回答道，"但是我不明白你的意思是什么。"

"难道说，圣·维塔里在天堂听到了虔诚的巴托罗缪为了求子而发出的祈祷，受到了感动，就高抬贵手使一件奇迹出现，正如你许诺巴托罗缪的那样，这就完全没有可能？《圣经》不是告诉我们，如果我们有信念的话，大山都可以被移开？"

如果马基雅维里没有过人的自制力的话，他已经要大发雷霆了。他很清楚这个僧侣为什么会拒绝提供进一步的帮助。为了二十五个金杜卡特，他已经做了他应该要做的事，如果计划流产，那也不是他的过错。他想要更多的钱，但是马基雅维里没有更多的钱可以给他了。前些时间他送给卡特琳娜的项链，他送给奥莱莉娅的手套和玫瑰油已经把他的零钱全花光了。他当下欠了巴托罗缪的钱，他也欠了几个商贩的钱。他从执政团那里收到的钱只够维持他的日常开支。他现在除了许诺之外，别无其他可以给这个僧侣的了。他有预感，空头许诺对提莫提欧神甫来说意义不大。

"你的雄辩和你的虔诚，证实了我听到的有关于你的好评。如果我写给执政团的推荐信起到了我们双方均希望起到的作用，我相信那一定会大大增加佛罗伦萨民众的精神福祉。"

那个僧侣神态庄重地鞠了一躬，但是马基雅维里看出，他并没有动心，于是他继续说了下去。

“一个明智的人不会把他所有的鸡蛋放在一个篮子里面。如果一个计划流产了，他会再尝试另外一个计划。请不要忘记，如果巴托罗缪不能遂其所愿的话，他会收养他的外甥，这将伤害到他的太太和岳母，并使你失去这所教堂。”

“那将是一个不幸的结局。当它来临的时候，我作为基督教的神职人员，会让受到影响的各方顺应变局。”

“我们被告知，上帝帮助那些会帮助自身的人们。你了解我在过去并不悭吝，在今后的日子里，你也会看到我不会出手不大方。让巴托罗缪如愿以偿，有个继承人，对你，对另外两位女士来说，都有现实的利益。”

一丝浅浅的笑意在一瞬间照亮了提莫提欧神甫那张罗马人的脸孔。

“你知道对于像你这样杰出的人物我会尽力效劳的，但是一旦巴托罗缪不能如愿以偿的话，你认为我们又该如何通过帮助自己来获得上帝的帮助呢？”

马基雅维里忽然有了一个主意。这个主意使他十分高兴。以至于他几乎要放声大笑了。

“神甫大人，和其他人一样，你肯定也时不时需要洗一下肠。假如说你晚上服用一剂芦荟，第二天一早，你肯定会发现，如果你在当天早上又服用一剂盐的话，洗肠的效果会更加令人满意。难道你就没有想过，巴托罗缪对圣·维塔里的朝拜的功效会大大增加，譬如说如果他再去一趟里米尼？这样的话他又可以离开这个城市二十四小时了。”

“你真是一位多情多欲的人，大人，你真是让我钦佩不已，但这一招有些太迟了。巴托罗缪大人也许是个笨蛋,但是如果我要指望他比一般的笨蛋还要笨一些,而事实上他却又不是的话,我自己就是一个愚不可及的笨蛋了。"

"你对他有着巨大的影响力。"

"正因为这个原因我不能失去这种影响力。"

"这是不是说我没法指望你的帮助了?"

"我没这么说。先等上一个月,然后我们再谈论这件事。"

"对于一个热恋中的人来说,一个月就像一百年那样长。"

"让我们不要忘记,当年雅各为了娶到拉结,还为拉班服事了七年呢。"

马基雅维里清楚地看到,这个僧侣是在刁难他。他决心不见兔子不撒鹰。马基雅维里心里气得要命,但是他很清楚如果他大发脾气的话,事情就不可收拾了。他控制住了自己,告别了僧侣。临走前他幽了僧侣一默,他掏出一个弗罗林,恳求僧侣收下。他要求教堂用这个弗罗林买支蜡烛,在奇妙的圣母像前点着供上,并祈祷巴托罗缪的愿望得以实现。如果心甘情愿地承认失败,就不会有什么怨气了。

第二十五章

在目前的情形下，要搭上奥莱莉娅，他仅存的希望就是得到卡特琳娜的帮助了。很明显，对于他们精心策划的方案遭受挫折一事，她的关切程度要远远超过马基雅维里。这是因为，对马基雅维里来说，这只不过是追求一个漂亮的女人来满足一下自己的欲望而已。而对于她来说，则是涉及她个人地位的安危。他现在已经指望不上那个僧侣了。但是卡特琳娜则不一样，她在这件事上有着她自身的利益，所以是一个靠得住的同盟军，他对于她作为一个女人的足智多谋有着坚定的信心。伪装和欺骗对于女人来说就如同吃喝一样重要，让他们的计划成功对于她来说有着显而易见的巨大利益，马基雅维里决定和她再见上一面。要会见两个离群索居的女人中的其中一个有些困难，但是好在他有皮埃罗从中穿针引线。想到自己一早就让皮埃罗去追求尼娜，马基雅维里不禁为自己的先见之明而自鸣得意。

第二天他在市场上买了一条肥美的鱼，然后选了一个他确信那个胖子正好在城里办事的时间，让皮埃罗将鱼给卡特琳娜送去。如果皮埃罗不能单独见到卡特琳娜，为马基雅维里安排一个与后者会面的机会，那就太遗憾了。如往常一样，皮埃罗很称职地完成了任务，回来告诉马基雅维里说，经过一番犹豫之后，卡特琳娜同意在三天之后的某个时间，在圣·多米尼克教堂见面，她选择的见面地点显示出她是足够机警的。很明显，凭着她女性的直觉，她意识到提莫提欧神甫不再值得信任了，所以他就不应该看到他们在一起。

马基雅维里来到圣·多米尼克教堂的时候脑子里并没有什么

概念要怎么做。但是他也不是太担心，因为他确信卡特琳娜一定会提出一些有用的建议。他只是担心下面这个计划会花上太多的钱。不过，好就好在，即使情况再坏，他可以向巴托罗缪再借上一笔钱，归根结底，巴托罗缪也不过是向马基雅维里付上一笔酬劳而已，为了这笔酬劳马基雅维里已经准备好提供相应的服务。

教堂里一个人也没有。马基雅维里告诉卡特琳娜那天晚上他是为什么没有能够准时赴约，他又是如何站在雨中敲门，并且又是如何受了风寒。

"我知道，我知道，"卡特琳娜说道。"皮埃罗将事情的经过告诉了我们，我们听了都非常沮丧。奥莱莉娅都不停在说，可怜的人，如果他因此病故，我会良心上十分不安的。"

"我没有意愿要死。"马基雅维里说道，"即使我已经到了天堂的门口，只要一想到奥莱莉娅，这个念头就会把我拉回来。"

"这一切都十分令人遗憾。"

"让我们不要再想过去了。我已经恢复了健康。我现在浑身都是劲。让我们考虑一下未来。我们的计划流产了，所以我们必须重新制订一个计划。你是一个聪明的女人，我很难相信，你竟然不能想出合适的办法满足你所有的愿望。"

"尼科洛大人，我今天并不想来，我只是因为皮埃罗的恳求才来见你。"

"他确实提到你很犹豫。我对此十分不解。"

"没有人愿意成为带来坏消息的人。"

"你这是什么意思？"马基雅维里失声喊道，"巴托罗缪是不可能产生任何怀疑的。"

"不是，不是，我说的不是这个。我说的是奥莱莉娅。我同她争论了许久，我甚至都跪下来求她了。我还是说服不了她。唉，我可怜的朋友，现在的女孩和我们从前那会儿不一样了，我们那会儿要让我们不听父母的话，这连想都不会想一下。”

“别绕弯子，太太。告诉我你到底是怎么想的。”

“奥莱莉娅拒绝玩下去了，她不会满足你的要求。”

“但是你有将事情的后果向她展示吗？难道你没有告诉她，她的处境会是一个什么样子，而你的处境又会是一个什么样子，一旦巴托罗缪收养了他姐姐康司坦扎女士的儿子，并且让康斯坦扎女士成了这个家的女主人？”

“我什么都说了。”

“但是理由是什么？即使对于一个女人，她每做一件事也都是有理由的。”

“她现在相信，因为上帝在关键的时候出手干预了事情的发展，她才没有犯下那个该死的罪孽。”

“罪孽？”马基雅维里吼了起来。在激动之中，他忘记了他们现在谈话的场所是个神圣的殿堂，而这个殿堂是要求人们持有基本礼节的。

“不要对我发火，尼科洛大人。让一个母亲去说服自己的女儿做违背她良心的事，是不合适的。”

“太太，别怪我粗鲁，你这是在胡说八道。你是一个有经验的女人，而她只是一个少不更事的女孩。你的职责是向她指出，当面临两件坏事，而要在两者之间选择一件的话，不仅理智，就连上天也会让我们选择一件危害性小一些的坏事，有哪个理智健全的人会拒绝犯下一桩小小的罪过，一桩可以带来相当可观的快乐，并且最终带来一大善事的罪过？”

“这没有用，大人。我了解我的女儿，她倔得像一头骡子。她已经下定了决心，我一点办法也没有。她希望我转告你，为了纪念你对她表示的兴趣,她会保管和珍视你给她的精致的手套和围巾,但她以后不会再接受更多的礼物,也希望你不要再送了。她另外也希望,从今往后,你不要再试图直接或间接地恳求与她见面了。在我这方面,我将会永远充满感激地记住你的善意,我唯一的希望就是能够弥补你所经历的折磨。”

她停顿了一会儿,马基雅维里没有回答。

“对你这样一位睿智和见过世面的人而言,我没有必要提醒你女人是善变和不确定的。如果男人抓住了时机,即使一个谨慎的人也会接受情人的拥抱,但是如果他错过了时机,即使是一个荡妇也会拒绝他。我要告辞了,祝你有愉快的一天。”

卡特琳娜朝马基雅维里施了一个屈膝礼。凭着自己的洞察力,一位旁观者也许能看出这其中的嘲讽、不满或在这种情形下尚未缺失的起码礼节。行过礼后,卡特琳娜就走了。

马基雅维里实在是越发不明白了。

第二十六章

尽管他在接下去的一个月当中又做了不少努力，等到他再次见到奥莱莉娅的时候，那已经是他快要离开伊莫拉的时候了。幸运的是，他的工作让他一直很忙，无暇去为这件令人失望的事而烦恼。据报，叛乱的首领们彼此间争执不休，不过到了最后，大家全部签署了那份阿加皮托给马基雅维里看过的文件，除了佩鲁贾的巴利昂尼。巴利昂尼告诉其他的那些人，他们全是一帮傻瓜和受了欺骗的人。当他发现余下的人决意不计代价和公爵讲和时，他怒气冲冲地大步走出了那座教堂。公爵指定帕格洛·渥西尼为厄比诺的总督，厄比诺根据协议的规定又归还给了公爵，为了奖励渥西尼说服其他首领签署协议，公爵又赏了他五千杜卡特金币。维泰洛佐写了一封谦卑的信，在信中他请求公爵原谅他过去的行为。

“这个叛徒过去在我们的背后捅了刀子，”阿加皮托说，“现在他以为说一些好话就可以一笔勾销了。”

但是公爵看上去挺受用。看上去他已经打算让不愉快的往事过去，重新赋予那些悔过的首领们以信任。他的可亲的态度在马基雅维里眼中显得颇为可疑。于是他写信给佛罗伦萨执政团，信中说，要猜测公爵内心想的是什么是极其困难的，而要准确地去了解，那简直就不可能。现在他有大批部队在他的支配之下，很明显他也会使用他们。有谣言流传，他正在准备离开伊莫拉，然而他究竟是准备南下讨伐那不勒斯王国，还是北上攻打威尼斯，没有人能够确切地知道。让马基雅维里担心的是，一些有头有脸的人物从比萨赶来，向公爵奉献他们的城市，佛罗伦萨花费了不少时间、金钱和士兵的生命去企图夺回这个城市，因为拥有这个城市对于佛罗伦萨来说有着重要的商业上的必要性，而一旦为公爵所占有，从经济和军事的角度上看，都是危险的。卢卡就在附近，公爵提起这个城市时，谈论的方式让马基雅维里有一种不详的预感。卢卡是一个富裕的城市，一个让贪婪之辈垂涎欲滴的地方。如果他先占有了比萨，之后再据有卢卡，佛罗伦萨就危如累卵了。在一次和马基雅维里的会面中，公爵又一次地提到了和佛罗伦萨签订军事雇佣协定的事，马基雅维里又一次发现自己成了一个可怜兮兮的使节，吃力地向公爵解释执政团方面不肯授予公爵指挥权的犹豫，总的目的是想将事情说明白，但又不想让公爵感到受了冒犯。总的来说，事情很简单明了，他们不想受制于这么一个不受约束、他们有充分理由不予信任的人。公爵很平静地听着马基雅维里的解释。很明显，不管他那颗英俊的脑袋中转的是什么念头，除了发出一些隐隐约约的威胁之外，他还不准备对佛罗伦萨采取进一步的行动去满足自己的要求。在结束会见的时候，公爵告诉马基雅维里，他的部队要开拔到塞斯纳，一旦到了那里，他会做接下去他应该做的事。

十二月十日公爵带着他的部队向福力开拔，两天后抵达了塞斯纳，马基雅维里作了必要的安排去跟随公爵进发。他派了皮埃罗和其中一个仆人先走一步，去目的地找到住处。然后他向几个在这段驻节伊莫拉的时间中给予帮助的人致谢和道别。这时的伊莫拉几乎成了一座空城，因为公爵庞大的宫廷和其他那些攀龙附凤的人全跟着公爵走了。最后他去向巴托罗缪告辞。巴托罗缪正好在家中，见到马基雅维里之后把他带到了书房。胖子以他那常有的爽朗热情接待了马基雅维里，他已经听说了马基雅维里即将离开伊莫拉，于是他用最美好的辞令表达了他的遗憾之情。他表示说，他是多么地享受与马基雅维里这么一位杰出的使者交往，又是多么地遗憾于，从今往后，他再也不能和后者时不时地下上一盘棋，也不能伴着他所能提供的薄馔，演奏音乐来娱乐他和他的家人了。马基雅维里，在他这一边也表达了一些适当的敬谢之意，然后，带着几分尴尬，马基雅维里提到了他心上的那些事。

“我说，我的朋友，我来这里不仅是要感谢你所有的支持和善意，也是为了向你拜托一件事情。”

“你只管说就行了。”

马基雅维里苦笑了一下。

“我欠你二十五个杜卡特金币。我现在没有现钱可以还你，我不得不请求你再等上一段时间。”

“这不是什么大不了的事。”

“二十五个杜卡特不是一个小数目。”

“慢慢来，不着急。如果你不方便归还的话，那又有什么必要归还呢？把它看成是我送给你的礼物吧，别把它看成是借款。”

“你没有理由要送我这份礼物。我也不会允许我自己去接受来自于你的这件礼物。”

巴托罗缪将身子靠在椅子里面，发出了一阵响彻厅堂的大笑。

“难道你就从来没有过猜疑？这不是我的钱。我们可敬的公爵了解到，随着物价的上涨，而你又有不少工作上需要花钱的地方，所以他估计你手头会有些拮据。大家都知道佛罗伦萨执政团很小气。我收到公爵司库的指示，如果你需要钱，我可以相应提供，如果你问我要了两百杜卡特，而不是二十五个杜卡特，我也会一样给你的。”

马基雅维里脸色变白了，他吃惊得说不出话来。

“但是我如果知道钱是公爵给的，说什么我也不会收那些钱。”

“公爵了解你的操守和谨慎，也钦佩你的公正无私，所以他让我来完成这件事，他很钦佩你的机敏和警惕。我辜负了他的信任。但是我觉得我不应该将这件事就这样隐瞒下去,以至于你不知道公爵对你有这么一个慷慨和无私的姿态。”

马基雅维里克制住了那些已经涌到他喉头的脏话。他一点也不相信公爵的慷慨,也根本不相信他会无私。他以为凭着二十五个杜卡特就可以买来他的善意吗?马基雅维里的薄嘴唇紧闭着,于是他的嘴看上去只是一条线而已。

“你很惊讶吗?”巴托罗缪笑着问道。

“公爵能做的任何事情都不会让我感到惊讶。”

“他是一个伟人。我们这些有幸能为他效劳的人,也会因为这个原因,为后世所铭记。”

“我亲爱的巴托罗缪,”马基雅维里说道,“伟人们之所以能够流芳百世,并不是由于他们建立了什么丰功伟业,而是因为那些文人们用来记述他们那些丰功伟业的美妙的文字。如果修昔底德没有通过伯里克利的口舌写下那些个著名的演讲,伯里克利在历史上也只会是一个名字而已。”

说到这里,马基雅维里站了起来。

“你不能不见一下我们家的女人们就走。如果不能向你告别,她们会很难过的。”

马基雅维里跟着他进了客厅。他觉得喉头有什么东西似的堵得厉害,他觉得自己的心跳也加快了。妇人们没有预料到会有客人来,所以只是穿着平常的服装而已。看到马基雅维里时,她们被吓了一跳,看上去似乎有些不太高兴。她们站起身来,行了一下屈膝礼。巴托罗缪告诉她们马基雅维里正准备启程前往塞斯纳。

“你走了之后我们该怎么办?”卡特琳娜失声喊了一句。

因为马基雅维里确信她们没有他一样能过得很好,所以他只是勉强地苦笑了一下。

"尼科洛大人要离开伊莫拉这个枯燥无味,没有什么可供旅行者消遣的地方,心里一定是高兴的。"奥莱莉娅说道。

马基雅维里一下子就听出了她说话口吻中的恶毒意味。她说完就继续去绣她手中的那件花色颇为精致的衬衫了。那件衬衫的料子还是他从佛罗伦萨给买的。

"我不知道我应更钦佩你哪项品德,奥莱莉娅夫人,"他答复道,"你的耐心还是你的勤劳。"

"人们说人如果闲下来,魔鬼就会给他们找活干。"她回答说。

"有的时候,魔鬼给人找的活也可以是令人愉快的。"

"但是危险。"

"那就更有魅力了。"

"但是审慎是勇敢的一个重要部分。"

马基雅维里不是很喜欢别人在辩论中占他的上风,所以他一边笑着,一边用挖苦的口吻反驳。

"人们说,谚语是大众的智慧结晶,但是大众往往是站在错误的那一边。"

奥莱莉娅今天状态并不好,近来天气不好的时间长了一些,她有些日子没有染发了,头发的根部露出了黑色。旁人一眼就能看出,她今天早上的梳妆打扮很草率,她施的脂粉并没有将她的橄榄色皮肤盖住。

"这个女人到了四十的时候,她不会比她的老娘有更多的吸引力。"马基雅维里心里嘀咕道。

稍坐片刻之后,马基雅维里起身告辞。他很高兴他又见到了奥莱莉娅。他还是垂涎于她的,不过他的欲望不像以往那样时常涌动,令人躁动不安了。他不是那种在晚餐的时候,没能吃到他期待的肥鹌鹑,就不吃放在他前面的猪肘子的人,当他看到奥莱莉娅追不到手时,他就和一些通过巴伯里娜介绍认识的年轻又不太昂贵的女人苟且了几回,以此消消他的欲火。现在回过头来看,在奥莱莉娅这件事上,他遭罪的原因是,一方面他的欲望没能得到满足,另一方面,他的虚荣心受了挫折。他最后下结论,觉得奥莱莉娅是个愚蠢的女人,如果她是一个聪明的女人的话,她不会因为马基雅维里让她等了三个小时就上床睡了;如果她是一个聪明的女人,她也不会认为和他上床是一件罪孽,要这么认为至少也要到完事以后。如果她和他一样见多识广的话,她就会了解,不是那些令你投降缴械的诱惑会令你后悔,而是那些你成功地抵制了的诱惑会使你感到懊悔。

“好吧,巴托罗缪一旦收养了自己的侄子们,就活该这个女人去消受了。”马基雅维里心里说道。“她想起自己是个傻瓜时,她就会后悔了。”

第二十七章

两天以后他来到了塞斯纳。公爵的炮兵正在接近这座城市。他的部队兵强马壮,另外他手上也有不少钱。很明显有什么事情正在计划之中,但是没人知道是什么,尽管坊间有着各种忙碌的活动,在空气中却有着那种地震来临前的死一般的静寂。因而人们都坐立不安,但也不知道为什么。突然间在没有任何征兆的情况下,人们脚下的大地开始颤抖,房子也震动起来,抖动的响声震撼着人们的耳膜。马基雅维里两次求见公爵。公爵谢了他所表示的礼节,但是捎口信说,如果他需要见马基雅维里的话,他会召见他的。马基雅维里也不能从公爵的幕僚那里获得任何消息。他们重复着说,在准备好行动之前,公爵是不会透露他的想法的,而他会采取什么行动,则又是取决于形势的需要。很明显,他们对于公爵的计划就如同任何其他人一样蒙在鼓里。马基雅维里病了,浑身疼痛,身上的钱也都花光了。他写信给佛罗伦萨执政团,请求将他召回,派遣一位新的大使,并授予其更大的权限。新大使的权限要能够超过执政团所愿意赋予马基雅维里的授权。

马基雅维里到了塞斯纳还不到一个星期,就经历了一件意想不到的事情。一天早晨他正在通向公爵所住的王宫的路上,他发现所有的法国将领都在那里。他们都十分地愤怒和激动。看来他们突然接到了命令,公爵要他们在两天之内撤军回法国。他们对于这项突然的解聘非常愤怒。马基雅维里绞尽脑汁也想不出公爵为什么要走这步棋。他在公爵内廷的朋友们向他透露,公爵无法再容忍这些法国人了。他们所带来的麻烦要远远超过他们的价值。但是将如此重要的一部分武装力量打发走，而剩下来的部队将无法与那些雇佣军将领手下的部队相抗衡，又看上去是一个极大的错误。而且渥西尼、维泰洛佐、奥利维洛托·达·费尔莫等人的部队，不久前刚刚叛离了公爵，只是最近才不情愿地归顺了公爵，所以公爵对他们肯定是不会太信任的。有没有可能公爵目前信心大涨，以至于要向法国国王显示，他可以不需要他的帮助呢？

法国部队走后没几天，又发生了另外一件事。这件事对于马基雅维里这样一位研究人性和政治的学者而言，是饶有兴味的。拉米洛·德·罗尔卡被召到了塞斯纳，此人一直对公爵忠心耿耿，是一个出色的军人和有能力的行政官员。他担任罗马尼阿的总督有一些时间了。但是他的残忍和奸诈招致了人们的仇恨和恐惧。最后，当人们无法再容忍这一切的时候，他们派了代表到公爵面前陈情告状。于是当拉米洛赶到的时候，他遭到逮捕，被投入了大牢。

圣诞节那天早晨皮埃罗将马基雅维里早早地叫醒了。

“快去广场，大人，你会见到一幅值得看的场景，”他说道。他年轻的眼睛闪烁着激动的光芒。

“出了什么事？”

“我不会告诉你。广场上有许多人，每个人都很震惊。”

马基雅维里没用多久就穿好了衣服。这几天一直都在下雪，清晨天气很是阴冷。在广场之上，雪地上铺了一条席子，上面放着拉米洛·德·罗尔卡那被砍了脑袋的尸体。尸体穿得很正式，挂满了各种勋章，绶带和其他装饰物。双手还戴着手套。不远处竖着一根柱子，上面插着他的脑袋。马基雅维里从这一幅骇人的场景中转过身去，慢慢走回他的住所。

“你是怎么看这件事的，大人？”皮埃罗问道。“这人是公爵最勇猛的将领，别人都说公爵信任和依靠这人，远远超过其他人。”

马基雅维里耸了耸肩膀。

“公爵很高兴能这么做。这显示他能够根据他手下那些人的功过把他们抬上去，或者拉下来。我估计公爵觉得这个人没什么用了，所以就很高兴通过司法的手段来显示一下公正，表示他一直把人民的利益放在心上。”

坊间都相信拉米洛是卢克莱齐娅·博尔贾的情人，另一方面，大家都知道，你要是切萨雷·博尔贾妹妹的丈夫或情人，你可就危险了。他很爱她。她的第一个丈夫，焦万尼·斯福尔扎，差点惨遭毒手，只是在卢克莱齐娅警告他公爵下令要他的命之后，才仓皇跑掉，捡了一条命。他跨上一匹骏马，没命地飞奔，直到他到了皮萨罗境内，方才脱离险境。当甘地亚公爵的尸体从台伯河中被捞出来时，据报告说身上有九处伤口，而且被认为也是公爵下的命令。理由是这人也喜欢上了卢克莱齐娅。佩德罗·卡尔德龙，那个来自西班牙，并成为教皇大管家的人，也被切萨雷下命令杀掉，原因“是由于侵犯了卢克莱齐娅女士的名誉”。据说，她当时还怀了他的孩子。她的第二个丈夫比塞利的阿方索公爵，也是一样地不走运。结婚一年以后的一天，当时他只有十九岁，当他正要离开梵蒂冈的时候，一伙武装人员攻击了他，使他身负重伤，他被抬到教皇的寓所，在那里他挣扎了一个月。最后，根据约翰·布查德的记录，他决定不再受那些伤口的折磨，在日落之后的一个小时被人掐死在床上。比塞利的阿方索是罗马城里最英俊的男人，卢克莱齐娅千不该，万不该，爱他爱得深了些。没有人怀疑，他正是死于切萨雷·博尔贾的妒嫉之心。

马基雅维里的记性很好。他没有忘记公爵在伊莫拉对他说的那些话。帕格洛·渥西尼曾经向公爵投诉过拉米洛暴虐的行径，公爵答应会满足他的请求。他绝对没有可能那么在乎帕格洛这么一个他鄙视的人的怨言。但是有没有可能，他企图通过处死拉米洛，来打消那些曾经一度反叛于他的，现在又归顺的将领们的疑虑呢？如果为了满足他们中间一个人的愿望，他情愿牺牲他最能干的，极受信任的助手之一，他们还有什么理由不相信他的诚意呢？马基雅维里心里笑开了。这种事是公爵最喜欢做的了。一方面他安抚了罗马尼阿愤怒的民众，另一方面又让他那些貌似盟友，实为敌人的家伙们相信了他的诚意，最后又报了私仇，狠狠地教训了一个得到卢克莱齐娅青睐的人。

“不管怎么说，”他愉快地对皮埃罗说，“我们的好公爵为民除了一害。让我们找个地方喝上一杯，去一下寒气。”

第二十八章

马基雅维里尚未能够发现公爵的行动计划是什么，其实说穿了也很简单，其实那些计划还没有最后定下来。公爵肯定要做些事情，因为拥有了一支部队而不去使用它，是不合理的，但是另一方面也很难确定要做些什么，将领们派了代表去塞斯纳和公爵商量该干些什么，但是没能达成协议。于是几天之后他们派了奥利维洛托·达·费尔莫去见公爵，向公爵提出一个具体的建议。

这个叫奥利维洛托·达·费尔莫的人是个年轻人，不久之前还是不少人议论的一个人物。他早年丧父，由他的娘舅带大。他的娘舅叫焦万尼·福里亚蒂。奥利维洛托长大以后，就离开家乡，投奔了保罗·维泰利去学武艺。保罗被处死之后，他投奔了保罗的兄弟维泰洛佐，在很短的时间里，因为他的聪明和能干，成了维泰洛佐最受重用的军官之一。但这个人野心很大。他觉得自己能够另立山头，成为一方的诸侯，所以对寄人篱下的状态颇为不满。于是他想出一个绝妙的计划来改善自己的地位。他于是写信给他的舅父和恩人，信中说他离开家乡有一些年头了，他很想回去看看舅父大人和久别的家乡，顺便也看一下祖上传下来的产业。他很想风光体面地衣锦还乡，让乡亲们看到他这么些年也没白混，所以他想带上一百号骑兵，仆人和朋友，一起回乡。他恳请他的舅父能够安排一个盛大体面的欢迎仪式，这不仅会增加他本人的声望，也会增加舅父作为将他抚养成人的保护人的声望。焦万尼·福里亚蒂很高兴地看到他的外甥没有忘记他早年从舅父那里得到的照顾和关爱。当奥利维洛托回来的时候，就很自然地邀请他和他一起居住。但是过了几天，奥利维洛托决定不再增添他舅父的负担，就搬了出去，住到自己的一所房子里。而后就邀请他舅父和其他所有城里的显贵们来参加一个神圣的宴会。

酒过三巡，宾主尽欢的时候，奥利维洛托开始谈到一个和每个人都有关的话题，谈到教皇的伟大，他的儿子切萨雷和他所从事的事业。说到一半，他突然站起身，说这些事必须要私下里谈才好，于是他就把宾客们带到了另外一间房间。他们刚进房间，坐下没多久，士兵就从隐藏的地方窜了出来，把宾客们全部杀死。于是他就控制了整个城市。因为所有可能抵抗他的人均已被处死，他所颁布的法令，无论是军事和还是民事的，均十分有力，所以不出一年时间他就在费尔莫站稳了脚跟，并且在周边一带成为一支不容忽视的力量。这就是将领们派去见公爵的那个人。他带去的建议是，他们将把力量合起来，去攻打塔斯肯尼，如果公爵不想去攻打西尼加利亚的话。塔斯肯尼是块大肥肉，如果能占领锡耶纳，比萨，卢卡和佛洛伦萨，那么所有的将领均会有足够的战利品可分，维泰洛佐和渥西尼也可以把他们与佛罗伦萨人的宿怨一并了结一下。但是锡耶纳和佛罗伦萨是在法国国王的保护之下，公爵暂时还不打算惹怒法国人，因为毕竟日后也许会用得着法国人的帮助。所以他告诉奥利维洛托，他不想攻打塔斯肯尼，但是会很愿意将西尼加利亚打下来。

西尼加利亚是个小城市，但是却很重要。它是一个海滨城市，有一个不错的港口。它的统治者，是那个不幸的厄比诺公爵的孀居的姐姐。当时她和那些反叛的将领们一起在马焦内签署了协议，但是当将领们和公爵和解了以后，她带着自己年幼的儿子逃到了威尼斯，留下了一个叫安德利亚·多利亚的热那亚人，来保卫城堡。奥利维洛托向西尼加利亚进军，没有遭到抵抗就占领了城市。维泰洛佐和渥西尼也带着自己的部队驻扎在了近郊。整个行动只出了一点小意外:安德利亚·多利亚只愿意向公爵本人献出城堡。城堡很坚固,要夺取它要花费时间、金钱和生命。于是常识占了上风。既然公爵已经将法国部队打发走了,将领们不再把他看作是一个强劲的对手。于是他们将安德利亚·多利亚的意思转告给了公爵,并且邀请公爵来西尼加利亚。

当他收到这项请求时,他已经离开了塞斯纳,驻扎在法诺。他派了一位他的亲信幕僚去告诉将领们,他这就去西尼加利亚,并让他们在当地等着他。自从他们签署了协议之后,他们就不太愿意和公爵当面相会。公爵急于打消将领们的不信任,公爵让他派去的那位秘书用非常友好的态度告诉将领们,他们表现出的持续的冷漠态度只会带来一个后果,那就是影响到他们与公爵之间订立的条约的有效执行。在公爵这一边,他唯一的希望就是能够在需要的时候得到他们部队的支持,以及他们本人的顾问和咨询服务。

当听到公爵接受了将领们的邀请时,马基雅维里不禁大吃一惊。他仔细地阅读了条约的内容,从字里行间他可以看出,双方彼此之间并没有什么相互信任。当听说因为城堡的主人要将它献给瓦伦丁诺公爵,所以将领们邀请公爵去西尼加利亚见他们时,马基雅维里确信这是将领们为公爵设下的一个圈套。公爵已经遣散他的法国部队,所以力量大大削弱了。将领们则在西尼加利亚附近集结了大量的部队。显然,城堡的司令官和将领们串通一气,开出了这么一个条件,大概是要等公爵和他的骑兵抵达西尼加利亚时,将公爵和他的手下剁成肉泥。因而当公爵决定要孤身一人,不加防范地深入虎穴去见他的死敌时,简直让人有些不敢相信。唯一的解释也许是,他相信自己吉星高照,出于傲慢自大,相信可以用自己的意志力和人格的力量征服那些凶残的人。他清楚他们害怕他,但他也许忘记了,恐惧也可以使懦夫变成勇士。确实,命运到现在为止还算垂青公爵，但是好运并不会永远存在。骄傲使人失败。马基雅维里暗中窃笑了。如果公爵中了圈套，被人干掉了，那对于佛罗伦萨来说将是一件求之不得的大好事。公爵是个凶恶的敌人，那些将领们只是由于害怕公爵才聚在一起，所以不难将他们用计谋分开，各个击破。

马基雅维里笑得太早了。当渥西尼向城堡的主人许诺，如果他要求只向公爵献出城堡，他将会拿到一笔赏金时，城堡的司令官早就已经收到了公爵为了这个目的而送来的金子。他猜到了将领们的谋划，预见到了他们会采取什么行动来诱使他进入他们的圈套。他是一个行事诡秘的人，他的计划，如果没有到要最后实施的时刻，是不会拿来跟人商量的。在离开法诺的前一天晚上，他召集了八个他最信任的追随者。他告诉这八个人，当将领们来见他的时候，他们每个人都要站在某一个将领的一侧，就像是为了增添他们的荣耀那样，一直伴随着他们抵达他们为公爵准备好的寝宫。他嘱咐这些亲信说，不能让这些将领中的任何一个人逃脱。不许有人活着跑出来。公爵先前将他的部队在乡间化整为零，以便于隐瞒他到底有多少人马。现在他下令，部队必须在凌晨六点在距离西尼加利亚五六英里地方的一条河边集结。为了表示诚意，他让他的辎重先行一步，当他想象着将领们会如何垂涎欲滴地暗中盘算那些等着他们的巨大的战利品时，他不禁微笑了。

所有的事情安排完毕，他上床睡了。他睡得很香。早晨他准时起了床。这是一五〇二年的十二月三十一日。法诺和西尼加利亚有十五英里路，道路是夹在山脉和大海之间的。一个五百人组成的先头部队是由路德维柯·维拉·米兰多拉率领的，然后是加斯孔部队和瑞士部队，共有一千人。在他们后面是一身盔甲的公爵，骑在一匹披了华丽马衣的战马之上。跟随着他的是他的骑兵。马基雅维里不是那种容易被美丽的景象所触动的人，但是当下他也觉得，在白雪皑皑的高山和碧蓝色的大海之间蜿蜒行进的队伍，应该是他平生看到的最壮观的景象了。

几位首领候在西尼加利亚三英里外的一个地方。

在他的健康尚未被梅毒摧毁之前，维泰洛佐·维泰利是个孔武有力的人。他个子很高，也很强壮，但他很瘦，甚至瘦骨嶙峋，长着一张病黄色、用剃刀刮得很干净的脸，一只突出的鼻子，一个小小的小巴。他的眼睑沉重地耷拉在他的眼睛上，给人一种奇怪的，沉思的表情。此人无情又残酷，贪婪并勇猛，是一个出色的军人，据说也是欧洲最好的炮兵军官。他很为自己拥有的卡斯泰洛城堡以及那些装饰着浮雕，铜像，大理石像，佛拉芒式挂毯的精美宫殿感到自豪，这些装修都是他和他的家人后来才添上去的。他也热爱他那被佛罗伦萨人砍了脑袋的兄弟保罗，并因此无比痛恨佛罗伦萨人，这种仇恨不是岁月可以消磨得了的。但是由于服用了医生给他开的汞剂，他陷入了常常发作的，无法忍受的抑郁状态。现如今他已经大不如以前了。当将领们还在与公爵试图谈判讲和，帕格洛·渥西尼给聚集起来的将领们带来了公爵的条件时，佩鲁贾的领主，吉安·保罗·巴利昂尼表示不会接受公爵的条件。尽管有一阵子维泰洛佐也怀疑公爵的动机，于是立场与巴利昂尼一致，但是最后也没能架得住其他人唠唠叨叨的劝说，最后一起签了字。但是他的签字违背了他本人本来可以做出的更明智的判断。不错，他确实写了许多谦恭的信给公爵，表示归顺和道歉之义，公爵也写了回信，表示一笔勾销，既往不咎，但是他还是觉得有些不太对头，他的本能告诉他，公爵既没有忘记，也没有原谅他们之间的过节。协议条款中有一项规定，将领中每次只可以有一个人待在公爵的兵营中。而现如今却是他们所有的人都聚在了一起。帕格洛·渥西尼和他争辩着。

他拜访公爵已经有很多次了,他们经常促膝长谈,开诚布公,实在是没有理由不相信他的诚意。他已经将法国长枪部队打发走了,现如今公爵要做些什么事,都得依靠将领们的支持,难到还有比这更好的证据了吗?如果不是为了显示他已经做好准备要满足将领们的愿望,他为什么要处决拉米洛·德·罗尔卡呢?

“相信我,我们上次的造反已经给这个年轻人上了一课。我们可以相信,从今往后,我们不会因为什么原因讨厌他了。”

帕格洛·渥西尼觉得没有什么必要告诉维泰洛佐他和公爵曾经有过的一次谈话。教皇已经年逾七旬,患有多血症,身体状况早已经不如年富力强之时了。一次中风就可以随时要了他的命。公爵向他表示,如果他可以掌控那些西班牙籍的红衣主教,以及他父亲提拔的红衣主教,他会愿意运用他的影响力来保证,下次选举教皇时,大家会选帕格洛的兄弟渥西尼主教成为教皇,条件是,渥西尼必须支持他巩固那些他已经占领的城邦。这个前景是令人心驰神往的。帕格洛很愿意去相信公爵,因为看上去十分确定的是,他需要渥西尼家的支持,一点也不输于渥西尼需要他的支持。

维泰洛佐是第一个走上前去迎接公爵的。维泰洛佐没有携带什么武器,穿着一件破旧的黑色短袖束腰外衣,外面套了一个黑色的,衬里是绿色的斗篷。他脸色苍白,神色不安,从他脸上的表情旁人不难猜出,他已经知道命运给他安排的结局。看到此人现在的这副样子,没有人会想到,这曾经是一个一度打算运用自己的力量将法国国王赶出意大利的人。他骑着一头骡子,正要下来,但是公爵阻止了他。公爵凑过身去,伸出一只支友好的手臂围住维泰洛佐的肩膀,在他两颊上亲了两口。几分钟以后帕格洛·渥西尼和格拉维纳公爵也在侍从的伴随下骑马过来了。切萨雷·博尔贾以符合对方高贵出身的礼仪及一副与亲密朋友长久分别之人的热情和来者相会。但是他注意到奥利维洛托·达·费尔莫没来,询问之下,才了解到,奥利维洛托正在城里等着他。他于是派唐·米歇尔去叫那个年轻人,当众人在等他们的时候,他们漫无边际地闲聊着。在需要他变得风趣迷人的时候,没有人能够比公爵更风趣迷人了。你当时看他那样子,你会认为,在他和那三个将领之间从来都没有发生不和谐的事。他优雅有礼,举止十分符合他的身份,但是没有什么傲慢的地方,所以人们看不出他对将领们有什么屈尊俯就的优越感。他神态安详,温文有礼,和蔼可亲。他问起维泰洛佐的健康,建议将他自己的外科医生送来为后者看病。他以饶有兴味的微笑与格拉维纳公爵打趣,拿他最近卷入的一件风流韵事开玩笑。当帕格洛·渥西尼介绍自己在艾尔班山上的别墅时,他带着恭维和兴致倾听着。

唐·米歇尔在护城河外的一个操场上发现奥利维洛托正在操练他的部队。他告诉奥利维洛托,最好他还是将自己的部队撤回自己的营区,以免被公爵占据。这个建议不错,奥利维洛托在谢了唐·米歇尔这个明智的建议后,就立马命令部队回营。发布完命令后他就陪着唐·米歇尔来到了其他人正在等他们的地方。公爵以相同的热情和友善欢迎了他。公爵不让他行大礼,公爵的意思是要显示,他把他们当同事来看,而不是部属。

公爵下令前进。

维泰洛佐内心充满了恐惧,到目前为止他已经看到,随着公爵到来的是一支庞大的队伍,他心里清楚,将领们策划的阴谋绝对没有可能成功。他下决心要重返自己驻扎在几英里以外的部队。他身体不好,正好可以用来当个借口。但是帕格洛不让他走。帕格洛说,现在不是走的时候,走开会让公爵以为他们怀疑他的诚意。维泰洛佐精神上已经垮了,他缺乏决心来抓住他的本能告诉他的唯一仅存的逃生机会。他于是让自己随了众人的劝说。

"我确信如果我跟着你们走的话,我必死无疑。"他说道,"但是因为你们愿意冒一下险,我也就决心跟你和大家一起面对命运,不管结果是死还是活。因为我们的命运都联系在一起。"

公爵下令护卫这些将领的那八个卫士两人一组各就各位。在每个大难临头的将领的左右两边各站上一位卫士,将这四个将领夹在中间。于是这一行人等,在穿着光彩夺目的铠甲的公爵带领下,骑马进了城。当到达他们为公爵准备的宫殿时,将领们准备告辞,但是公爵用一种坦率和直接的方式敦促他们进屋,以便他们可以立即商量公爵为他们草拟的计划。他有许多话要说,都是些会让将领们感兴趣的话题。兵贵神速。他们一旦决定要做什么,就必须雷厉风行地去干。于是他们同意了公爵的请求。他带着大家穿过门堂,爬了好一段楼梯,然后进了一个宽敞的会客室。进了会客室之后,他请求暂时离开一下,以便去一趟厕所。他人刚刚走开,全副武装的战士就冲了进来,将所有的人逮捕了。就这样,他把奥利维洛托用来对付他舅父和费尔莫城社会名流的简单有效的小计策在这些将领身上如法炮制了一遍,而且还不用让他花钱置办个宴会来达到目的。帕格洛·渥西尼抗议公爵背信弃义,大声叫公爵回来,但是他已经离开了宫殿,他下令这四位将领的部队必须全部解除武装。奥利维洛托的部队就驻扎在附近,听到消息后大吃一惊,有些人反抗拒捕,于是给当场处决了。但是驻扎在稍远一些地方的部队就幸运一些,他们听到风声,知道他们的主公遭了大难,于是联合起来,杀开一条血路,蒙受了惨重损失之后逃了出去。结果公爵只好将维泰洛佐和渥西尼两人的亲随处决,聊以自慰。

然而公爵的士兵并不满足于劫掠奥利维洛托的士兵,他们于是开始在城里大肆劫掠。如果不是公爵下了严峻的命令,他们可能会

把整个城市洗劫一空。公爵不愿意毁坏这个城市,他要的是一个繁荣的城市来为他创造财富,于是他把抢劫的士兵判处绞刑,整个城市一片混乱,店铺老板们早早地关了门,竖起了栅栏门,诚实的老百姓躲在上了锁的屋子里面瑟瑟发抖。士兵们闯入卖酒的铺子,用剑威逼店主给他们拿出酒来。街上躺着死人的尸首,一些野狗在舐着尸身上的血。

第二十九章

马基雅维里是跟着公爵来到西尼加利亚的。他度过了心急如焚的一天。独自一个人或不带武器出门是很危险的。如果实在是需要他暂时离开他栖身的寒酸的客栈,他也很小心地带上皮埃罗和他的仆人。他不想被那些容易激动的加斯孔战士杀死,或者更糟糕地,被喝醉了酒的士兵杀死。

当天晚上八点钟,公爵召见他。在此之前,每次马基雅维里面见公爵的时候,都有公爵方面其他的人员随侍在侧,或是秘书,神职人员,或是公爵幕僚班子的人。但是这一次,出乎他的预料,带他面见公爵的官员把他领进公爵所在的房间以后,立即退了下去。于是他和公爵头一次单独在一起了。

公爵兴致很高。顶着一头深褐色的秀发,带着修剪整齐的络腮胡,红润的面孔,炯炯有神的目光,在马基雅维里看来,他比过去任何时候都要英俊。他也许不过是一个狡诈的神甫的私生子,但是他却有着像一个国王一样的仪容举止。像往常那样,他直奔主题。

"现在,我帮了你的那些主公一个大忙,把他们的敌人除掉了,"他说道。"我希望你给他们写上一封信,请他们将步兵召集起来,然后和他们的骑兵结合起来,派到我这里来,我们可以一起向卡斯泰洛或佩鲁贾进军。"

"佩鲁贾?"

公爵脸上浮现出了愉快的笑容。

"巴利昂尼拒绝和那些人一道签署协议,在离开他们的时候他说:'如果切萨雷·博尔贾想要找我的话,他可以带着部队到佩鲁贾来找我'。这就是我现在要做的。"

马基雅维里心里想,那些个签了协议的人不也没有落个好下场吗。但是他克制住自己没有说话,只是微笑着。

"摧毁维泰洛佐和渥西尼会耗费执政团一大笔钱,并且他们远远不能做得像我这样干净利落。我想他们可不能忘恩负义。"

"我敢确信,他们没有半点这样的意思,阁下。"

公爵面带微笑,但是一双狡诈的眼睛,死死地盯住马基雅维里。

"既然如此,就请他们拿出诚意来。他们到目前为止连手指头都没有动一下。我为他们做的这一切对他们来说也应该值上个十万杜卡特了。他们的义务并没有什么法律规定,只是默契而已,我看他们最好现在就开始履行这些个义务。"

马基雅维里很清楚,执政团对于这样一个诉求一定会勃然大怒。他可不想让自己来传递这么一个要求。他很高兴自己早就想好了脱身的办法。

"我想我应该告诉阁下,我已经要求我的政府将我召回。我向他们指出,他们在此地应该有一位地位更崇高,授权比我更大的使节。我想,阁下若能够与我的继任谈论这件事,将会更有收获。"

"你说对了,我对你们政府拖延时间的做法实在是厌烦透了。现在该是时候请他们下个决心,是和我站在一起,还是与我为敌。我本来应该离开这座城市,但是如果我那样做了,这座城市会陷入一场浩劫。安德利亚·多利亚明天早上就会献出城堡,完事之后我就会向卡斯泰洛和佩鲁贾开拔。我在那里办完事之后,我会将注意力转向锡耶纳。"

"法国国王会同意你去占领那些处于他保护之下的城市吗?"

"他不会的,我也没有蠢到认为他会同意。我的建议是将它们召集统一在教会的旗帜下。我自己想要的不过就是我的城邦罗马尼阿。”

马基雅维里叹了一口气。他不得不佩服此人斗志之旺盛和他确信自己一旦下定决心就攻无不克的高度自信。

“没有人会怀疑您得到了命运的垂青,阁下。”他开口道。

“命运垂青那些懂得如何抓住机会的人。难道你以为,城堡的主人只愿意向我献出城堡,是一个偶然的,碰巧又是对我有利的巧合,结果让我占了点便宜吗?”

“我不会那样认为,这对阁下您会很不公平。看到今天发生的事,我猜想您是早有准备的。”

公爵大笑起来。

“我喜欢你,书记官大人。你是一个可以与之对话的人。我会想念你的。”他停顿了看上去是一段相当长的时间,然后带着探询的目光看着马基雅维里:“我差不多真的希望你是在我手下效力。”

“阁下真的很有心。但是我对于向佛罗伦萨共和国效力觉得十分满意。”

“给他们效力给你带来了什么好处?他们给你的薪水是如此的菲薄,以至于你为了维持你的开支,要向朋友开口借贷。”

马基雅维里刚刚觉得来了一个机会可以反驳一下,猛然间他想起了巴托罗缪借给他的二十五个杜卡特。

“我不善理财,又性好奢侈,”他带着愉快的笑容回答道,“如果说我时不时入不敷出,实在是我自己的过错。”

“你要是为我服务,就绝不会是这个样子。能给一个漂亮的女士找一只戒指,一个手镯或一只胸针是非常令人愉快的,当一个人要讨这位女士欢心的时候。”

“我的原则是只找那些随和的和不事招摇的女人来满足我的愿望。”

“这个原则只有在一个人可以控制自己欲望的时候才是好的原则。谁又能预料爱情可以在一个男人身上施展多大的魔力呢？书记官大人，难道你就从来没有发现，当一个男人爱上一个佳人时，会是多么地费钱？”

公爵用一种嘲弄的眼神看着马基雅维里。有那么一瞬间，马基雅维里不禁不自在地暗中问自己，公爵有没有可能了解到他对于奥莱莉娅的欲望没有能够得到满足呢？但是这个念头一上来，就被他打发走了。公爵要操心的事太多了，犯不着去关心一个佛罗伦萨共和国使节的风流韵事。

“我还是宁愿相信我的原则是可行的，愿意让别人去拥有那些快乐，以及为了这些快乐要付出的代价。”

公爵若有所思地注视着马基雅维里。你也许可以猜想，公爵正在想，这是一个什么样的人，但这个疑问只是出于无聊的好奇，而非什么隐藏的动机。这就好像是当你一个人和另一个陌生人在办公室的会客厅一同坐等的时候，你会试图从对方的样子来判断他从事什么行业，职业，他有什么样的习惯和性格一样。

“其实我应该想到，你如此敏锐，是不会愿意在余下的岁月中屈为人臣的。”公爵说道。

“我从亚里士多德那里学到，只有上等的智慧才会使人培养出中庸的处世之道。”

“难道说你一点野心都没有？”

“完全不是这样，阁下。”马基雅维里笑着回答。“我的野心是尽自己最大的力量为我的国家效力。”

“这正是你所不能获得支持去从事的事情。你比任何人都清楚，在一个共和体制里，一个有才能的人是不会受到信任的。一个人能够身居高位，靠的是他的平庸无能，因为只有平庸无能才会使他的同僚不觉得受到威胁。这就是为什么一个民主政体并不是由那些称职干练的人在领导和统治,而是由一帮子微不足道,不会引起众人恐慌的人们在统治的原因之所在。你知道是什么腐蚀了民主政体的心脏吗?”

他看着马基雅维里,似乎在等马基雅维里的回答,但是马基雅维里没有回答他。

“妒嫉和害怕。衙门里的那些小人们妒嫉他们的同僚。他们不愿意他们中间的任何一个人获得声望,而是宁可阻止某个人采取某项措施,即使这项措施对于国家的存亡兴废是至关重要的。另外他们也是恐惧的,他们知道他们身边有许多人,正准备用一切手段,包括撒谎和使用诡计来取代他们。结果是什么?结果就是这些人恐惧做错事情的程度要远远大于他们热心去做正确的事情。有人说狗不咬狗,发明这句谚语的人从来没有在一个民主政府中生活过。”

马基雅维里保持着沉默。公爵的一番话中有多少真理,他自己是最清楚不过了。他清楚地记得,他目前所拥有的这个官位的竞选过程是如何地激烈,他又是如何惨胜对手,夺取了这个位置。他也很清楚他的那些同僚是如何虎视眈眈地看着他的每个步骤,时刻准备逮住他一不小心犯下的过错,以便让执政团将他解雇的。公爵继续说了下去。

“一个像我这样的君主是可以自由地任人唯贤的。他不需要因为要获取一个人的影响力,或者酬谢某个人身后的某个集团的支持,而将职位授予一个不能胜任的人。他不惧怕任何竞争,因为他超然于竞争之上。因此相对于垂青和提拔庸才,他追求的是才能、能量、主动性和智慧。难怪在你的共和国里情况愈来愈坏。衡量一个人是否应该升迁至某个职务要看的是他的才能是否能够称职。”

马基雅维里浅浅地笑了。

“阁下如果允许的话,我想提醒一下阁下,一个君主的青睐是臭名昭著地不可靠的。君主的意愿可以将一个人捧上天,也可以将一个人踩在地上。”

公爵不禁也给逗乐了,坦率地笑了起来。

“你在想拉米洛·德·罗尔卡这个人了。一个君主必须懂得如何奖赏及如何惩罚。他的赏赐必须是慷慨的,惩罚则是严厉的。拉米洛犯了可憎的罪行,他死有余辜。如果他在佛罗伦萨的话又会怎么样呢?肯定有一些人会对他被判处死刑不满,也肯定有一些人会出来为他说情,因为他们从他的恶行中获得了利益。执政团最后会犹豫不决,到了最后他们会把他当作一个使节派遣到我这里或法国国王那里。”

马基雅维里大笑。

“相信我,阁下,执政团方面要派遣到您这里的使节人品上无可挑剔。”

“他也许会让我无聊厌烦到极点。毫无疑问,我会想念你的,书记官大人。”说到这里,好像是有个念头突然浮上心头那样,他对马基雅维里露出温暖的笑容:“你为什么不加入我的团队?我会委托你去做一些用得着你敏捷思维和宽广阅历的工作,并且,你会发现我会慷慨地酬谢你。”

“对于一个为了钱而背叛自己国家的人,你又可以多放心呢?”

“我没有要求你去背叛自己的国家。通过为我服务你可以更好地为佛罗伦萨服务,你所能够做的事要比作为第二厅的秘书能做的多得多。不少佛罗伦萨人为我服务,我相信没有人是后悔的。”

“美第奇的追随者们在他们的主公被逐的时候,为了谋生,他们愿意做任何事情。”

“也不完全是。达·芬奇和米开朗琪罗也没有高傲到不接受我的聘请的地步。”

“艺术家。他们愿意为任何一位赞助人服务。他们不是负责任的人。”

公爵回答马基雅维里的时候,盯着马基雅维里的眼神中还是带着一片笑意。

“我在伊莫拉近郊有一处庄园,那里有葡萄园,有可以耕种的农地,草场和林地。我愿意将它送给你,我想这处庄园为你带来的收入,可以是你在圣·卡西亚诺那几英亩可怜兮兮的土地能够产出的十倍。”

伊莫拉?为什么切萨雷会想到这个地方,而不是其他地方?马基雅维里的心头又一次飘过一片疑云,莫非公爵已经知道了他那对奥莱莉娅徒劳无功的追求?

“圣·卡西亚诺那几英亩可怜兮兮的土地在我们家庭里面传承了有三百年,”他尖酸地回答道,“伊莫拉边上的庄园对我来说又有什么用处呢?”

“别墅是新的,非常漂亮,盖得也结实。在夏天的时候,可以成为一个理想的避暑山庄。”

“阁下,我不知道您要说什么。”

“我准备把阿加皮托派往厄比诺去当总督。我知道依你的才能你是最适合接替阿加皮托成为我的首席秘书的人。但是我如果如此安排的话,你就会与佛罗伦萨派来接替你的人展开谈判,那会是一个令人尴尬的局面。我准备派你去担任伊莫拉的总督。”

马基雅维里一下子觉得心脏停止了跳动。这可是个重要的职位,一个他从来想都不敢想的职位。时不时地佛罗伦萨也会兼并一些城邦,但是共和国派去管理这些城市的人都是出自豪门,或是有着广泛和深入的人脉,如果他担任了伊莫拉的总督,奥莱莉娅会自豪地成为他的情人，另外，在那样的情况下，他可以很容易地找出一个借口将巴托罗缪打发到别的地方去。现在看来，公爵做出这样一个许诺，如果他完全不知道前些时间围绕着他和奥莱莉娅的那些事，几乎是完全不可能的。但是他又是如何知道这一切的呢？马基雅维里面对着当下的双重诱惑，但是内心还是无比坚定，不为所动，想到这一点，他也不禁为自己叫好。

“我热爱自己的国家，胜于自己的灵魂，阁下。“

瓦伦丁诺公爵是不习惯于碰钉子的，马基雅维里心想，公爵应该会生气地挥一下手，让他走人了。出乎预料，公爵无聊地玩弄着胸前的圣·米歇尔勋章，仍然沉思着看着他。当公爵再次开口讲话时，好像时间过去了很久。

“我一直是和你开诚布公的，书记官大人，”公爵最后开口说话了。“我知道你不是一个容易被欺骗的人，我也不会浪费我的时间企图去欺骗你。我会把所有的牌都放在桌上。一旦我向你透露了我的计划，我也不会要求你为我保密；另一方面，你也不会辜负我对你的信任，因为没人会相信我告诉了你这些。执政团会认为你只不过是想通过呈送你自己的臆想而非事实来提高你自己在他们心目中的地位。”

公爵只是停顿了一小会儿。

“我对于罗马尼阿和厄比诺的掌控是牢固的。用不了多长时间我就会掌握卡斯泰洛、佩鲁贾和锡耶纳。比萨对于我来说完全是唾手可得。我要是想拿下卢卡，卢卡也会是我的。如果佛罗伦萨周围的城邦全部被我控制了，会是一种什么样的情形？”

“无疑是危险的，但是我们还有和法国的条约。”

马基雅维里的回答看上去逗乐了公爵。

“一个条约是两个国家为了共同利益而签订的。在条约的某些条款不再是有利的情况下,一个谨慎和明智的政府应当摒弃这个条约。如果我向法国国王建议,如果他默许我夺取佛罗伦萨,我拿到佛罗伦萨之后,我会愿意与他一起进攻威尼斯,你觉得他会怎么说?”

马基雅维里不禁打了一个冷战。他心里太清楚了,路易十二为了利益是不会犹豫牺牲自己的荣誉的。他用了一些时间去思考,然后回答公爵。他回答时带着慎重的态度。

“阁下如果认为佛罗伦萨可以用很小的代价攻取,那么你就犯了一个错误。我们将为了捍卫我们的自由战斗到死。”

“你们可以凭借什么呢?你们的公民一向忙于挣钱,从不愿意训练自己去保家卫国。你们一直是用雇佣军来为你们打仗,以便于你们都可以不受干扰地从事你们的事业。这是愚蠢的!雇佣军上战场打仗,不为别的,就是为了那些个钱。但那些钱不足以让他们为你牺牲生命。一个国家如果不能保卫自己就注定要灭亡。而要做到具备自卫能力,唯一的方法就是在自己的公民中间招募士兵,建立一支装备精良,训练有素的部队。但是你们这些佛罗伦萨人已经做好准备去承担这些牺牲和责任了吗?我不这么认为。你们是由一帮子生意人来治理的,一个生意人的想法永远是不惜代价达成协议。他们要的是短期的利润和回报,现时的和平,即使蒙受耻辱和冒日后大灾难的风险也在所不惜。你的李维教导你,一个共和国的安危系于组成它的人们的诚实和正直。你们的人民软弱无能,你们的政府是腐败的,就应该灭亡。”

马基雅维里的神色变得凝重起来。他无话可说。公爵把道理讲得非常透彻。

“当前西班牙已经统一,法国人也已经摆脱了英国人。小国家可以维持他们独立的时代已经过去了。他们的独立是个假象。因为这些独立不是建立在武力的基础上。他们之所以还算拥有独立，是因为维持它们的独立暂时还符合各个大国的利益。教会控制下的城邦都在我的控制之下，博洛尼亚也会落入我的手中。佛罗伦萨的命运早已注定。到那个时候我会成为全国的霸主，统治包括那不勒斯王国所在的南部，以及米兰和威尼斯所在的北部的广大区域。我会有自己的炮兵部队和维泰利的炮兵部队。我会建立一支就像我的罗马尼阿部队一样干练的部队。法国国王和我之间会分割我们从威尼斯那里得到的战利品。”

“阁下，如果所有这些均按你的愿望实现的话，”马基雅维里冷峻地说道，“你所成就的将会是增加法国的实力，这会激起西班牙和法国双方的恐惧和妒嫉。它们中的任何一个都可以将你碾个粉碎。”

“不错。但是凭着我的武装力量和财富，我对于他们其中任何一个来说都是一个强大的盟友。我站在谁那一边，谁就可以确保胜利。”

“但是尽管那样，你还会只是一个获胜一方的诸侯而已。”

“告诉我，书记官大人，你曾经出使法国，和法国人打过交道，你对他们印象如何？”

“他们是轻浮而不可靠的。如果敌人顶住了他们头一波攻击的凌厉势头，他们就会动摇和丧失勇气。他们不能忍受艰难和困苦，只要不长的时间他们就会变得无所用心，以至于可以轻易地利用他们的松懈而打败他们。”

“我了解这些。当寒冷的冬天来临，雨雪降临的时候，他们会一个接一个地从军营中偷偷地溜走。到了那个时候，他们就只好任由一个更坚定的对手支配。”

“在另一方面，那个国家是丰饶和肥沃的。国王已经将贵族们的力量打垮了，目前很强大。他有些愚蠢，但是身边有一些聪明人在给他出谋划策。这些聪明的顾问跟我们在意大利的顾问一样好。”

公爵点了点头。

“现在请你谈一谈你是怎么看西班牙人的。”

“我从来没有和他们打过交道。”

“那就让我来告诉你。他们勇敢，强硬，坚定和贫穷。他们一无所有，因而也就不用担心失去什么。相反，他们有希望夺取任何东西。他们是难以抗拒的敌人，但是在一种情况下他们并不难抵御；他们必须要携带他们的部队和装备渡海而来。如果哪天我们将他们逐出意大利，那就不难阻止他们再回来。”

沉默降临了下来。瓦伦丁诺公爵手托着下巴陷入了深思，而马基雅维里则悠闲地看着公爵。公爵的目光是坚定的，并闪光耀着光芒。他的目光似乎穿越一幅由曲折的外交和血腥的战斗所组成的未来景象。公爵仍然沉浸于激动之中，他对于白天发生的事情和他狡诈的两面派手段所取得的惊人胜利兴奋不已。激动和兴奋之下，他觉得没有什么事业是不可能成功的，也没有什么事业对他来说是太危险的。谁又能知道是怎么样的伟大和光荣的愿景激发了他大胆的想像？他笑了。

“有了我的协助，法国人可以将西班牙人逐出那不勒斯和西西里；有了我的协助，西班牙人可以将法国人逐出米兰。”

“不管您帮助的是谁，那个人会成为意大利及您本人的主子，阁下。”

“如果我帮助西班牙人，那么确实会出现你所讲的这种情况，如果我帮助法国人，情况就不一样了。我们曾经将他们逐出过意大利，我们也可以再次将他们赶走。”

“他们会等待时机,伺机反扑。”

“我会做好准备对付他们的。斐迪南国王那个老狐狸是不会做无益的后悔的。一旦法国人向我进攻,他会抓住这个复仇的机会,向法国进兵。他把自己的女儿嫁给了英国国王的儿子。英国人是不会错过一个向他们世代为敌的敌人宣战的机会的。因此法国人恐惧于我的程度,要远远大于我害怕他们的程度。”

“但是教皇已经年迈,阁下。他的死亡会带走您一半的部队和您大部分的声誉。”

“难道你以为我没有将这一点考虑进去吗?我为我父亲一旦死亡而可能出现的情况做好了各种准备。我已经为此做准备。下一个教皇将会由我来选定,他会由我的部队来护卫。不,我不担心教皇的逝世。这不会干扰我的计划。”

突然之间公爵从椅子中蹦了出来,开始在房间里来回踱步。

“正是教会造成了这个国家的分裂,她从来都没有强大到可以将意大利统一的地步,她的强大却足以阻止其他任何人达成统一的局面。意大利如果不能统一,就一定不能富强。”

“确实,之所以我们可怜的国家遭受着野蛮民族的蹂躏,正是因为有这么多的军阀和领主在统治着这个国家。”

瓦伦丁诺公爵停止了踱步,他那性感的嘴唇变成了一道嘲讽的笑容,目光直视马基雅维里的眼睛。

“要寻找解决办法,我们必须求教于福音书,我的书记官大人。福音书告诉我们恺撒的东西让恺撒来管,上帝的东西由上帝来管。”

公爵的意思很直白。马基雅维里惊讶又恐惧地抽了一口凉气。看着眼前这个人用平静的口吻说出会让整个基督教世界陷于恐慌的一个步骤,马基雅维里不由得对公爵产生了一种奇怪的兴趣。

“一个君主应该支持教会在精神方面的权威地位。”他冷静地说道,“因为这会使他的人民诚实和快乐。要使教会恢复她那不幸丧失的精神上的领导地位,只有让她放弃管理世俗世界的那些个负担。除此之外我想不出有什么更好的办法。”

马基雅维里面对这样一个冷酷和愤世嫉俗的论断一时间也找不出什么好的回答。但是正在这个时候突然有人敲门,于是马基雅维里就免掉了要回答公爵的麻烦。

“是谁?”公爵因为被突然打扰,不由得发起火来,吼了一嗓子。

没人回答。但是门却被推开了。一个人走了进来。马基雅维里认出此人是唐·米盖尔,也就是被人称作米盖洛托的那个西班牙人。据说就是此人亲手掐死了比塞利的阿方索,那个美貌又不幸,为卢克莱齐娅所深爱的男孩。米盖洛托是一个大个子,身材魁梧,须发茂盛。长着一双凶狠的眼睛,浓密的眉毛,短粗的鼻子,带着一副冷酷无情的表情。

“啊,原来是你。”公爵开口说道,表情立刻和缓下来。

“Murieron。”

马基雅维里几乎完全不懂西班牙语,但是他也没有可能不了解这个阴森的单词的意思。他们都死了。那人继续站在门口,公爵向那人走了过去。他们用西班牙语低声地交谈着,马基雅维里听不清他们在说些什么。公爵不时问上一两个问题,对方似乎在详细地回答着公爵。

公爵不时发出几声轻快的笑声,表示他很满意,也被逗得很高兴。过了一会唐·米盖尔走了,公爵带着笑意,又坐回了他的位置。

“维泰洛佐和奥利维洛托已经死了。他们活着时很勇敢,死得却很可耻。奥利维洛托乞求宽恕。他将责任推到维泰洛佐身上,说他是被误导了。”

“帕格洛·渥西尼和格拉维纳公爵如何?”

“我会在明天把他们押走。我会关着他们，一直到我收到教皇大人的指示为止。”

马基雅维里露出了疑惑的神色，公爵于是回答了他。

“当我逮捕几个流氓的时候，我立刻给教皇发了一封信，要求他将渥西尼主教抓起来。帕格洛和他的侄子必须等待他们的惩罚，直到我收到确认说渥西尼红衣主教也已经被抓起来了。”

博尔贾的脸色变得凝重起来，好像眉宇间有一片沉重的乌云笼罩。房间静了下来，马基雅维里琢磨着召见已经结束，于是站起身来。但是公爵不耐烦地做了一个手势，示意他重新坐了下来。当公爵再次开口说话，他的声音很低，但是语气却很强硬，带着怒气和坚定的决心。

“仅仅摧毁那些蹂躏人民的小暴君是远远不够的。我们是蛮族手中的猎物；伦巴第受到劫掠，托斯卡纳和那不勒斯向人称臣纳贡。我一个人就可以摧毁这些可恶和凶残的野兽。我一个人就可以解放意大利。”

“上帝可以作证。意大利一直在祈祷可以有一位解放者，可以将她从桎梏中解救出来。”

“时机已经成熟，统一大业将会给参与这项事业的人们带来无比的荣耀，给这块土地上的百姓以无比的福祉。”他将自己紧锁着的双眉之下炯炯的目光转向马基雅维里，似乎他认为自己如炬之目光的力量可以扭转后者的决心：“你如何才可以阻止我？可以肯定不会有任何一个意大利人会拒绝跟从我。”

马基雅维里严肃地凝视着切萨雷·博尔贾，他深深地叹了一口气。

“我内心最大的愿望就是将意大利从那些糟蹋和劫掠我们的野蛮人手中解放出来。这些野蛮人毁坏我们的土地，强奸我们的女人，摧残我们的公民。也许你就是上帝捡选出来解放我们国家的那个人。但是你让我付出的代价却是和你一道，摧毁那个生我养我的城邦的自由。”

“有没有你的协助佛罗伦萨一样会丧失她的自由。”

“如果是这样的话，我会与佛罗伦萨共存亡。”

“你说这话像个古罗马人，但却不像一个识时务的俊杰。”

他傲慢地挥了一下手，意思是会见到此结束。马基雅维里站起身来，鞠了一躬，口中说了一句平常的敬语。正在这个时候，作为一个出色演员的公爵，立刻将自己的语气换成了一副亲切友善的调子。

“在你走之前，书记官大人，我希望你可以给我出个主意，在伊莫拉的时候你和巴托罗缪·马泰利成了朋友。他帮我办的那一两件事都办得不坏。我需要一个人去一趟蒙彼利埃，去和那边的羊毛商人谈判。然后这个人也可以顺道去巴黎为我办上一些其他的杂事。根据你对巴托罗缪的了解，你觉得我应该派他去吗？”

他用平常和轻松的态度说出这番话，好像询问中没有任何其他的意思。但是马基雅维里明白这番话背后是什么。公爵是在建议让巴托罗缪出一趟远差，从而可以让他离开伊莫拉相当长的一段时间。现在可以确信，公爵掌握了马基雅维里对奥莱莉娅的欲望。马基雅维里的嘴唇抿紧了，但是除了这一点，他的面孔没有流露出任何内心活动。

“既然阁下愿意屈尊咨询我的意见，那我就应该说，巴托罗缪在维持伊莫拉人民对阁下统治的满意度这方面的作用是如此重要，将他派往别处将是一个重大的错误。”

“也许你是对的。他应该留下。”

马基雅维里又鞠了一躬，然后退了下去。

第三十章

皮埃罗和仆人们正在等着他。街道黑暗而空旷。四处还躺着不少死人的尸首,多数被野狗啃得只剩了骨头。

大广场上绞刑架上吊着几个抢劫犯,用来警示那些胆敢效尤之徒。他们一行人向小旅馆走去。沉重的大门已经锁上,并且上了横杠。他们敲门之后,里面的人通过窥视口检查了他们之后就让他们进去了,这个冬夜异常寒冷,马基雅维里很高兴他能够就着厨房的火取一下暖。有一些人在喝着酒,另外的一些人则是在玩骰子和纸牌,还有一些人则是在长板凳上或地板上睡着了。房东在他主卧室那张睡着他妻子儿女的大床边上放了一张床垫,让马基雅维里和皮埃罗睡在上面。他们两人并排躺下,和衣而卧。皮埃罗经过了早上从法诺赶来的旅途、白天发生的令人激动的事件和在公爵宫殿外的漫长等待,早已疲惫不堪,不一会就呼呼大睡了 。马基雅维里却毫无睡意,他脑子里想着太多的事情。

很明显,公爵十分了解马基雅维里那个流产了的,勾引奥莱莉娅的计划。想到公爵竟然会错误地认为他可以利用马基雅维里对一个女人的爱情去诱使他脱离佛罗伦萨的公务员队伍,马基雅维里感觉到一种苦涩的、来自命运的嘲弄,不由得暗中发笑了。原本马基雅维里认为公爵是个足够聪明的人,但是公爵竟然会幻想一个有头脑的人可以让自己对女人的欲望干扰自己现实生活中的正经事业,马基雅维里对公爵的才智不由得打了个折扣。女人有的是。唉,当年公爵绑架了威尼斯步兵统领的妻子多萝西·喀拉奇奥罗的时候,威尼斯方面派了使节来要人,公爵问来使威尼斯人是不是觉得他对罗马尼阿的女人如此不感兴趣,以至于要拐骗一些旅途之中的妇女。自从上次和奥莱莉娅道别之后,马基雅维里已经有几个星期没有再看到她了。如果他现在还想占有她的话,是因为他不喜欢被挫败,而不是由于他对于她的欲望依然炽热,他心里很明白,向这个小小的感情冲动让步会看上去很疯狂。但是他还是很想知道公爵是如何发现他的秘密的。肯定不是从皮埃罗这里,因为他已经审问过他了,基本上判断皮埃罗是诚实的。塞拉菲娜?他一直都很小心,所以她基本上没有可能觉察所进行的一切。卡特琳娜和奥莱莉娅?她们在阴谋中陷得太深,不可能出卖他。尼娜?不会,他们已经搞定了她。猛然间马基雅维里拍了一下前额。他真傻啊!那个坏蛋就像他脸上长着的那个鼻子一样明显,马基雅维里觉得自己没能立刻猜出是这个人,简直应该赏自己几个耳光。提莫提欧神甫!他肯定是公爵的走狗。靠着与塞拉菲娜和巴托罗缪家庭的紧密联系,他正可以刺探这位佛罗伦萨使节的行动。通过神甫,公爵肯定完全掌握了他所做的一切,谁来拜访过他,什么时候向佛罗伦萨发了信,并且,佛罗伦萨方面的回信什么时候抵达。意识到自己一直处于监视之中,给了马基雅维里一种特别不舒服的感觉。但是这个猜测却清楚地解释了所发生的一切。现在看来,当巴托罗缪安然地在圣·维塔里的骸骨前祈祷的那个夜晚,就在马基雅维里正要敲奥莱莉娅的门的时候,公爵却要召见他,这一切都不是偶然发生的。一阵愤怒涌上了马基雅维里的心头,他恨不得可以掐住那个滑头神甫的脖子。切萨雷·博尔贾,拿自己的心态来揣度马基雅维里,估计让一个人想偷情又偷不着,可以使欲火更盛,因此也更能够被公爵塑造成所需要的样子。这就是为什么提莫提欧神甫拒绝再帮助马基雅维里的原因。可以肯定,就是他说服了奥莱莉娅,说什么上帝出手阻止了她犯罪,所以她因此必须洁身自好了。

“我不知道,除了我给他的二十五个杜卡特,他还从别人那里收了多少钱。”马基雅维里嘀咕着,彻底忘了这二十五个杜卡特是他从巴托罗缪那里借来的,而巴托罗缪又是从公爵那里拿的钱。

尽管如此,一想到公爵为了延揽他进入自己的幕僚班子,竟然要费上这么大的周折,马基雅维里又不由得有些自鸣得意。想到公爵为他定的身价是如此之高,还是很难觉得不受用的。佛罗伦萨执政团方面认为他是个有趣的人物,他的信件时常逗得人们大笑,但是他们从来不对他的判断赋予太多的信任,也从来没有遵从过他的建议。

“一个预言家在本国吃不开,但是去外国还是有人识货的。”他感叹道。

他心里明白,他就是一根小手指头里面的才智也比执政团里那帮子人所有的头脑中的才智加起来都要多。皮埃罗·索德里尼,那个执政团的首脑,是个软弱,浅薄、可亲的人,公爵所提到的那些个力图避免做错事甚于力图做正确的事情的人,估计就是指皮埃罗·索德里尼。其他一些人,那些他身边的顾问,都是些胆怯的,平庸的和犹豫不决的人。他们的政策就是犹豫不决,浪费时间和拖延时间。马基雅维里的直接上级,共和国的部长,是马塞罗·弗吉利奥。他之所以获得今天的职位,是因为他英俊的相貌和出众的演讲天分。马基雅维里向他汇报,但是对于此人的能力并没有太高的评价。如果他这么一个因为在政府中没有靠山而被派往伊莫拉担任使节的人,一下子被公爵委任为伊莫拉的总督,并成了公爵最受信任的顾问,消息一传到佛罗伦萨,还不知道要让那些愚蠢的家伙们多吃惊呢!马基雅维里没有任何打算接受公爵的聘请,但是在心里把玩一下这个念头,想像一下执政团方面的惊愕之情和他那些敌人的嫉恨,还是让他很开心。

而且,伊莫拉也只会是一个起步。如果切萨雷·博尔贾成为意大利的国王,他很有可能会成为他的首相,会成为法国国王面前的昂布瓦斯①红衣主教一样的人物。会不会博尔贾就是意大利的救星呢?尽管只是个人野心驱使博尔贾奋发进取,但是他的最终目的是崇高的,配得上他那蓬勃的精神。他是明智的,精力充沛的。他使得他的人民对他又爱戴又畏惧。他拥有他部队官兵的尊敬和信任。意大利确实被奴役和被侮辱着,但是古代尚武的精神并没有泯灭。在一个坚强的领袖的领导下统一起来,意大利人民将能够安居乐业,尽享富足和幸福的生活。让这块饱受折磨的土地享受持久的和平,难道还有比这个更能使一个人获得光荣的吗?

但是突然之间,一个想法强烈地袭上马基雅维里的心头,其力量之猛,使得他浑身猛烈地抖动了一下。结果吵到了在他身边熟睡的皮埃罗,于是皮埃罗也剧烈地动了一下身子。他突然想到,整件事情也许只是公爵捉弄他的一个恶作剧而已,不多也不少。他很了解瓦伦丁诺公爵,尽管装出一副亲热的样子,实际上对马基雅维里非常不满。因为马基雅维里并没有使出浑身解数来说服执政团向公爵支付保护费。如果保护费之事谈成了的话,这本来是可以增加公爵的声望和提升他的实力的。所以这一切都有可能是他的报复而已。当他想像着,在伊莫拉逗留期间,公爵,阿加皮托和其他那些人注视着他那些匠心独运的谋划,然后用计谋一一化解,并不禁为之哄笑时,他觉得他全身都在刺痛着。他企图让自己相信,这只不过是他的一个幻想揣测而已,最好快些忘掉。但是他无法确定,这个不确定性折磨着他。他一夜未眠。

① 昂布瓦斯(1460—1510),法国枢机主教,路易十二时代任首相。

第三十一章

第二天早晨，公爵只留下了少量部队来保卫西尼加利亚，带着大部队向佩鲁贾进发。

这天正是元旦。

天气很糟糕。道路状况在晴天都很差，当下由于骑兵和步兵的踩踏，以及运辎重的大车的滚碾，变得泥泞不堪。部队经过小镇的时候，地方上完全没有能力为这么多的人提供住宿，所以只有少数幸运的人才能找到借宿的地方。马基雅维里是个讲究舒适的人。当他不得不和众人紧紧地挨着，在农夫的农舍中睡在泥地上，挤得连伸直四肢都很勉强的时候，他的脾气就大大地坏了。在那样的条件下，饮食方面只能是有什么吃什么，马基雅维里胃一直不太好，当下更是苦不堪言。当大队人马抵达萨索·费拉托的时候，传来消息说侥幸逃脱的维泰利家族逃到了佩鲁贾。当部队抵达古瓦尔多的时候，卡斯泰洛的公民们已经在那里等候迎接公爵了，他们要向公爵献上城池和邻近的土地。正在这时，一个信使赶到，通知众人吉安·保罗·巴利昂尼，渥西尼家族的人，维泰利家族的人和他们的武装人员已经放弃了保卫佩鲁贾的希望，向锡耶纳方向逃跑了。佩鲁贾的人民于是组织起来，向公爵派出了大使，这些使节第二天就赶到了公爵驻地，向公爵表示佩鲁贾归顺的意愿。就这样，公爵没有动用武力就连下两个城池。他于是前往阿西西，在那里，他会见了从锡耶纳赶来见他的使节，后者问他，根据一般的报告，公爵要攻打锡耶纳，但是要攻打的理由究竟是为了什么呢？公爵告诉他们他对于锡耶纳充满着亲切的情感，但是他已决心驱逐潘多尔福·佩特鲁奇，锡耶纳的领主，同时也是公爵的敌人。如果锡耶纳人民可以自己动手将佩特鲁奇赶走，那么他们完全不需要害怕公爵。但是如果不是这样，他就要带着部队亲自动手完成此事。他于是向锡耶纳进军，但是故意挑了一条蜿蜒曲折的道路，以便锡耶纳的人民可以有时间去想想清楚。一路上攻占了不少城堡和村庄。士兵们抢劫着乡村。居民们在他们到来之前就已经逃跑了，当他们找到一些因为老弱病残无法逃走的人时，士兵们就把这些人的胳臂捆绑起来，然后吊起来，在他们脚底下放起火来，以便人们可以交待金银珠宝藏在什么地方。当人们不愿意招供，或者因为根本就不知道而无法招供的时候，他们就会被酷刑折磨致死。

与此同时，从罗马传来了好消息。收到儿子的信之后，教皇了解到在西尼加利亚发生了什么事。于是他向渥西尼红衣主教送了个信过去，当然不是为了告诉他他那些朋友和族人遭到厄运的事，而是告诉后者城堡已经投降的消息。第二天，由于职责的驱使，红衣主教赶到梵蒂冈，向教皇道贺。随着渥西尼主教一起去觐见教皇的还有他的亲戚和他的门客。他被带到一个会客室，在那里他和他的家人一起被逮捕。到了这个时候，公爵就可以放心地去处置他的俘虏了。米盖洛托掐死了帕格洛·渥西尼这个被公爵甜言蜜语所迷惑的傻瓜和他的外甥格拉维纳公爵。红衣主教本人则是被关在圣·安吉洛城堡，在那里待了不长时间之后他就非常识相地死了。对这个长期以来被天主教历任教皇看成是眼中钉肉中刺的家族实施了这么重大的打击，教皇和他的儿子觉得大可弹冠相庆一番。在除掉私敌的同时又为教会除掉了这么一个公害，实在是一件令人欣慰的事情。他们通过事实证明，同时为上帝和财神爷服务是完全有可能的。

第三十二章

当公爵最后到达一个叫皮亚维城堡的地方时,马基雅维里欣慰地获悉接替他的后任使节已经准备好从佛罗伦萨出发了。皮亚维城堡是个小有名气的城镇,有一座城堡庄园,一座大教堂。马基雅维里幸运地找到了一处还算像样的住所。公爵打算在这里短暂地休整一下他的部队。马基雅维里暗中希望,当公爵再次启程时,那位叫乔科莫·萨尔维亚蒂的新大使就已经抵达了。马背上的长途旅行使他疲惫不堪,糟糕的食物折磨着他的肠胃,每天的行程暂告结束时,他又不得不在条件恶劣的客栈栖身,结果他常常睡得很少。

两三天之后的一个下午,马基雅维里正躺在床上休息他那因为旅途劳顿而酸痛的四肢。但是他却休息得颇为不稳,因为他脑子里很乱。尽管他每天都写信向执政团方面汇报他认为他们应当了解的事情,但是他一直很犹豫要不要向执政团方面报告他与公爵在西尼加利亚那次会晤中更为重要的内容。公爵向他许诺了金钱和权力,那个机遇是异乎寻常的,执政团方面也许会想,既然马基雅维里已经升到了他职业生涯中顶峰,今后基本上不会再高升了,他一定会觉得这个诱惑难以抵制。他们是一群小人,一贯以师爷特有的阴暗心理和诡计多端怀疑别人。他们会问自己,他们和马基雅维里之间究竟有什么东西能够使公爵认为后者可以获得如此的升迁。这件事情对马基雅维里来说可以是个污点。从今往后,人们可以认为,为了谨慎起见,最好不要太信任马基雅维里,另外,如果有必要,找个借口开掉他应该也不是一件太难的事。马基雅维里在心中问自己,难道仅仅因为那帮子人没有做损害佛罗伦萨共和国的坏事,他们就会相信他马基雅维里会将国家利益置于个人利益之上吗?看来还是保持沉默为好。但是如果执政团方面从哪里听说了公爵的提议,他的沉默也会给马基雅维里带来问题。这个处境有些令人尴尬,突然间他的沉思被一阵声如洪钟的问话声粗鲁地打断了。一个人正在问房东太太是不是有一位叫尼科洛·马基雅维里的先生住在这里。

“巴托罗缪大人。”一直坐在窗户边读一本从主人那里借来的书籍的皮埃罗开口招呼来人。

“这家伙来这里究竟是为了什么?”马基雅维里站起身来,一边不耐烦地问自己。

不一会儿这个壮实的汉子就冲进了屋子。他张开双臂,搂住马基雅维里,在他两颊上各亲了一口。

“找你可真不容易,我简直是一家接一家地找你。”

马基雅维里从他的怀抱中挣脱了出来。

“你怎么会在这里?”

巴托罗缪以同样豪放的方式问候了他的表亲,然后回答道:

“公爵为了一些与伊莫拉有关的公事召我过来。我经过了佛罗伦萨,碰到了你的继任人的几位仆人。新的大使明天就会赶到此地。尼科洛,尼科洛,我亲爱的朋友,你救了我的命。”

他又一次拥抱了马基雅维里,在他的两颊上又猛亲了两口。马基雅维里又一次挣脱了他的拥抱。

“我很高兴见到你,巴托罗缪。”他开口说道,态度并不是十分热情。

但是富商打断了他。

“一个奇迹,一个奇迹,一切都归功于你,奥莱莉娅怀孕了!”

“什么!”

“我亲爱的尼科洛，七个月以后我就会是一个活蹦乱跳的小男孩自豪的父亲了，而这些都是拜你所赐。”

如果事情的发展是另外一个样子的话，马基雅维里也许会对巴托罗缪这番话感到十分尴尬，但是由于事情并没有那样发展，马基雅维里吃惊得有些反应不过来。

“镇静点，巴托罗缪，告诉我你到底在说什么，”他打断了后者，问道，“我到底赐了你什么？”

“我心里最迫切最珍贵的愿望实现了，你让我如何才能平静下来？现在我就是进棺材也可以瞑目了。现在我可以将我的荣耀和财产传给我的子孙了。康司坦扎，我的姐姐，现在可生气啦！”

他放声大笑。马基雅维里疑惑地看了皮埃罗一眼，因为他实在是摸不着头脑。他看到皮埃罗也和他一样吃惊。

“当然这一切都是拜你所赐。如果不是因为你的建议，我永远也不会去拉维纳，在圣·维塔里的祭坛前祷告着度过一个完整的寒夜。确实，这是提莫提欧神甫的建议，但是我并不信任他。他让我们去了不少地方进香朝圣，但是一直毫无效果。提莫提欧神甫是个好人，是个圣人，但是对待僧侣你必须长个心眼，你永远不能确定，他们在向你提建议的时候是不是还有什么隐藏着的动机。我不怪他们，他们是我们神圣教会忠实的儿子。如果你没有告诉我朱尼亚诺·岱里·阿尔伯泰里大人的故事，我是不会去拉维纳的。我相信你，你心中只有我的福祉，你是我真正的朋友。我告诉自己说，一件发生在一位令人尊敬的佛罗伦萨公民身上的事，也完全可以发生在我身上，因为我在伊莫拉也是个有地位的人。在我从拉维纳回来的当晚，奥莱莉娅就怀孕了。”

巴托罗缪心情激动，又说了上面这一大堆话，让他出了一身大汗。他用袖子抹去额头上的汗珠。马基雅维里盯着他，流露出疑惑不解,厌恶和恼火的神色。

"你能肯定奥莱莉娅确实怀孕了?"他尖刻地问道。"女人们在这些事情上是常常搞错的。"

"肯定,我对此确信无疑,就像对我们的《圣经》的篇章确信无疑一般。当你离开伊莫拉的时候我们还有些怀疑而不敢断定,我当时就想告诉你,但是奥莱莉娅和卡特琳娜求我不要告诉你。让我们啥也别说。她们央求,直到事情确凿无疑之后再讲。难道你没有留心,当我带你去向她告别的时候,她看上去状态不佳?为了那事她后来生我的气,说她不能容忍让你看到她没有打扮妥当的样子。她担心你会疑心她怀了孕,她不想让任何人知道她怀孕的事,直到事情已经确信无疑。不过你是了解女人在怀孩子时总会有些奇奇怪怪的想法的。"

"我没有怀疑任何事情。"马基雅维里说道。"事实上我本人结婚也只有几个月时间,在这方面的经验也很有限。"

"我想让你成为第一个知道这件事的人,因为如果不是由于有你,我将不可能成为一个骄傲的父亲。"

他流露出所有的迹象来表示要和马基雅维里再次热烈拥抱,但是马基雅维里阻止了他。

"我衷心地祝贺你。但是如果我们的大使明天就要抵达的话,我不能浪费时间。这个消息必须立即向公爵通报。"

"我这就走,但是你今天晚上必须跟我吃饭,你,还有皮埃罗,我们要像像样样地庆祝一下。"

"在这个地方恐怕有些困难。"他态度有些生硬地回答。"这里没什么可以吃的,如果这里有酒的话,估计也是和我们一路上见到的一样低劣。"

"我早就想到这一点了,"巴托罗缪说道,伴随着一阵大笑,一边搓着他那肥厚的手掌。“我从佛罗伦萨带来了一些酒，一只野兔，一只乳猪，我们今晚要好好地吃喝一下，为了我的这个头生孩子的健康。”

尽管他当下已经彻底失去了幽默感，但是因为他离开伊莫拉之后一路上吃得实在太差，他实在是无法抵御能吃上一顿像样的饭的诱惑。于是他努力露出一副和蔼可亲的样子，接受了这个邀请。

“我回头到这儿来找你。”巴托罗缪说道。“但是我在离开这儿之前想让你给我出个出意。你应该还记得，我曾经向提莫提欧神甫许愿，一旦我求子成功，我会在他的教堂里的圣母祭坛上供奉一幅画像。我心里清楚，我求嗣成功要归功于圣·维塔里，但我也不想怠慢圣母。她无疑也已经尽了自己的力量。因此我决定让画师画上一幅画，在画中圣母怀抱她那得到祝福的儿子，坐在一个华美的宝座上，我和奥莱莉娅在两边跪下，我们各自的双手在胸前十指相扣，握在一起。”他将他的大手十指相扣合在一起，眼睛看着天花板，流露出一副虔诚的神情。“我会让圣·维塔里站在宝座的一侧，提莫提欧神甫建议，因为他的教堂是敬奉给圣方济各的，我应该在宝座的另一侧画上圣方济各，你觉得这个主意怎么样？”

“好主意。”马基雅维里回答道。

“你是佛罗伦萨人，应该知道找哪个画家，请告诉我应该给谁下订单。”

“我实在是不知道，那帮子画师们是一些靠不住的，生活放纵的混蛋。我从来没有和他们打过交道。”

“我不怪你。但你肯定可以推荐几个吧。”

马基雅维里耸了耸肩膀。

“我还在厄比诺的时候，有人跟我说起过一个年轻的画师，他是佩鲁吉诺的学生，他们说此人已经胜过他的师傅了，而且他们说此人的画艺以后还有提高的空间。”

“他叫什么名字?”

“我不知道。他们告诉过我,但是我没把那当回事,所以左耳进,右耳就出了。但是我敢说我能把他找出来,另外,我估计此人也不会要价太高。”

“价钱不是问题。”巴托罗缪大手一挥。“我是一个商人,我明白你如果要最好的,你就得付出点代价。对于我来说,只有最好的才配得上我。我要找一个有名的画师,如果我必须花点钱,我会花这个钱的。”

“好了,行行行,当我回到佛罗伦萨之后就开始帮你打听这件事。”马基雅维里不耐烦地回答道。

当巴托罗缪走了以后,马基雅维里坐在床边上,带着完全困惑不解的神情看着皮埃罗。

“你听说过这种事情吗?”他问道。“这个人是没有生育能力的。”

“很明显这是一个奇迹。”皮埃罗回答。

“我们有义务去相信那些由耶稣基督和他的门徒们所创造的奇迹,我们神圣的教会也承认了那些由教会的圣徒们创造的神迹的真实性。但是能够出现神迹的时代早已经过去了。退一步说,就算这是个神迹,圣·维塔里为什么要对一个像巴托罗缪那样的肥胖的,愚蠢的傻瓜出手相助呢?”

但是尽管他说着上面这些话,他又想起了提莫提欧神甫跟他说起过的一番话,大致是说,即便有关圣·维塔里的独特的力量纯粹是马基雅维里凭空编造出来的,但是只要巴托罗缪对此坚信不疑,这份绝对的信心也会让奇迹出现。这有可能吗?当时他听神甫说这番话时,他认为神甫不过是在找一个借口,以便在没有收到更多的钱的情况下,避免给马基雅维里提供更多的帮助。

皮埃罗开口说话了。

“别说话。”马基雅维里说道。“我正在思考。”

他永远不会将自己描述成一个好的天主教徒。事实上他经常允许自己憧憬奥林匹斯山的众神们仍然住在山上的情景。基督教向人们展示了真理和获得拯救的途径,但是它要求人们去忍受,而不是要求人们去做些什么。这种思想让整个世界虚弱了,它将那些无助的羔羊交给了那些邪恶的力量,因为芸芸众生为了能够上天堂,想的更多的是忍受伤害,而不是如何保护自己免受这些伤害。它教导人们,最大的善是谦卑,甘于贫贱和轻视那些尘世间的功名利禄。但是古代的宗教教导我们追求伟大的精神,勇气和力量。

但是当下这件事确实是件奇怪的事。这让他受到了震动。尽管理智仍在顽固地坚持,但是他内心却开始出现一种不太情愿的倾向性,让他去相信一种超自然干涉力的可能性。他的头脑坚定地拒绝这种念头,但是在他的骨子里,血液中和他的神经纤维里都存在着某种疑问,而对这种疑问他不能够轻易地解除。这就像是在他之前好几代笃信基督教及其神迹的人们一下子抓住了他的灵魂,把他们的意愿强加给了他。

“我的祖父也是肠胃不好,常常遭罪。”马基雅维里突然开口说道。

皮埃罗不知道他在说些什么。马基雅维里叹了一口气。

“现在的人们变得越来越软弱,是因为人们在其位卑言轻的状态中,用他们消极懒散的态度来解释我们的宗教。他们忘了宗教还命令我们热爱我们的祖国,使她蒙受光荣,并且让我们做好准备,可以随时保卫她。”

当看到皮埃罗一脸茫然,他忍不住大笑起来。

“别在意,我的孩子。别把我的这些唠叨放在心上。我要准备好向公爵报告,明天新的大使就会来到。不管怎么说,今天晚上我们可以从那个老傻瓜那里吃上一顿丰盛的晚餐,这是肯定了的。”

第三十三章

晚餐没有让他们失望。这是马基雅维里一行自从离开伊莫拉之后吃到的第一顿像样的晚饭。巴托罗缪从佛罗伦萨带来的香蒂葡萄酒品质也很不错。酒足饭饱之下,马基雅维里变得热情洋溢起来。他说了不少下流的笑话,讲了一些淫秽的故事,他三分下流,七分粗俗,讲黄段子的兴致高昂。他让巴托罗缪笑得前仰后合,两肋都笑痛了。所有的人都有些微醺之意。

在西尼加利亚发生的事在意大利引起了不小的骚动。众多富于想像力的意大利人用他们各自不同的方式叙述着发生了的事。巴托罗缪非常想从目击者那里听到第一手的事实,马基雅维里在心情大好之下,也十分愿意满足巴托罗缪的愿望。就近来发生的事件他已经写了三到四封信报告给执政团方面,一方面是因为事件的性质非常重要,另一方面,也因为在他出使期间,至少有一封函件没能送回佛罗伦萨。他对于所发生的各个事件都做了深入的思考,也从接近瓦伦丁诺公爵的人士那里搜集了不少细节,到现在为止,对于那些曾经一度让他困惑的事情,他已经是刨根问底地全搞清楚了。

他讲述了一个让人惊心动魄的故事。

“当维泰洛佐离开卡斯泰洛城堡前往西尼加利亚时,他召集家人和朋友以便向他们辞行,好像他知道这是最后一次了。他委托朋友们照看他的房子和财产,并关照他的侄子们要牢记他们祖先的各种美德。”

“如果他知道此行要冒极大的风险,他为什么要离开他的城堡呢?”巴托罗缪问道。

“他又如何才能逃避他的命运呢？我们整天想着让别人屈服于我们的意志，我们计划着让事情的发展顺从我们的意愿，我们努力，我们出力，卖命，流汗，但是到头来不过是命运手中的玩物而已。当那些将领被逮捕时，帕格洛·渥西尼开始抱怨公爵两面三刀，维泰洛佐唯一的责备是：“你看你犯了多大的错误。由于你的错误，我和我的朋友们现在陷入了一个如此糟糕的困境。”

“他是一个流氓，早就该死了，”巴托罗缪说道。“我卖给他一些马匹，但是他从来没有付过钱。当我向他要钱时，他告诉我到卡斯泰洛城堡去取。我当时就决定认栽了。”

“你的选择是明智的。”

马基雅维里心里在揣度着，那个又老，又疲，又病的冷酷无情的人，在被逮捕之后，被捆绑在椅子上，和奥利维洛托背靠背地坐在一起，最后被米盖洛托用手掐住喉咙而死，在这整个的过程中，这个家伙脑子里在想些什么呢？米盖洛托是一个让人愉快的家伙，他会和你喝上一瓶酒，和你说上一些淫荡的笑话，在吉他上弹奏一些奇怪的西班牙的曲子，一个小时又一个小时地吟唱那些来自西班牙的野性的，悲哀的歌。很难想像他会是那个你所知道的杀人的野兽。当他用自己的双手去了结别人的性命时，他又得到了怎样一种令人恐惧的满足感？当想到日后公爵把这个人利用完了之后，会毫不在乎地像宰杀他那忠实和被信任的助手拉米洛·德·罗尔卡一样解决此人，马基雅维里不禁微笑了。

“一个奇怪的人。”他嘟哝着说道。“也许同时也是一个伟大的人物。”

“你在说谁呢?”巴托罗缪开口问道。

“当然是说公爵啦。除了他我还能说谁？他用如此天衣无缝的狡诈手段清除了他的敌人，旁人只有惊叹和钦佩的分儿。那些用颜料和画笔的画家们经常吹嘘他们的画作，但是和那些以活人为颜料，计谋和狡诈作为画笔创造出来的艺术品相比，它们又算得了什么呢？公爵是一个行动派，是个急躁冲动的人物，你根本不会想到他会如此小心翼翼地，耐心地将他完美的战略成功地付诸行动。整整有四个月的时间他让他的对手们揣测他的意向；他利用他们的恐惧，利用他们之间的嫉妒和猜忌，他使用诡计迷惑他们，他用虚假的许诺愚弄他们，用层出不穷的手段离间他们，其结果是博洛尼亚的本蒂沃留和佩鲁贾的巴利昂尼抛弃了他们。你看到了结果对巴利昂尼来说是多么地糟糕，而本蒂沃留的结局还在后头，根据自己的需要，公爵一会儿可以是友好和亲切的，而一转身又可以是严厉和带有威胁性的。但不管怎样，在西尼加利亚发生的一切是伪装欺骗手法的杰作，这一事件将因为它计划之缜密，贯彻之完美而流传后世。"

巴托罗缪作为一个喜欢说话的人，正要开口，但是马基雅维里还没有讲完他要说的话。

"他已经为意大利除去了祸害国家和人民的小暴君，接下去他会做什么？在他之前有另外一些人曾经一度被认为是上帝拣选出来拯救意大利的，但是在各种力量和行动相互作用的历史大潮中都被命运无情地抛弃了。"

他突然站起身来。他已经对这个晚宴感到厌烦了，不打算听巴托罗缪那番即将到来的老生常谈。他感谢了他的慷慨招待，在他忠实的皮埃罗的陪同下，回到了客栈。

第三十四章

第二天，当巴托罗缪处理完了生意上的事之后，他就沿着通向佩鲁贾的路回家去了。稍后马基雅维里带着皮埃罗和另外两个仆人与一班公爵的手下，骑马出城去迎接佛罗伦萨的使节。当这位叫乔科莫·萨尔维亚蒂的大使卸下旅行时的装束，换上一个有身份的佛罗伦萨人所穿的体面的正装之后，马基雅维里带着他到城堡中去向公爵递交国书。马基雅维里归心似箭，但是他在没有向新大使介绍完他所应该认识的人之前还不能随便就走。在公爵的宫廷中没有免费的午餐。马基雅维里要向他的继任人介绍某个人可以提供什么样的服务，以及这个人会期望得到什么样的酬劳。他必须要告诉新任大使某人的可信程度是多少，另外一个又是如何地不可靠。尽管乔科莫阅读过马基雅维里写给执政团的所有报告，但是还是有许多情况马基雅维里没敢在信里面汇报。因为信件在中途被截留检查的危险一直存在着。于是他不得不用很长的时间来亲自介绍那些新大使必须了解的大量情况。

结果是他六天以后才可以踏上回乡的路程。旅途很长，路又不好走，也不是十分安全。为了要在天黑以前尽可能地多赶些路，他决定早点动身。于是他黎明就起了床，没花多少时间就穿好了衣服。用人们从楼上拿来了昨夜就已经打包好了的马褡裢，不一会儿客栈的女主人就出来告诉他一切都已就绪，他可以走了。

“皮埃罗和马匹在一起吗？”

“没有，大人。”

“他在哪儿？”

“他出去了。”

“出去了？哪里？为什么？讨厌的家伙，难道他不知道我讨厌等人吗？快派一个我的仆人去把他找来，要快。”

女店主慌忙去执行他的吩咐，走的时候连门都没有关上。当门再次被推开时，皮埃罗走了进来。

看到皮埃罗的样子，马基雅维里吃惊地瞪大了眼睛。他没有穿上他那平常的寒碜的旅行装束，而是穿着公爵部队所特有的红黄两色的军装。他嘴唇上露出调皮的微笑，但是又有些显得不是十分自信。

“我来向你告别，尼科洛大人。我参加了公爵的部队。”

“我也没有以为你穿上这身华丽的军装是闹着玩的。”

“别生我的气，大人。在过去的三个半月中我跟着你大大地开了一下眼界。我亲眼目睹了一些重大的事件，也和其中一些相关人士有幸说上了话。我身体好，年轻力壮，我不能回佛罗伦萨，在第二厅里舞文弄墨度过我余下的人生。我不是那块料。我要生活。”

马基雅维里沉思着注视着他，一丝怀疑的微笑浮现在他那刀锋一般薄的嘴唇上。

“你为什么没有告诉我你的想法？”

“我猜想你会阻止我去这样做的。”

“如果你告诉了我你的想法，我会本着我的职责提醒你一个战士的生活是艰苦的，危险的，并且薪水也是很菲薄。他要冒生命危险，而到头来指挥官获得了荣誉。他要忍饥耐渴，经受一个基层人员所需要经历的各种艰难困苦。要是被敌人抓住，对方会将他剥得衬衣都不会留下。如果受了伤，他会被抛弃，等待死亡。如果他侥幸活了下来，不能再上战场了，那他就只有在大街上讨饭的份儿。他一辈子在粗野，野蛮和无法无天的人们中间厮混，最后彻底败坏了自己的人品，让灵魂坠入万劫不复的深渊。我觉得我有义务告诉你，在共和国的政府里，你可以有一个既受人尊敬又安全的职位，在这个岗位上，只要你勤奋，能够按你上级的意图去办事，你就可以挣上一份足以养家活口的薪水。经过许多年忠实的服务之后，如果你是机灵的，有那么一点闯劲，并且非常幸运的话，你会获得提拔，前提是某个有影响力的人物的内弟或太太一方某个侄子碰巧并不想要那个给了你的职位。但是在尽了我的努力向你指出这些之后，我也不会再做其他什么事来阻止你想要做的事情。”

皮埃罗宽慰地笑了。尽管他给马基雅维里当差，又很崇拜他，但是他并不害怕马基雅维里。

“这么说，你不生我的气了？”

“一点都不，我亲爱的孩子。你为我服务得很好，我认为你诚实，忠诚和精力充沛。命运垂青于公爵，你去追随他我一点也不会责怪你。”

“这么说，你会在我母亲和比亚乔舅舅那里为我解释和辩护，免去他们的担心了？”

“你母亲会伤心的。她会认为我把你引入了歧途，并且会因此责怪我。但是比亚乔是个头脑清楚的人，他会尽量安慰你母亲的。我亲爱的孩子，我必须动身了。”

他将皮埃罗揽到怀里，在他的两颊上各亲了一口。但是在亲吻的同时，他注意到了皮埃罗正穿着的衬衣。他一把揪出了那装饰着华美刺绣的领子。

“你从哪里得到这件衬衣的？”

皮埃罗的脸一下子红到了脖子根。

“尼娜送给我的。”

“尼娜？”

"奥莱莉娅夫人的女仆。"

马基雅维里认出衬衫的料子就是他从佛罗伦萨带给巴托罗缪的那块。他皱着眉头注视着那精美的针线活。然后他盯住了皮埃罗的眼睛。男孩的额头上渗出了一片汗珠子。

"奥莱莉娅夫人在为巴托罗缪大人做完衣服之后还剩下一些多余的面料,于是她就将这些剩余的面料给了尼娜。"

"这么说,这些精美的刺绣是尼娜绣上去的?"

"是的。"

这是一个笨拙的谎言。

"她给了你几件衬衣?"

"只有两件。想多做也没有更多的料子了。"

"这很不错。这样的话,当其中一件在换洗的时候,你还有另外一件可穿。你是一个幸运的年轻人。当我和女人们睡觉时她们从来不给我礼物。她们指望着我给她们礼物。"

"我这么做完全是为了履行你的嘱咐,"皮埃罗说道,脸上带着一副旨在让对方消除疑惑的笑容。"是你鼓励我追求尼娜的。"

马基雅维里心里很清楚,奥莱莉娅即使在睡梦中也不会送几码价格昂贵的面料给自己的女仆。他也清楚女仆也绝对没有可能绣出那样精美的图案。卡特琳娜夫人曾亲自告诉他,只有奥莱莉娅才能做出那样精巧的针线活。衬衣肯定是奥莱莉娅送给皮埃罗的。但是这又是为了什么呢?因为他是她丈夫的远房表弟?不可能。事情的真相,那个令人难以面对的真相,正赤裸裸地呈现在他的眼前。在那个计划中要幽会的夜晚,当马基雅维里被公爵召去会谈时,和皮埃罗一起欢度春宵的不是那个女仆,而是女仆的女主人。巴托罗缪的妻子要生儿子这件事并不是因为圣·维塔里奇迹般的干预,而是极其自然地借助于这个当下就站在他面前的年轻人。这就很好地解释了，卡特琳娜为什么会用一些可笑的理由来拒绝再一次安排他与奥莱莉娅幽会，以及为什么奥莱莉娅后来一直避免和他再有联系。马基雅维里一下子心中充满了愤怒，但又不便发作。他们把他彻底给愚弄了，这两个弃妇和他一直友善对待的小伙子！他退后了一步，仔细地打量眼前这个年轻人。

马基雅维里从来没有重视过肌肉型的男性美。相对于令人愉快的风度，轻松的交谈和那种让他征服所中意的女人的无所顾忌的手段，这种肌肉型的男性美在他看来并不重要。尽管他认识到皮埃罗是一个英俊的小伙子，但他从来都没有费心去好好地观察他。他现在用一副恼怒的眼睛打量着眼前的这个小伙子。他身材颀长，长得很匀称，有着一副宽阔的肩膀，紧致的腰身和美观的腿。一身军装让他看上去更加英武。他长着一头褐色的鬈发，像一顶紧扣在脑袋上的帽子。浓眉之下一双褐色的大眼睛，橄榄色的皮肤像女孩子的一样光滑和无瑕，一只小而直的鼻子，一副红而性感的嘴唇和紧贴着头颅的两只耳朵。他的表情是大胆的，坦率的，单纯的和迷人的。

"是的，"马基雅维里心里想道。"他确实具备吸引一个愚蠢女人的美貌。我过去一直没能注意到这一点。否则的话我会对此加以提防的。"

他诅咒自己一路以来的愚蠢。但是他又怎么会预料到奥莱莉娅竟然会打起皮埃罗的主意？虽然皮埃罗是他丈夫的表弟，但也不过是一个刚刚从学校里出来，为主人跑腿办事的书童呀。马基雅维里用他跑跑龙套，在主人的召唤下鞍前马后地伺候，之所以他对皮埃罗有一点现在让他后悔的溺爱，也是因为他是比亚乔的外甥。皮埃罗不是不聪明，但是他没有那种经历过大场面后学到的优雅。在一群更高明的人物在场时，因为常常无话可说，所以大部分时间皮埃罗也只是默不出声。马基雅维里很清楚自己对女人很有一套，当他要表现出迷人的风采时，他永远能够吸引对方，他同时也认为没有其他任何人可以在对女人献殷勤这件事的艺术和技巧上胜过他。皮埃罗只是一个乳臭未干的年轻人，哪个头脑正常的人会想到奥莱莉娅会垂青于这个年轻人，而置一位已经拜倒在她脚下的杰出人物，一位见过世面、谈吐风雅的绅士于不顾呢？这也太反常了吧！

皮埃罗从容地经受住了主人长时间的审视。他已经从先前尴尬的状态中摆脱了出来。态度中带了几分审慎的味道，显示出他提高了自己的警觉。

“我挺走运。”他平淡地谈道，但是看上去他乐意将好运看成是他应该得到的。“洛德维柯·阿尔维西伯爵的书童在来西尼加利亚的路上病了，不得不被送回罗马。伯爵大人让我填补了这个空缺。”

这个洛德维柯伯爵，是瓦伦丁诺公爵的一位亲信，是一位来自罗马的绅士，在公爵手下当一名枪骑兵首领。

“你是怎么办成这件事的？”

“巴托罗缪大人向公爵的司库谈起了我，司库大人替我安排了这件事。”

马基雅维里微微地扬了一下自己的眉毛。这个男孩不光睡了巴托罗缪的老婆，而且还利用他本人为自己谋得了一份炙手可热的差事，服侍的主人又是公爵的亲信之一。如果他本人和这些事没有瓜葛的话，他也许会觉得上述的情形非常好笑。

“命运垂青于那些无所畏惧的人和青年。”他说道。“你将来前途无量。但是让我来给你一些忠告。注意要像我那样避免给自己招来具备小聪明的名声，因为一旦你有了那样的名声，没有人会认为你是个理智的人。注意别人的情绪，进而去调整适应他们。当他们开心的时候跟着他们一起大笑，在他们严肃的时候也能够拉长面孔。不要对愚人谈理智，也不要对理智的人说愚蠢的话，否则就是不可理喻的。注意礼貌，它成本极小但收益却极大。要做一个有用的人，但是如果你还懂得如何显示自己是如何地有用的话，那将会是加倍地有用；如果你不能取悦于别人，那么即使你能取悦于你自己，那也是毫无用处的，并且记住，相对于鼓励别人实践美德，照顾别人人性方面的弱点更加能够取悦于别人。千万不要与某个朋友过分亲热，以免这个人一旦翻脸成仇时可以伤害到你，也不要把事情做绝，导致一个敌人再也不可能成为你的朋友。注意谨言慎行，你永远可以再多说一句话，但将无法收回一句话。真相是一个人可以挥舞的最危险的武器，所以使用这件武器时要格外小心。几年以来我从未说出我确信的话语，也从来没有相信过我说出的话语。如果碰巧有天我说出了事实的真相，我也会将它隐藏在众多的谎言中，让别人难觅踪迹。”

当马基雅维里随口说出这一大堆老生常谈时，他的思维却集中在一些更重要的事情上，所以他根本就信口说去，完全没在意自己说了些什么。他明白，一个公众人物可以或腐败，或无能，或残酷，或复仇成性，或摇摆不定，或自私自利，或软弱，或愚蠢，但是却仍然可以在国内赢得最高的荣誉，但是如果他是一个可笑的家伙，那他可就彻底完了。诬蔑他可以反击，辱骂他可以横眉冷对，但是对于嘲笑他就毫无抵御的办法了。奇怪的是，上帝没有任何幽默感，但是魔鬼却经常使用嘲讽来阻碍一个有着雄心的人去奋力追求完美。马基雅维里很看重和他一样的其他佛罗伦萨公民们对他表示出的敬意，以及共和国首脑们对他发表的意见所赋予的关注。他对自己的判断颇有信心，他也很有野心去谋求更重要的职位。他头脑很明白，看出在追求奥莱莉娅但却没有成功这件事上，他扮演了一个滑稽的角色。这件事要是在佛罗伦萨被传出去，那他就会成为一个大大的笑柄，听任野蛮的取笑和残酷的含沙射影摧残而无能为力。当他想到他的不成功的历险会刺激某些佛罗伦萨人恶毒的智慧，进而创作出一些讽刺性的短诗来嘲弄他时，他打了个让他冷彻脊梁骨的寒战。就是那位经常被他作为嘲笑对象的朋友比亚乔，也会乐意看到有这么一个机会将往年被嘲笑的旧账清算一下。他必须堵住皮埃罗的嘴，否则他就完了。于是他以一种亲热友好的态度将手放在了小伙子的肩上，脸上带着愉悦的笑容。但是他的那副紧紧地盯着对方的眼睛的，明亮犀利的小眼睛，却是冷峻和坚硬的。

“我还有最后一句话要告诉你，亲爱的孩子，命运无常多变。她会赐予你权力，荣誉和财富，也可以置你于被奴役，声名狼藉和贫穷的境地。公爵也是命运手中的一个玩物而已。命运之轮稍稍转动个方向，就会将他抛进毁灭的深渊。到了那个时候，你就会需要你在佛罗伦萨的朋友们的帮助。所以，得罪于那些在你危难之际可以对你施以援手的人，是不明智的。共和国对于那些脱离自己队伍而投奔不为共和国所信任的人的旧部属，向来是保持着警惕的。如果流言蜚语正好进了哪个当权者的耳朵，将会轻易地导致你的财产被充公，而你的母亲则会被扫地出门，在亲戚那里寄人篱下。共和国的手臂可以伸得很长，如果她认为有必要，她可以轻易地找到一个为了几个杜卡特金币而愿意杀人的加斯孔亡命之徒，将匕首插进你的后背。他们也可以让一封信送到公爵的手上，揭发你是佛罗伦萨的一名间谍，通过刑讯你会承认这一揭发确实是事实，然后你会像一名普通罪犯那些被处以绞刑。这会让你的母亲心碎的。所以为了你自身的缘故，况且你也是爱惜自己身家性命的人，我建议你谨言慎行。说出你所知道的每一件事是不明智的。”

马基雅维里的目光盯在皮埃罗褐色，水汪汪的大眼睛上，看得出小伙子听明白了。

“不用担心,大人。我会守口如瓶的。”

马基雅维里轻轻地笑了。“我就知道你不傻。”

马基雅维里觉得他当下要慷慨地赠送一件分手礼物给皮埃罗,而且宁可慷慨得过头也不要被看成还不够慷慨。尽管这样做会让他余下的盘缠仅仅够维持到他抵达佛罗伦萨。他掏出了五枚杜卡特金币,交给皮埃罗,作为他的分手赠物。

“你这段时间为我服务得周到又忠实。”他说道。“我回去之后,将会十分高兴向比亚乔汇报你是如何充满热忱地为我和为共和国的事业效力的。”

他充满感情地亲吻了小伙子的脸颊,手拉手下了楼。皮埃罗牵住了马头,让马基雅维里上了马。他在马基雅维里的坐骑一侧跟着走,直到到了城门口,他们才彼此道别。

第三十五章

马基雅维里用马刺轻轻地碰了一下胯下的坐骑，马儿于是开始慢跑。两个仆人在后面紧紧地跟着。他今天的脾气很糟糕。不可否认，他们彻底地愚弄了他，提莫提欧神甫，奥莱莉娅，她的母亲，还有皮埃罗。他不知道他究竟应该对谁感到最为恼火。更糟糕的是，他不知道他今后怎样才能和这些人扯平，他们把他当作笑料大大地开心了一番，但是他却想不出有什么办法可以让他们为此付出什么代价。当然奥莱莉娅是个傻瓜，像所有的女人那样狡猾，但终归还是个傻瓜，否则她不可能会舍弃一个正当年，有阅历，又受到他自己的政府重托进行重大谈判的人，去低就一个有着漂亮脸蛋的男孩子。没有一个聪明的人会否认世人的同情是站在他这一边的。没有人会认为他是令人反感的。玛丽埃塔就一直告诉他说，她喜欢他的头发长在他脑袋上的样子，她说那就像一层黑色的天鹅绒。真的要感谢上帝赐予了他玛丽埃塔，总算有个女人你可以信任，你可以离开她半年之久却又能放心她绝对不会左顾和右盼。确实玛丽埃塔近来让他有些烦心，时不时通过比亚乔向他抱怨为什么他还不回来，为什么不写信回家，为什么走的时候什么钱都没有留下。不过，在她那种处境中，女人们变得暴躁易怒是可以理解的。他离开家有三个半月了，她的肚子应该变得很大了，他在想她什么时候会生孩子，他们已经打定主意以他那已经去世的父亲伯纳多的名字来命名这个孩子，如果是个男孩子的话。而且，如果她抱怨他长时间不在家，也是因为她爱他，这个可怜的娘儿们。能回家和她团聚也不错，这就是娶个老婆的好处，当你要她的时候她总是会在那儿等你。当然她不是那种像奥莱莉娅一般的美人,但是她有品德,这点比卡特琳娜的女儿强多了。他后悔没能早点想到给她带上一件礼物,因为当他想到这一点时,他身上已经没有钱了。

他希望自己没有在奥莱莉娅身上花费了那么多钱。有围巾,手套,有玫瑰油,还有那条给卡特琳娜的金项链,哎,不是,不是金的,是纯银镀金的项链。如果她有那么一丁点的体面的话,她至少可以把这条项链还给他。如果是那样的话,他就正好可以拿来送给玛丽埃塔,这会让她很高兴的。但是女人什么时候会还给你从你那里收到的礼物呢?

她就是一个老鸨,而且还不诚实。她很清楚那条项链是马基雅维里付给她的货款,目的是让她为他安排与奥莱莉娅幽会的事。当她无法兑现答应好的物品时,她至少可以退还用来购买这件物品的货款。她是个被人抛弃了的老淫妇,他第一眼看到她时就想到了这一点,而且乐于为别人牵线搭桥,行那些她自己已经无法再做的苟且之事。他敢用一个杜卡特金币打赌,是这个老女人把皮埃罗和奥莱莉娅带到了床上。当他们吃着他让皮埃罗送去的阉鸡和糕点,喝着马基雅维里的葡萄酒,却让葡萄酒的主人在凄冷的夜雨中在门前干等时,他们一定笑得很开心。如果巴托罗缪不是那么蠢的话,他绝对不会将自己老婆的贞操托付给这么一个女人。

有那么一会儿时间马基雅维里的思想转到了那个肥胖和愚蠢的人身上。这些事之所以发生,都是他的过错。

"如果他对她进行了妥善的看管。"马基雅维里对自己说道,"我就会明白没有什么值得去做的事,而且我也不会去尝试了。"

巴托罗缪是造成那样一个结局的罪魁祸首。但是当马基雅维里为了表示不能准时赴约的歉意,而向奥莱莉娅送去那条昂贵的围巾时,他真是太傻了。而且他还一大清早就派人送去,明明可以派其他人去,却又偏偏派了皮埃罗去,当时他虚弱无力,嗓音嘶哑,却又急着将围巾送去,为着是赶在巴托罗缪回来之前将礼物送到。这些人肯定在背后偷偷地笑死了!并且,皮埃罗会不会又趁着这个机会去……他们在一起倒也般配,但是马基雅维里还是对这两个人耿耿于怀,过不去心里那道坎。

而且,最让人气愤的是,他不仅在她身上挥霍了那么多费钱的礼物,他还讲了他最好听的故事来逗她开心,唱了他最拿手的美妙歌曲来施展魅力吸引她,他还奉承她,总而言之,他做了一个男人为了讨好一个女人所能够做的一切事情。但是,到头来,一个穷小子,就因为他只有十八岁,长得好看,就不费吹灰之力把马基雅维里花了一个多月,耗费了超出其财力范围的金钱去追求的东西拿到了手。他想知道皮埃罗是怎么将这件事办成的。也许是卡特琳娜,出于对巴托罗缪收养他外甥的恐惧,出了这么一个主意。他想像着卡特琳娜可能会讲出的话语。

“我说,我们该怎么办才好?我们不能整个夜晚就这样等他。看上去要浪费这次机会了,真有点可惜。如果我在你的位置上,奥莱莉娅,我不会犹豫。看那小伙子的红扑扑的脸蛋和漂亮的鬈发,他就像市政厅里挂着的那幅画像中的阿多尼斯。在我看来,如果要我在他和那个长着一幅灰黄色皮肤,长鼻子和小眼睛的尼科洛大人中间挑一个的话,我说,这简直没法比,我亲爱的。我敢说,你想要做的事,这个小伙子会比那个瘦骨嶙峋的书记官大人做得更好。”

一个坏女人。一个邪恶的女人。为什么她会愿意让一个男孩,而不是一个见过世面的有智慧的人来做她外孙的父亲,这一点他怎么也想不明白。

但是也许根本就不需要卡特琳娜发表她的意见。确实,那个男孩看上去很纯朴,看上去有一点害羞,但是人的外表是有欺骗性的。

他很有一些伪装的能力，因为他从来没有流露出他和奥莱莉娅有暗通款曲的迹象；而且他是一个冷静的，厚颜无耻的说谎的家伙。唯一一次他有些尴尬是当马基雅维里注意到了他的那件衬衣，然而他又是多么迅速地恢复了镇定，又是用怎样的一种厚颜去迎接主人无言的指责！他是一个厚颜无耻的人，可以很坦然地亲吻奥莱莉娅的嘴，当他发现她没有不愿意的意思时，就将手从她的背心两个乳房之间的开口处伸了进去，接下去谁都可以想象发生了什么事。马基雅维里的想像力从巴托罗缪的卧室延伸到了巴托罗缪的床上。

“真是个忘恩负义的小子。”马基雅维里恨恨地低声嘟哝着。

他纯粹是出于善良的性情让皮埃罗这次和他一起旅行的。他为这孩子做了所有能够做的事。他介绍他认识了那些值得认识的人，他尽力去塑造他，告诉他应该如何待人接物，简单地说就是让他成为一个有教养的人。他不遗余力，毫无保留地教会他在这个世界上与人打交道的方法和门道，如何交友，又如何去影响别人。然而这就是他得到的回报，让他心目中中意的女人在他的鼻子底下被人抢走。

“不过我至少让他明白了要畏惧上帝。”

马基雅维里明白，当你对你的恩人施展了一个肮脏的把戏，坑了你的恩人，这种事是不能向朋友们去炫耀的，因为这个原因，这事带来的乐趣也就减少了一大半。想到这里他觉得一丝安慰。

但是他对于奥莱莉娅，皮埃罗，卡特琳娜和巴托罗缪所有人的恼怒，与他对于提莫提欧神甫的痛恨相比较，就算不了什么了。就是那个两面三刀的恶棍破坏了他精心布置的计划。

“现在他去佛罗伦萨为四旬斋的布道会做证道的机会可是大大地增加了。”他恨恨地切齿低语。

他从来就没有打算推荐这个僧侣去担当那项任务。但是想到，假设他曾经有过这样的打算,现如今他也会毫不犹豫地抛弃这个打算,他又不禁觉得一阵满足。这个人是个流氓。怪不得基督教正在渐渐失去人心,当宗教界的人士再也没有诚实,再也没有是非观念的时候,芸芸众生就变得邪恶,放荡和腐败了。被愚弄了,被愚弄了,他被所有的人愚弄了,但是最恶毒的愚弄还是来自于这个流氓恶棍一样的僧侣。

他们在路边的一家客栈停下来吃饭。食物很糟糕,但是酒还不算太坏,马基雅维里于是喝了个够。在酒精的作用下,当他再次跨上马鞍继续他的旅程时,他眼中的世界变得稍微明亮了些,不再是漆黑一团了。他们沿途路过了牵着牛的农民和骑着满载负荷的毛驴的农夫。他们也遇到了不少旅行中的人,有些徒步前进,有些则是骑着马匹。有那么一会儿时间马基雅维里的思绪又回到了公爵身上,他心里琢磨着在他追求奥莱莉娅不果的这件令人失望的事情中,公爵所扮演的角色。如果这是公爵对他开的一个玩笑,公爵就像隐藏他的所有的计划那样对所有其他人隐瞒了这个玩笑;如果这是一个拉他入伙的阴谋,公爵到现在这个时候也明白这个计划是失败了。接着他的思绪又转到奥莱莉娅身上。为打翻的牛奶哭泣是没有用的。四个月前他还没有见过这个人呢。为了一个只见过五六次,交谈也不过只有五六句话的女人如此耿耿于怀,实在是有些荒唐。被一个女人引上了钩,到最后的关键时刻却又让这个女人耍了,这样的男人多了去了,他绝不是第一个。对于这种事情,一个有智慧的人会辩证地去看待。幸运的是,知道整个事件真相的有限的几个人都会为了自己的利益而对此事守口如瓶。受到如此的愚弄自然是一件令人丢脸的事,但是如果这是一件只有当事人本身知道丢了脸的事,那么任何人都可以忍下这口气。关键是将这件事从一个局外人的视角来看待,于是马基雅维里就刻意去这么做了。

突然之间，他发出一声惊呼，手中的缰绳也一下子勒紧了，他胯下的马匹，觉得主人好像是要停下来，一下子停了下来，结果马基雅维里由于惯性身子朝前冲了一下。他的仆人们追了上来。

“有什么事情吗，大人？”

“没有，没有什么事。”

他继续骑马向前。马基雅维里的惊呼和本能的身体动作是由于他脑海中刚刚闪过了一个念头。一开始他以为自己要呕吐，接着他意识到他获得了一个灵感：他突然之间意识到，在这个故事中，有着一出戏。通过用写剧本的方式他可以向那些嘲弄和掠夺他的人们实施一下报复。他可以狠狠地置他们于被嘲笑和被唾弃的境地。他胸中的不快消失了，当他再次踏上归途的时候，他的想像力活跃起来，他的面孔由于恶毒的快乐而发出光来。

他要把剧本的背景放在佛罗伦萨，他觉得以故乡那些的熟悉的街道作为背景，他会在创作上更加自在一些。人物都是现成的，他只要将他们的某些性格特征强调一下就可以满足舞台的需要了。譬如说，巴托罗缪应该比真人要更加愚笨和轻信一些，奥莱莉娅则需要更加天真和驯良一些。他已经决定将皮埃罗塑造成一个拉皮条的人，会负责设计出一套男主人公将要使用的欺骗手法，而且他会是一个相貌不坏的小混混。剧本大体的轮廓已经在他心中成形。他自己将是剧本中的主人公，他要给自己取的名字也迅速地想好了——卡利马科。在剧本中，他是一个佛罗伦萨人，英俊，年轻和富有，在巴黎待过好些个年头，这样马基雅维里就可以对那些他既不喜欢也不尊敬的法国人发表一些尖刻的评论，另外，这个主人公从巴黎回到佛罗伦萨之后见到并强烈地爱上了奥莱莉娅。应该给她取个什么名字呢？卢克莱齐娅。他决定用一个以贤德而著名的罗马的贵妇来命名女主人公，这个历史上的卢克莱齐娅在被泰昆尼亚斯强奸后用短剑自杀了,想到这里马基雅维里不禁窃笑了。当然,剧本将以一个皆大欢喜的方式结局,卡利马科将会与他心爱的女人最后欢度了一个春宵。

阳光从蔚蓝的天空照耀下来,田野上还有一些残雪,马蹄之下的道路却冻得颇为坚实。马基雅维里穿得很厚实,正为自己脑海中的构思和创作愉快地兴奋不已。他感觉到一种奇怪的意气风发的感觉。眼下他脑海中只有一个主题而已,现有的材料要达到戏剧的效果也还太过平淡了些,他也清楚,他必须要想出一个喜剧化的策略来设计一个连贯一气的情节,将他心目中的那些场景串起来。他想寻找的是一个精彩的主意。让观众们能够大笑,并且,一方面自然而然地导向他最终将心上人勾引到手的大结局,另一方面又让他能够显示出奥莱莉娅的单纯,巴托罗缪的愚蠢,皮埃罗的恶棍性格,卡特琳娜的放荡和提莫提欧神甫的流氓行径。在剧中这个神甫将是一个重点人物。当想到他将最终可以揭露这个神甫的本来面目,他的贪婪,他的厚颜无耻,他的狡诈和虚伪时,沉浸在想象中的马基雅维里激动地搓起了手掌。他会给所有的人起个假名字,但对提莫提欧神甫他会用真名,这样大家就可以看到这个人是一个多么伪善和狡诈的人。

但是他还是想不出用一个什么样的主意来构造整个剧本,使戏中的人物动起来。这个主意必须是出人意料甚至是令人目瞪口呆的,因为他打算写的是一部喜剧,情节必须是如此逗乐,以至于人们要惊讶地倒抽一口凉气,然后又开怀大笑。他很熟悉古罗马的剧作家普劳图斯和泰伦提乌斯的作品,于是他就在他的脑海的记忆中搜寻,看在这两位剧作家写过的剧本中有没有一些独创性的想像,而且是可以用来启发他的,他也想不出什么来。他的思路不由自主地联想到不同的场景,有趣的对话和一些可笑的情形,这让他更加难以集中思想解决这个故事核心的问题。时间过得很快,当他们到达计划要住宿一夜的目的地的时候,他吃了一惊。

“让爱情见鬼去吧。”他嘟哝着下了马,“跟艺术相比,爱情又算什么!”

第三十六章

这个地方叫卡斯蒂良尼·阿莱蒂诺。这里有一家小旅店，从哪个方面看这个旅店都不比他离家之后下榻过的其他任何旅店差。在户外赶路和放任他的想像力驰骋之后，他的胃口又回来了，于是进了旅店之后他做的头一件事就是把晚餐给预订了。然后他洗了脚，这件事是他作为一个注重整洁的人每四五天就要做一次的。擦干脚之后他给执政团写了一封短信，然后就派信使立刻送走了。旅店已经住满了人，但是旅店主人告诉马基雅维里说，他和他太太睡的大床足够大，如果马基雅维里不嫌弃的话，他可以和他们两口子挤一下。马基雅维里看了店主一眼，回答说，只要旅店在厨房的地板上铺上几张羊皮，他就应该能睡得很舒服。接着，他就开始吃他眼前那盘盛得满满的空心粉。

"跟艺术相比，爱情又算什么？"他重复道。"爱情是暂时的，但是艺术却是永恒的。爱情只不过是大自然的一个工具，引诱我们将一些新的生命带到这个邪恶的世界上来，这些新生命从降生到死亡，会面对饥渴，疾病，悲伤，嫉妒，仇恨和恶意。这份空心粉煮得不错，超乎我的预期，拌面的调味汁也做得香浓醇厚。还有鸡肝和鸡肫呢。上帝造人不仅是一个悲剧性的错误，简直就是一个荒谬的灾难。那么上帝造人的最终目的是为了什么？我想应该是艺术。卢克莱修，贺拉斯，卡图卢斯，但丁和彼特拉克。如果他们的生活没有那么多的磨难，他们也许永远不会去从事创作，因为毫无疑问，如果我和奥莱莉娅上了床的话，我将永远不会动念头去写一个剧本。所以你能这么看的话，最后的结果还是一件好事。我丢了一件小饰物，却换回了一颗足以镶在王冠上的宝石。”

一顿美餐和这些思想活动又让马基雅维里恢复了他常有的和蔼可亲的态度。他和一位云游神甫玩了一会纸牌，输了一点小钱，但还保持了应有的风度。然后他就在羊皮上躺下，一觉睡到了大天亮。

当他再次上路的时候，太阳才刚刚升起。看上去这天将会是个晴朗的日子。他兴致很高。想到还有几个小时就要到家了，真是让人高兴。他希望玛丽埃塔见到他之后会因为高兴而忘记去责备他丢下她不管这些事，晚饭后比亚乔会过来看他，亲爱的老好人比亚乔，而且明天他就会见到皮埃罗·索德里尼和执政团里的其他的绅士们。完了之后他会去见他的朋友们。回到佛罗伦萨是多么地好啊！每天可以去官署上班，走过那些他从小就熟悉的街道，而且他几乎记得任何一个在街上能碰到的人的名字，尽管他也许不会停下来和他们说话。

“欢迎回家，大人，”一个人会说。“我说，尼科洛，你是从哪里蹦出来的?”另一个人会问。“我猜你大概是腰缠满贯回来的吧?”第三个人会这么问。“什么时候会喜事临门?”他母亲的一个朋友会这么问。

回家了。佛罗伦萨。回家了。

还有卡罗琳娜夫人，现如今她没什么事可做了，因为包养她的红衣主教实在是太有钱，结果死于非命了。她是个出类拔萃的女人，很会说话，和她谈话是一种享受。有时你可以通过取悦她的办法从她那里不费一分钱就拿到一些别人愿意付上一大笔钱才可以得到的东西。

托斯卡纳的田园是多么美好啊！再过一个月杏子树就要开花了。

他又一次开始思考他那在脑海中酝酿的剧本。构思剧本让他觉得愉快和年轻,也让他有一种空腹喝酒那样的微醺的感觉。他反复地念叨着那些他即将要让提莫提欧神甫在剧本中说的愤世嫉俗的话语。突然之间他勒住了马。仆人们于是一齐赶上去看他是否需要些什么。出乎众人预料,他们看到他正在悄无声息地大笑个不停,身子都剧烈地抖动了起来。他看到众人脸上的表情,于是就笑得更加厉害了,接着他一声没吭地用马刺戳了一下马的两侧,于是马匹拼了命地向前冲去,一直到这可怜的、从来没有经历过如此激烈的运动的马匹慢慢缓过劲来,恢复到它平常稳健和轻松的步伐。他终于想出了一个绝妙的主意,为了这个主意这几天他绞尽了脑汁。如今它突然出现了,他甚至说不清楚这个灵感如何而来,为何而来,从何而来。这正是他要寻找的主意,下流的,奢靡的,而且是喜剧性的。这简直就是一个奇迹。大家都知道,轻信的女人们常常购买曼德拉草来帮助受孕,这是一个常见的迷信,关于这个迷信有着不少黄色的小故事。现在,他要劝说巴托罗缪——在剧本中巴托罗缪以尼西亚大人的名字出场——他的太太应该可以通过喝曼德拉草熬成的药汤而受孕,但是让她受孕的第一个男人会在同房之后死去。怎样才能让他相信这个办法呢?很简单。他,卡利马科,将会把自己打扮成一位在巴黎学过医学的医生,然后开出这么一个处方。很明显尼西亚先生肯定是不愿意为了生个儿子而丢了性命的,所以头一天晚上一定要找个陌生的男人来代替他。这个陌生人,在另外一个伪装之下,将又会是卡利马科本人,也就是说马基雅维里本人。

既然他现在有了情节,他脑海中的一些场景就不可避免地一个接一个地串了起来。它们像一个谜语的各个组成部分那样各就各位了。这一切就好像剧本是自己在演绎撰写,而马基雅维里不过是个抄写员而已。如果说,当他想到可以利用他不成功的爱情历险来创作一部喜剧时,他曾经为之激动不已,那么现在,当这出喜剧已经清楚地呈现在他的眼前,就如同一个有着阳台和喷泉,林荫小径和令人赏心悦目的凉亭的花园那样时,他此时的激动则是倍增了。当他们停下来吃饭时,他是如此沉浸于他创作的人物之中,以至于他一点都没有注意到他吃了些什么。等到他们再次上路时,他也完全没有留意他们走了多少路。他们已经接近佛罗伦萨了。这一带的乡村对于马基雅维里来说就像佛罗伦萨他出生的那条街一样熟悉和亲切,但是此刻他却完全没有在意。太阳早就过了子午线,在西边的天空落下,即将没入地平线以下了,他也完全没有留心。他沉浸在他那虚幻的世界里,结果让他觉得现实世界也虚无缥缈了。他觉得自己已经不仅仅是自己了,他是卡利马科,年轻,英俊,富有,无畏,快乐;他那对于卢克莱齐娅的激情像暴风骤雨那样猛烈,相比之下,马基雅维里对于奥莱莉娅的爱情就像一张纸那样苍白无力。后者只是一个影子,而前者则是实实在在的。如果马基雅维里意识到了的话,他正在享受着一个人能够体验到的最高快乐,那种从事创造性活动而带来的快乐。

“看,大人,”他的仆人安东尼奥喊道,一边追上来和他齐头并进,“佛罗伦萨。”

马基雅维里抬头望去,在远方,由于白昼渐渐缩短,冬天的天空呈现出灰暗的色调。他看见了圆顶,那个布拉曼特建造的,令人骄傲的圆顶。他停了下来。确实是佛罗伦萨,一个他爱之尤甚于自己生命的城市。当他向瓦伦丁诺公爵提起佛罗伦萨的时候,他所说的那些话绝不是空洞虚假的,佛罗伦萨,鲜花的城市,那里有独立的钟楼,有圣若望洗礼堂,还有众多的教堂和宫殿,她的花园,她弯弯曲曲的街道,他每天上班要经过的那座古老的桥,那里有他的家,他的兄弟托托,他的妻子玛丽埃塔,他的朋友们,那是一座他熟悉每一块石头的城市。一座具有伟大历史的城市，他和他祖先诞生的地方。佛罗伦萨，但丁和薄伽丘的城市，一个几个世纪以来一直为捍卫自己的自由而奋战的城市，被人热爱的城市，鲜花的城市。

泪水充满了他的眼眶，在他脸颊上滑落。他咬紧了牙齿来控制住袭上身来的抽泣。佛罗伦萨现如今已是毫无力量了，由一群缺乏勇气和腐败的人统治着。她的公民们，曾经一度会毫不犹豫地挺身而出去对抗那些威胁他们自由的人，如今却只关心买卖。她之所以还享有自由，是因为法国国王的荫庇，为了这个所谓的荫庇她付出了多得不相称的贡金，此外，她仅有的防御部队是那些毫无忠诚的雇佣军，在这种情况下，她又如何去抵抗那个疯狂的，胆大妄为的人的攻击？那个疯狂而狂妄的人根本没有把佛罗伦萨放在眼里，以至于他都不愿意隐藏他对佛罗伦萨的罪恶的企图。佛罗伦萨是命中注定要遭到劫难了。她也许不会沦丧于切萨雷·博尔贾的武力，但如果不丧于他的武力。她也会丧于其他人的武力，也许不会当年或者下一年就沦陷，但是现在正当中年的那群人会在有生之年看到佛罗伦萨的沦陷。

“去他妈的艺术吧。”他说道。“和自由相比，艺术又算得了什么！丧失自由的人们会丧失一切。”

“如果我们要在天黑以前进城，我们必须加快步伐了，大人。”安东尼奥说道。

马基雅维里耸了一下肩膀，收紧了手里的缰绳，疲惫的马匹又开始向前赶路了。

尾　声

四年过去了。在这期间发生了许多事情。教皇亚历山大六世去世了。瓦伦丁诺公爵对于自己父亲死亡的时候可能会发生的任何一种情况都做了准备，但是他没有想到，当这个时刻终于来临的时候，他自己也病得奄奄一息。他病得很厉害，病势严重到了如此的地步，如果不是凭着他一向身体很强健，他早就一命呜呼了。尽管如此，他还是努力地确保一个他毋庸惧怕的红衣主教，庇护三世被选为教皇。但是他先前打败和驱逐走的那些领主抓住了这个时机，又重新夺回了他们的领地，而公爵只能眼睁睁看着他们而无能为力。基多巴尔多·德·蒙蒂费尔特罗回到了厄比诺，维泰利收复了卡斯泰洛城堡，吉安·保罗·巴利昂尼夺取了佩鲁贾。只有罗马尼阿还效忠于他。不久庇护三世，那个又老又病的人，逝世了。圭利亚诺·德拉·罗维莱，一个博尔贾的死敌，登上了教皇的位置，成为尤利乌斯二世。为了能获得公爵所掌控的那些红衣主教的选票，罗维莱向公爵许诺，一旦成为教皇，会重新任命他为教皇国的总司令，并确认他对所占有的地区的领主地位。切萨雷心想别人的承诺应该比自己许下的承诺更可能得到贯彻。他在这里犯了一个致命的错误。尤利乌斯是一个报复心很重的人，富于谋略，行事果断和冷酷无情。不久他就找了一个借口将公爵逮捕了，然后他迫使公爵交出他的手下仍然为他保持着的罗马尼阿，在这件事完成之后。他又让公爵逃到了那不勒斯。在那里他待了一个很短的时间就因为西班牙国王斐迪南的命令而再次遭到逮捕，不久就被送到了西班牙。他先是被送到穆尔西亚的一个城堡中，之后，为了更加安全起见，他被送到老卡斯蒂利亚中部的坎波城的一处城堡囚禁。看上去意大利总算一劳永逸地摆脱了这个冒险家，这个人无边的野心搅得意大利不得安宁。

但是几个月以后整个国家吃惊地听说他逃了出来。在化装成一个商人，经历了一番艰险的旅行之后，他到达了潘普洛纳。潘普洛纳是他的内弟，纳瓦拉王国国王的首都。这个消息鼓舞了他的追随者，在罗马尼阿的各个城市出现了人们狂欢的景象。意大利的那些小领主们在他们各自的城市里瑟瑟发抖。那瓦拉国王当时正在和他的男爵们做战，他任命切萨雷来统率他的军队。

在这四年当中，马基雅维里辛勤地工作着。他担负了好几次出使别国的任务。他被赋予了组建一支民兵部队的重任，这项任务的目的是让佛罗伦萨不至于完全依靠雇佣军来保卫自己。如果没有什么特殊的使命，马基雅维里就负责处理第二厅的日常事务。他的消化系统一直都不太好，那些在酷暑严寒、风霜雨雪中骑着马的旅行，沿途客栈极度恶劣的住宿条件，以及不能定时吃饭和低劣的食物质量使得他精疲力竭。在公元一五〇七年的二月，他终于病倒了。他被医生放了血，灌了肠，并且用了他自己最爱的偏方，一剂他自己配制的药丸，在他眼中，这是一副包治百病的万能药。他坚信是他这颗药丸，而不是医生们的治疗最终治好了他的病。但是他的疾病和治疗过程使得他是如此虚弱，以至于执政团决定让他休假一个月。他于是去佛罗伦萨城外三英里地方的他在圣·卡西亚诺的农庄，在那里他迅速地恢复了健康。

那一年的春天来得早，在乡下，树木开始长出新叶，野花遍地盛开，原野上的青草呈现出嫩绿之色，麦穗也长得饱满丰盈，这一切都让人赏心悦目。对马基雅维里而言，托斯卡纳的景象所带来的是一种友好亲切的喜悦，这种喜悦诉诸他内心世界，而非诉诸他的感官。

这种景象没有阿尔卑斯山那样崇高，没有大海那样伟大，这是一块特别的土地，体体面面的，愉悦典雅的，这块土地供养着这样的人们，他们喜爱机智风趣的谈话、富于才智的辩论，漂亮的女人和美酒佳肴。她不会让你想起但丁那神圣的音乐，但是会让你联想起洛伦佐·德·美第奇的令人轻松的乐曲。

三月的某个早晨，马基雅维里天亮就起了床，去了他小庄园中一处正在砍伐中的林地。他在那里转了转，看了一下前一天完成的工作，和伐木工人聊了几句，然后走到了一条泉水边，在泉沿上坐了下来，从口袋里掏出一本书来。这是一本奥维德的书，脸上带着笑意，他开始阅读书中那亲切和生动的情节。诗人在这些词句中描述了自己的爱情，马基雅维里想起自己的爱情故事，于是饶有兴致地玩味着那些诗句。

“犯了罪孽而忏悔，”他喃喃自语道，“比从来都没有犯过罪孽不知要好多少！”

然后他沿着路往下走，走到了旅店那里，和过路的人闲聊 。因为他是一个喜欢社会交往的人，如果没有好的伙伴做陪，他也愿意用差的伙伴将就对付一下。当他的饥饿感告诉他现在差不多快是中饭时间了，他就慢悠悠地走回家里，和他的妻子和孩子们一道坐下来享用农庄提供的那份简单的午餐。吃完午饭后他又回到旅店。那里有旅店主人，还有屠夫，磨坊主和铁匠。他就坐下来和他们玩上一回扑克牌，游戏是吵闹和争执的，他们会为了一分钱而大动肝火，朝着对方大喊大叫，朝桌那边的对家骂上一两句难听的话，并在对方的面前晃自己的拳头。马基雅维里也和他们一样吼叫和发脾气。夜幕降临了，他又走回自己的房子。正怀着第三个孩子的玛丽埃塔，正准备给他们的两个小孩子吃晚饭。

“我想你是不打算回来了，”她说道。

“我们在玩纸牌。”

“和哪些人?”

“还是同样那帮子人,磨坊主,屠夫和巴蒂斯塔。”

“一群下流坯。”

“他们能帮助我保持我的机智和敏锐不会随着时间而发霉。另外,说到底他们也不比国务大臣们笨多少,并且,总的说来,也不比他们更有流氓习气。”

他抱起他的长子,快四岁的伯纳多,放在膝盖上,开始给他喂饭。

“别让你的汤凉了,”玛丽埃塔说道。

他们在厨房用餐,和他们在一起吃的还有女仆和一个雇来的男用人。当他吃完了汤之后,女仆给他端上了六只插在了烤肉叉上烤熟了的云雀。他很吃惊,也很欢喜,因为晚饭一向只有汤和色拉而已。

“这是什么?”

“焦万尼捕捉了这些鸟儿,我想你会很高兴在晚餐时享用它们的。”

“这全是给我的吗?”

“全是。”

“你是一个好女人,玛丽埃塔。”

“我嫁给你五年了,还不至于不知道要获得你的心必须抓住你的胃。”她淡淡地回答道。

“为了这个中肯的见解,亲爱的,你应该得到一只云雀,”他回答道,一边用手指夹起了这些小鸟中的一只,不顾玛丽埃塔的抗议,塞到了她的嘴里。

“它们在狂喜中飞向天堂,胸中洋溢着欢乐的歌,但是接着就被一个无所事事的男孩子所捕获，结果被煮成盘中餐而被人吃掉。所以对人来说，尽管他有着义薄云天的理想，对高度的理智所能带来的美好事物的憧憬，以及他对于永恒的渴望，到头来他还是被恶毒的命运所控制，除了死了之后喂蛆虫之外毫无用处。”

“趁肉还热着赶快吃，亲爱的，你可以吃完再说。”

马基雅维里大笑了起来。他从烤肉叉上取下一只云雀，他一边用他那结实的牙齿咀嚼着这只鸟，一边用饱含深情的目光看着玛丽埃塔。她的确是个好女人。人很节俭，性情也很温和。每次他要踏上远行的旅途时，她都很难过，而当他回来时，她又总是十分欢喜。他有时也在想，她是不是知道自己在外面拈花惹草的那些事。如果她知道的话，她从来都没有流露出一点她知情的迹象，如果是那样，就更加证明了她是一个理智和驯良的妇人。如果没有找到这样一位太太，他有可能花更多的时间找老婆，而且也很有可能找上一个各方面条件都不如玛丽埃塔的女人。他对他的这位太太非常满意。

当他们吃完晚饭，女仆开始洗碗和收拾的时候，玛丽埃塔将孩子们送上床睡觉。马基雅维里上了楼，脱下了他穿了一整天，沾上了泥浆的脏外衣，换上了他平素自以为庄严和华美的袍子，因为在晚上，他习惯于阅读那些他热爱的作者的书籍。他还没有来得及穿好衣服，就听到有人骑马而来，不一会儿，一个他熟悉的声音在问女仆他是否在家。这是比亚乔。马基雅维里心里在琢磨是什么事让他在这个时辰从城里赶过来。

“尼科洛，”比亚乔在楼底下喊，“我有消息带给你。”

“等一会儿，我穿好衣服后马上下来。”

因为是冬天，白天变短，夜晚到来得早，气温有些低，他在短袖束腰外衣外面又披上了一件黑色锦缎长袍，然后开了门。比亚乔正在门口台阶上站着等呢。

“瓦伦丁诺公爵死了。”

“你是怎么知道的?”

“一位信使今天从潘普洛纳来。我想你一定想知道这件事,所以就骑马赶过来了。”

“到我的书房来。”

他们于是坐了下来。马基雅维里坐在他的书桌旁,比亚乔则是坐在了一张雕花的椅子上。这张椅子是玛丽埃塔从她娘家带来的嫁妆的一部分。比亚乔原原本本地将他听到的情况告诉了马基雅维里。切萨雷·博尔贾将自己的总部设在了一个叫埃布罗的村庄里,计划向背叛自己的那些勋爵中最有力量的那个,勒林伯爵的城堡进攻。在三月十二日的清晨,他的部队和伯爵的部队发生了一次小规模的战斗。当警报发出的时候,公爵正在自己的屋子里,他披上盔甲,上了战马,朝混战中的人群杀了进去。叛军开始撤退,公爵在没有来得及看一下是否有人在后面跟着他的情况下,就追着溃散逃跑中的敌军到了一个深谷。在那个深谷中,他在孤身一人,身陷重围,失去了坐骑的情况下拼死力战,最后终于战死沙场。第二天国王和他的人马找到了公爵的遗体。公爵的遗体是赤裸着的,因为敌军将他的盔甲衣服都扒了下来拿走了。国王脱下自己的大氅,盖在了公爵赤裸着的身子上。

马基雅维里专注地听着,当比亚乔说完了的时候,他却是静静地一言不发。

“谢天谢地,他终于死了。”过了半晌比亚乔开口说道。

“他失去了他的城邦,他的金钱和他的军队。但是整个意大利还是非常害怕他。”

“他是一个令人望而生畏的人。”

“行事诡秘,神秘莫测。他残忍,狡诈,做起事来无所顾忌。但是他很有能力，精力充沛。他为人稳健，很有自制力。他从来不会让任何事情干扰他的既定方针。他喜欢女人，但他只是从她们身上寻欢作乐，从来不会允许自己为她们所左右。他建立了一支忠诚于他，并且信任他的军队。他律己甚严，行军时他无惧于寒冷和饥饿，他强健的体魄使他能够不觉得疲劳。打起仗来他勇敢无畏，斗志昂扬。他与最下层的战士们一起冒险犯难。他娴熟于谋求和平的艺术，就如同他谋求战争的艺术。他根据他手下大臣的不同特点和能力有区别地任用他们，并且留意确保这些人还必须继续仰仗他的恩眷。在巩固他的权力这方面他已经做了一个谨慎和聪明的人所应该做的每一件事，如果他的办法没能为他带来成功的话，这并非由于他的过失，而是因为命运非同寻常，且非常恶毒的安排。像他那样一个具备昂扬的精神和崇高理念的人，假使他有机会将事情重新来过一遍，他还是会做出同样的选择。他的计划只是由于教皇亚历山大的死亡和他本人的疾病而遭挫败，如果他健康良好的话，他本来是可以克服所有的困难的。"

"他作恶多端，遭受了上天恰如其分的惩罚。"

马基雅维里耸了一下肩膀。

"如果他还活着的话，如果命运像以往那样垂青于他的话，他也许可以将入侵意大利的野蛮人从这块多灾多难的土地上赶走，为她带来和平和昌盛。到了那个时候，人们就会忘记他是通过什么样的罪行取得权力的，而他本人也就会作为一个伟人和好人流传于后世。现如今，谁还会在乎马其顿的亚历山大是一个残酷和忘恩负义的人，谁还会记得尤利乌斯·恺撒曾经背信弃义？在这个世界上，需要做的事仅仅是攫取权力和保持住权力，一旦做到了这两点，你所使用的方法手段就将被认为是高尚的，并受到所有的人的敬佩和景仰，如果切萨雷·博尔贾被看成一个恶棍，只是由于他没有成功。

总有一天我会写一本书,来记述这个人和我对于他所作所为的观察和思考。"

"我亲爱的尼科洛,你真是一个不切实际的人。在你看来,谁会读你这本书?你不会因为写了这么一本书而流芳百世的。"

"我也不奢望这个,"马基雅维里大笑着说道。

比亚乔狐疑地看了一下他朋友案头的一叠手稿。

"你那儿放的是什么?"

马基雅维里给了一个旨在消除对方疑虑的微笑。

"我在这里没有多少事可做,于是我想到我可以写上一部喜剧,以此打发时间。你想让我为你读上一段吗?"

"一部喜剧?"比亚乔带着怀疑的神情说,"我估计这部剧作带有政治涵义吧。"

"完全没有,它唯一的目的就是逗乐。"

"嗨,尼科洛,你什么时候才会正经起来?你会招致别人的批评,而这些批评会像一千块砖头那样砸在你的身上。"

"我不明白人们为什么要那样来批评我。阿普列乌斯创作《金驴》和佩特罗尼乌斯写出《萨蒂利孔》纯粹是为了娱乐读者,没有人会认为他们的作品还有什么其他的目的。"

"但是那些作品是古典文学。所以那些是要另当别论的。"

"按照你的说法,一些个旨在娱乐大众的作品,就像放荡的女人那样,随着时间的推移会变得令人尊敬。我一直奇怪,为什么那些文学批评家只有等到幽默所能带来的乐趣已经完全随着时间而消失很久的时候才能领会到幽默的存在。他们从来没有发现幽默的效果得紧紧依靠现实生活。"

"你曾经说过,是色情,而不是简洁的语言,才是机智的灵魂。你现在改变主意了?"

"完全没有，但是又有什么东西能比色情更实际和真实的呢？请相信我，亲爱的比亚乔，当人们不再这样想的时候，他们已经彻底丧失了繁殖他们下一代的兴趣。这将是造物主这个最不幸的实验的最后终结。"

"读你的剧本吧，尼科洛。你知道我不喜欢听你说这些。"

带着一抹微笑，马基雅维里拿起了手稿开始朗读。

"一条佛罗伦萨的街道。"

突然之间，由于是向一个朋友第一次朗读自己的作品，作为作者的马基雅维里被一种特有的，淡淡的不安情绪所影响，他不知道对方会不会喜欢自己的作品。他于是打断了自己。

"这只是第一稿，我敢说我再次披阅校对时还会做出许多修改呢。"

他翻动着手稿，显得不是太有确信的样子。剧本的情节使他在写作的过程中很有乐趣，但是有那么两三件事的发展却出乎他的预料。他所塑造的人物都进入了角色，开始成为有血有肉的独立个体，和他们生活中的原型人物拉开了距离。卢克莱齐娅就像生活中的奥莱莉娅一样显得朦胧，他还没能想出来如何才能使她变得更有实质内容。情节的需要让他不得不把她塑造成一个贤惠的女人，只是由于她母亲和她的忏悔神甫的诱使才做了对不起良心的事。皮埃罗，在剧本中被称为利古利奥，却出乎马基雅维里原来的计划，担当了出场更多的吃重角色。正是他出主意欺骗那个愚蠢的丈夫，说服卢克莱齐娅的母亲和那个神甫，说到底也就是他策划了这个阴谋，并付储实施，达成了最后皆大欢喜的大结局。他是一个敏锐的，有创造力的，机智的人，毫无原则却又讨人喜欢的家伙。马基雅维里发现他很容易刻画这个流氓恶棍的角色，结果等到他写完剧本时发现，他在那个孜孜于策划阴谋的配角和他那害着相思病的主角身上倾注了相同分量的自我。

想到他一个人要在一出戏里演上两个角色这件事该有多么特别,他抬起头来问比亚乔:

“顺便问一下,近来你有你那外甥皮埃罗的消息吗?”

“说起来我还真有他的消息。我本来就打算告诉你,但是因为瓦伦丁诺公爵去世这件事让我太激动了,我差点忘了告诉你,他就要结婚了。”

“是吗?女方般配吗?”

“很般配。他娶的是钱。你还记得伊莫拉的巴托罗缪·马泰利吗?他是我的一个远亲。”

马基雅维里点了点头。

“当伊莫拉发生暴动的时候,他认为先到外面躲一下,看看形势会如何发展为上策。你知道,他是公爵的死党之一,他担心他要为了这个原因付出些代价。他于是去了土耳其,在那儿他有着自己的业务。伊莫拉城还没有发生什么真正的动乱,教皇的部队就进了城,巧的是,皮埃罗也在进城的部队里面。好像皮埃罗和一些高级军官关系不错,而这些高级军官又在教皇面前说得上话,于是他努力地保全了巴托罗缪的家业。但是巴托罗缪遭到了放逐,最近有消息说,他死在了士麦那,而皮埃罗则是要娶他的未亡人了。”

“确实不错,也很合理呀。”马基雅维里评论道。

“他们告诉我她还年轻,相貌也不错,很显然她需要一个男人保护她。而皮埃罗是一个有头脑的人。”

“只有一处白璧微瑕。巴托罗缪有一个小男孩,大概有三四岁那么大。这么一来,将来皮埃罗如果有了自己的孩子,这些后生的孩子继承遗产的希望就不大了。”

“我想你尽可放心,皮埃罗会将这个孩子视同己出的。”马基雅维里不冷不热地说道。

他又重新拿起了手稿。他带着一些自得的心情微笑了。他又想起了,他至少还是成功地对付了提莫提欧神甫。他刻画这个人物时笔触特别恶毒,他常常是一边写作,一边坏笑着。在这个人物身上,他倾注了他对于那些利用无知的人们的善良轻信而骗取钱财以自肥的僧侣们的全部憎恨和轻蔑。凭这个角色就能决定这部剧作的成败。他又从头开始朗读。

“一条佛罗伦萨的街道。”

他停住朗读,又抬起头来。

“又怎么啦?”比亚乔问道。

“你说切萨雷·博尔贾恶贯满盈,罪有应得了。他确实被摧毁了,但并非是因为他自己的罪行,而是因为他所不能控制的客观因素和条件。他的狡诈阴险只是一个并不重要的偶然因素,在这个充满罪孽和悲伤的世界上,如果贤良战胜了罪恶,那并不是因为贤良的一方有着高贵的品格,而是他们有着更大和更好的枪炮。如果诚实压倒了奸诈,那并不是因为诚实的一方有着诚实的品性,而是他们有着一支更加强大,更加领导有方的军队。如果正义战胜了邪恶,那并不是正义的一方是正义的,而是他们的财力更为雄厚。站在正义的一方固然好,但是我们应该记住,如果没有实力,我们将一无所成。忘记这一点我们就是疯子。我们必须相信,上帝热爱秉性善良的人们,但是没有证据显示,他会将愚蠢的人们从他们所犯的错误中拯救出来。”

他叹了一口气,开始第三次朗读他的剧作。

“一条佛罗伦萨的街道。”

译后记

第一次看到《过去和现在》这本书是二〇〇〇年的十二月,在美国北卡罗来纳州夏洛特市的一家书店。我从大学时代以来就喜爱毛姆的小说,于是立刻买了下来。

慢慢读完,我很欣赏和享受毛姆直白、简练,但又充满机锋和幽默的语言。当时就觉得,如果能将这本书译成中文,一定很有意义。但是却迟迟没能动手。直到两三年后,有一天突然想到,何不每天译一到两页,当作一种学习或者修行呢?也可以就此从工作中换换脑子。这样就开始了我这长达七八年的断断续续的译书历程。

期间我被派到香港工作,由于忙着适应新的环境,工作节奏也比美国繁忙紧张不少,曾一度搁笔。直到三年后搬到香港新界的深井,一个远离喧嚣,面朝大海,背靠青山的公寓里,有了自己的书房,才又重新动笔。终于在二〇一五年春天将全书译完。

这本小说有两条主要线索贯穿。一条是作为外交使节的马基雅维里,和派驻国的首脑瓦伦丁诺公爵(切萨雷·博尔贾)之间的外交斗争。另外一条主线是作为一个风流不羁之士的马基雅维里,企图勾引一位当地豪绅年轻美貌的妻子的经过。两条主线并行不悖,穿插交织,在平缓有序的发展中却高潮迭起,然而结局却出人意料。

这部小说是以真实的历史事实作为背景创作的。故事发生在十六世纪初文艺复兴时期的意大利。当时意大利外有强邻入侵,内有诸侯割据,战乱频仍,民不聊生。马基雅维里所代表的佛罗伦萨,是一个城邦共和国,代表着自由和民主的政体。而瓦伦丁诺公爵所代表的教皇国,则代表着专制和独裁的政体。小说中包含了不少瓦伦丁诺公爵对于政治军事斗争以及国际关系方面的见解和议论,多数均来自于马基雅维里的政治学名著《君主论》。在小说中,瓦伦丁诺公爵是个精力充沛,雄心勃勃,足智多谋,心狠手辣的君主。但是马基雅维里却是以一种赞赏的态度看待公爵,认为一个君主就应该这样,否则就无法成事。而一旦不能成事,则国家不能统一,战乱不得平息,人民则要遭受更多的苦难。在马基雅维里看来,对君主的功过是非进行评价,要看他是否有能力实现自己的目标,为国家带来秩序、和平与繁荣,而不能以一般的宗教或世俗道德衡量。

马基雅维里的政治观点历经五百年,却仍然富于强大的生命力。美国著名的政治学家萨缪尔·亨廷顿在他一九六八年发表的《转型社会中的政治秩序》一书中也表达了相同的观点。亨廷顿认为,在一个转型社会中,一个政府要能够强有力地保障社会秩序,为人民带来和平、安宁的生活,简而言之,就是要有效(effective),果能如此就可以将这个政府归类于好的政府,不论这个政府的意识形态和统治方法如何。如果达不到这上述的目的,则无论其意识形态如何,政体是什么样的,均可归类于低效能或无能的政府,或者干脆就是失败的国家(failed state,意思是政府完全起不到应有的基本职能作用),那就是最最要不得的、极其糟糕的结果。

上述的政治观点是现实主义的,也是冷酷的。但是却不幸符合人类社会发展的基本规律。在二十一世纪的头十五年中,中东和北非地区看到了推翻萨达姆·侯赛因的第二次海湾战争,让利比亚卡扎菲政权垮台的内部起义和外部干涉,以及叙利亚内战。其结果是,独裁者被推翻了,或陷入困境,但是整个国家和地区却陷入了持续的动乱和战争之中。邪恶势力迅速膨胀,社会秩序荡然无存,人民饱受残害和痛苦,背井离乡,成为难民。

当然,因为毛姆是在写小说,所以他并没有将上述观点长篇大论地展现给读者。而是在小说结尾部分以一种言简意赅、画龙点睛、意味深长的方式含蓄地表达了马基雅维里,也许也是毛姆本人的这种观点。

毛姆的这部小说写得扣人心弦,对于人物的刻画也栩栩如生。书中也有着不少对当时意大利人民生活的详细描写。慢慢读来,仿佛是在看一部情节跌宕起伏、引人入胜的电影。我希望我这部译作也能够带给读者同样的感受。

童朝晖

二〇一五年十二月五日

香港深井

图书在版编目(CIP)数据

过去和现在/(英)毛姆(Maugham, W. S.)著;童朝晖译.
—上海:上海译文出版社,2015.12(2024.8重印)
(毛姆文集)
ISBN 978-7-5327-7117-2

Ⅰ.①过… Ⅱ.①毛… ②童… Ⅲ.①长篇历史小说
—英国—现代 Ⅳ.①I561.45

中国版本图书馆 CIP 数据核字(2015)第 271142 号

W. Somerset Maugham
THEN AND NOW

过去和现在
〔英〕毛 姆/著 童朝晖/译
责任编辑/冯 涛 装帧设计/张志全工作室

上海译文出版社有限公司出版、发行
网址:www.yiwen.com.cn
201101 上海市闵行区号景路159弄B座
浙江新华数码印务有限公司印刷

开本 850×1168 1/32 印张 8 插页 6 字数 143,000
2015 年 12 月第 1 版 2024 年 8 月第 4 次印刷
印数:9,001—11,000 册

ISBN 978-7-5327-7117-2/I·4306
定价:48.00 元